Weiser Dawidek

Paweł Huelle

ヴァイゼル・ダヴィデク

パヴェウ・ヒュレ

井上暁子 訳

東欧の想像力 19

松籟社

ヴァイゼル・ダヴィデク

Weiser Dawidek

by

Paweł Huelle

This translation is published by arrangement with
Społeczny Instytut Wydawniczy Znak Sp. z o.o., Kraków, Poland
through Japan UNI Agency, Inc., Tokyo.

Translated from Polish into Japanese by Satoko Inoue

目次

ヴァイゼル・ダヴィデク

一体どうしてあのようなことが起こったのか。なぜ、あのようなことになったのか。僕たち三人が校長室に立ち、「調書」「盗聴」「宣誓」という不吉な言葉をうんざりするほど聞かされていたというのは。どうしてあのようなことが起こりえたのだろう。ごく普通の生徒や子供だった僕たちが、一瞬にしてこうもあっさりと被告人になるとは。どんなめぐり合わせで、あの内面の成熟というものが僕たちに課せられることになったのか。今日まで僕には分からない。前もって何らかの布石があったのかもしれないが、僕たちは何も知らなかった。当時僕が感じたのは、左足の痛みだけだった。僕たちは終始立っているよう命じられていたのだ。しかもそこに、質問の繰り返し、陰険な微笑、「もう一度最初から、すべてを順序良くでっち上げなしに説明してくれ」という、言葉巧みな懇願の入り混じった脅しがつけ加わった。

軍服を着た男は額の汗をぬぐい、痛めつけられた動物の鈍いまなざしで僕たちを見つめ、意味不明な悪態を呟きながら、脅すように人さし指を振った。ネクタイを緩めた校長は、黒い事務机の天板を指で弾き、Mスキ[*1]という生物の教師はひっきりなしに入ってきて、取り調べの経過についてたずねた。僕たちは、九月の陽光が閉じたカーテンのすき間から差し込んで、埃《ほこり》だらけの暗赤色のじゅうたんを照らすのを眺め、過ぎ去る夏を惜しんだ。大人たちのほうは飽くことなく質問し続け、頭から百遍やり直した。この世でもっとも明らかなことが理解できなかったのだ。それはまるで、彼らのほうこそ子供であるかのようだった。

「これは意図的な情報操作だ。法に基づき罰せられるような罪ですぞ！」と軍服の男は叫び、校長はまたしてもネクタイに手をやりながら、彼に同意を示した。

「いやはやお前たちをどうしたものだろう、いやはやどうしたものだろう」そう言いながら、校長はネクタイの大きな三角形の結び目をさらに緩めた。遠くから見ると、それはジャコバン派の胸襞飾《むねひだかざ》りのようだった。

　Mスキだけが、まるで自信があるかのように適度な落ち着きを保ちながら、何かを軍服の男に耳うちした。そして二人は、一連の新しい質問を始める前の、いつもの好奇に満ちたまなざしで僕たち三人を眺めた。

「お前たちはそれぞれがまったく違うことを話している」校長は叫んだ。

「そして話すたびに違う話になる。お前たち共通のバージョンがないとは、一体どういうことか」

すると軍服の男が割って入った。

「これは冗談で済まされることではない。おふざけはもう終わりだ。今日は、ありのままの真実を洗いざらい話してもらうぞ！」

僕たちは、ありのままの真実とやらがどんな姿をしているのか知らなかったが、僕たちのうち嘘をついている者は誰もいなかったし、僕たちはただ彼らが聞きたがったことを話したにすぎない。Mスキが不発弾について質問すれば、重要なのは不発弾だということに同意し、軍服の男の話が錆びついた弾薬庫に及べば、誰もその弾薬庫の存在を否定せず、確かにどこかにそういう倉庫があった、もしかすると今もあるかもしれない、ただどこにあるかは分からない、とそう答えたのだ。すると質問者は顔を真っ赤にして、新しい煙草《たばこ》に火をつけるのだった。そこには、無意識の防御策のようなものが働いており、それにぶつかると、彼らの意図はシャボン玉のように砕けてしまった。たとえば、ヴァイゼルの爆発の目撃者かと尋ねられれば、僕たちは口々にそうだと即答しただろうが、それがどの時間帯だったかは誰にも言えなかっただろう。さらに、僕たちの一人が、実際にはヴァイゼルが一人でやった、エルカだけは時々呼び出されたけれど、とすぐに付け加えただろう。僕たちは、自分たちに

＊1　スラヴ語圏には広く「スキ」「スキー」を語尾にもつ名字が見られる。Mで始まるポーランド語の名字としては「ミハルスキ」「マリノフスキ」等がポピュラーである。

向けられる質問には本当の答えがない、ということをはっきりと感じていた。もし仮に、しばらくして本当の答えがあると分かったとしても、その八月の午後に起こった出来事は、彼らにとってはまったく説明がつかず、理解不能であり続けるのだ。連立方程式が僕たちに理解不能だったようなものだ。

シメクとピョートルが両脇に、僕は真ん中に立っていた。長時間にわたる直立不動のせいで僕の足はむくみ、痛んだ。ほかのふたりは視線を左右へ向けて一息つくことができたが、僕には校長の視線と、彼の頭上の黒い額縁の中の白い鷲〔ポーランドの国章〕以外、目のやり場はなかった。時おり僕は、鷲が片方の翼を動かし戸外へ飛び立とうとするのを見たような気がして、鳥が飛び去るときのガラスの割れる音が僕たちみんなの耳に聞こえるのを待ったが、そんなことは一切起こらなかった。期待した飛翔の代わりに、質問や脅しや懇願がますます頻繁に降ってきて、僕たちはそのまま立ち続けた。完全に無実の罪で、このすべてはどのように終わるのだろうかと怯《おび》えながら。すべてには終わりというものがある。校長室のかすかに開いた窓を通して僕たちの耳にその残響をもたらす、夏のように。

「人が跡形もなく死ぬ、なんてことはあり得ない」軍服の男は叫んだ。「そんなことはあり得ない。お前、コロレフスキ」そう言って、彼はシメクのほうへ向いた。「お前は、ヴァイゼルとお前たちの女友達が（軍服の男はエルカの名前を覚えることができなかった）その日一緒に家を出て、ブナの丘《ブコヴァ・グルカ》の方角へ行ったが、それ以降彼らの姿を見なかった、と主張した。しかるに、お前たち三人は、午後鉄道用築堤のところにいるのを見られている」

「誰が見たんですか？」シメクは左右の足を交互に踏みしめながら、恐る恐る尋ねた。

「お前はここで私にどんな質問もしてはならない。答えろ！」軍服の男は脅すように目をむいた。

「さもないと、お前たち全員にとってまずい結果になるぞ！」

シメクはつばを飲み、彼のとがった耳は真っ赤になった。

「だって、僕らが見られたのはその二日前だったはずですから」

校長は苛々《いらいら》した様子で、僕たちの供述が書かれた一枚の紙きれにざっと目を通した。

「嘘をつけ！　またお前は恥知らずにも嘘をついているな。お前の級友たちは、お前たちが三人で古い鉄道用築堤を通ってブレントヴォの方へ行った、とはっきり述べたのだ。それとも、もしかして」彼は今度は僕たちのほうへ向き直り、言った。「これはお前たちの言葉ではないかな？」

ピョートルは同意を示して頷《うなず》いた。

「そうです、校長先生。でも、僕らは、それが最後の日だったと述べたのではありません、それは本当に二日前だったんです」

校長はネクタイを緩めたが、それはもはや、普通のネクタイではなく、襟《えり》の下に巻きつけられた、細い極彩色のマフラーとしか思えなかった。軍服の男は供述書を一瞥《いちべつ》し、顔をしかめたが、まったく違う角度から陰険かつ突然に次の質問をするため、今回は怒鳴るのをこらえた。ひょっとすると彼は、ヴァイゼルが爆発のための材料をどこから持ってきたのかを知りたかったのかもしれない。あるいはもしかすると、きわめて些細なことについて質問したかったのかもしれない。たとえば、僕たちがエルカを最後に見たとき彼女がどんな色のワンピースを着ていたかとか、あるいは、ヴァイゼルが失踪する前、「何かでかいことをやってやる。お前たちにまだ見せるものがある」と言って、僕たちを怯えさせなかったかどうか、尋ねたかったのかもしれない。すべてがヴァイゼルとエルカの周りを堂々巡りしていたが、大人たちが真実に決して到達しないことを僕たちはよく分かっていた。なぜなら、彼らがたどった足跡は、はじめから間違っていたのだから。

僕は思った。Mスキが新しい取り調べの方法を思いつくのがいつになるかは不明だが、それが始まるまでのあいだ、ヴァイゼルとエルカは彼らだけに分かる方法で聞いているに違いない。校長室で恐ろしい軍服の男によって記録されている僕たちの供述を。そして、もしヴァイゼルが聞いていたら、三人の大人がどれほど僕たちに手を焼いているか分かる、と言わんばかりに唇を鳴らし、エルカはリスのような白い歯をむき出して、大声で笑っただろう。ピョートルとシメクも同じことを考えていたに違いない。なぜならMスキが僕たちに、秘書室へ行ってそこで呼び出しを待つよう指示した時、一言も発しなかったから。こうして僕たちは個別に尋問されることになった――それこそがMスキの新しいアイデアであり、彼らはより大きな成果を期待していた。

僕たちは秘書室でようやく腰かけることを許された。これが一番大事なことだった。そればかりか、Mスキの視線と軍服の男のどなり声から束の間逃れられるというのは、予期せぬ素晴らしい贈り物であり、最悪の事態がもう終わったことを告げる神意の表れだ、と僕たちは考えた。校長室の三人は僕たちに少し時間を与え、僕たちが自分たちの絶望的な状況についてよく考え、適切な結論に至るよう仕向けたが、次の供述内容を打ち合わせる必要さえなかった。各自が思い思いに話すだろうということは目に見えていて、まさにそれこそが、苦境を乗り切る最大のチャンスとなったのだ。
一番手のシメクは、校長室の深淵へおとなしく静かに消えていき、僕とピョートルは二人きりで残されたが、それも長くは続かなかった。しばらくすると、僕たちを見張るために用務員が送られてきた。それ以降、僕たちは完全な沈黙の中に座っており、聞こえるのはただ、壁時計のチクタクいう音と、数時間が経過したことを告げるチャイムの音だけだった。

一体、どういう経緯でヴァイゼルと知り合うことになったのか。僕たちは以前からたびたび彼の姿を目にしていた。彼は僕たちと同じ学校へ通い、同じ中庭を走り回り、同じツィルソンの店で、大人たちが「炭酸レモネード」と呼ぶ、オレンジエードのべたつく瓶を買った。しかし、彼は一度も僕たちの遊びに加わらず、少し離れたところに立ち、僕たちの仲間になる気はないという意思をはっきり示していた。僕たちがプロイセン兵舎の横の原っぱでサッカーをしていた時、彼は何も言わず観戦するだけで満足していたし、イェリトコヴォの浜辺で僕たちと会った時には、「泳げない」と言って、まるでそれを恥じるかのように、浜辺を散歩する人々の群れの中へすばやく姿を消してしまった。そういった出会いは短く、特別印象に残るものではなかった。それは彼の風貌にも言えた。彼はあまり背が高くなく、とてもやせていて、やや猫背で、病的に顔色が白く、その白さは、不自然なまでに大きくぱっちりと見開かれた真っ黒な目と際立った対照をなしていた。おそらくそのせいで、いつも彼は、まるで彼に悪い報せをもたらす何ものかを待っているように、怯えてみえたのかもしれない。彼は、お爺さんと一緒に十一号室に住んでいて、その住居の扉には、「仕立屋A．ヴァイゼル」とかかれた黄色い表札がぶら下がっていた。それが、コフキコガネと暖かい南風によってもたらされた去年の夏の訪れ以前に、僕たちが彼について言うことのできるすべてだった。では、どんな経緯でヴァイゼルと知り合ったのか。

もし何にでも始まりがあるとすれば、この場合キリスト聖体の祝日だったに違いない。その年、それは例外的に遅くやってきた。六月の午後、埃と猛暑の中を僕たちは整列して歩いており、僕たちとドゥダク司祭の間には、聖歌隊少年合唱団と、ちょうど聖体を受けてきたばかりの三年生の一団がいた。僕たちは「マリアの息子イエスよ、汝は聖体《ホスチア》の中に宿る」と唱和しながら、揺れ動く吊り香炉を一心不乱に目で追った。なぜなら、一番大事なのは吊り香炉であって、聖体《ホスチア》でもなく、神の母と人間におなり遊ばした神の聖なる肖像画でもなく、ロザリオ会の会員が特別な神輿《みこし》にのせて運んでくる木製の置物でもなく、白い手袋をはめた手で支えられた旗やリボンでもなかったからだ。大事なのはまさしく、灰色の雲を振りまきながら上下左右に揺れる吊り香炉、つまり、金色のブリキ製で、同色の太い鎖にぶらさがった吊り香炉と、そして鼻孔を刺激する不思議に甘く優しい香炉のかおりだった。煙の雲は長いこと形を変えずに滞った空気中にとどまり、僕たちは雲の形がなくなる前に捕まえようと歩みを速め、前を行く者のかかとを踏んだ。

そしてまさにその時だった。ヴァイゼルがいかにも彼らしい役割を演じているところを見たのは。その役割は彼自身が選び、後に僕たち全員にそれを受け入れるよう強いたものだったが、当時の僕たちはそれを知る由もなかった。住宅の隣に毎年建てられる祭壇の前で、ドゥダク司祭が力強く吊り香炉を振り始めると、素晴らしい雲が拡散した——僕たちは固唾《かたず》を呑み、震えながらそれを待っていたものだ。灰色の煙が降りてきた時、僕たちは見た。ヴァイゼルが祭壇の左手にある小さな高台の上に立ち、尊大な態度を隠そうともせずに、そのすべてを眺めているところを。それは軍事パレードを観覧する司令官の尊大さだった。そう、ヴァイゼルは高台の上に立ち、唱和する人々、旗、絵、教団、リボンのすべてが、まるで彼のために特別に用意されたものであるかのように、人々が悲し気な聖歌を口ずさみながら教区の通りを列を成して歩き回る理由は他にあり得ない、とでもいうように見つめていた。今日の僕にはよく分かる。あれが本来のヴァイゼルだということを。そして、吊り香炉の煙が降りてきたまさにあの時、彼は隠れ家から抜け出し、僕たちにはじめて素顔を見せたのだということを。しかし、それは長く続かなかった。香炉のかおりの最後の一筋がかき消され、ドゥダク司祭の甲高い詠唱が途切れ、群集が教会の方へ動き出すと、ヴァイゼルは丘から姿を消し、もう僕たちに同行しなかった。司令官は、観覧が済んだら部隊のあとを追わないものだろう?

学年の終わりまでは片手で数えるぐらいの日数しか残っておらず、六月はうだるような暑さで、毎朝開いた窓からは猛暑を告げる鳥の鳴き声がして、僕たちは目を覚ました。ヴァイゼルは再び内気なヴァイゼルになって、僕たちの騒々しい遊びを遠くから眺めているだけだった。しかし、もう何かが変わっていた。今や彼のまなざしの中には距離が感じられた。それは、秘密の目であらゆる行動を吟味し、見抜き、焼き焦がす視線のようなものだった。もしかすると僕たちは、無意識の中でそれに耐えられなかったのかもしれない。そんなことは誰にも分からない。ともかく僕たちは、宗教の授業の成績が配られた日、聖体の祝日とまったく同じ、というより似たような状況で再び彼を目にした。復活教会の司祭館は、ちなみに僕たちの教区全体がそうだったように、森のはずれにあった。ドゥダク司祭が祈禱《きとう》と挨拶を終え、最も勤勉だった生徒にご褒美の絵を配り、僕たちがコーティングされた紙に美しく印刷された成績表を受け取るやいなや、本物の夏休みの最初の一瞬をつかまえようとする子どもたちの、森をめがけた死に物狂いのかけっこが始まった。学校はもう一日前に終わっていて、僕たちの目の前にあるのは、丸二ヵ月の素晴らしい自由のみだった。僕たちは、ひじで小突き合い大声をあげながら、群れをなして走った。この興奮の波をとめることができるのはヴァイゼルの冷ややかな一瞥をおいて何もないように思われた。が、彼ときたら、まるで僕たちをそこで待っていたかのように、カラマツの幹にもたれて立っていた。数分前からそうしていたのかもしれないし、あるいはずっとそうしていたのかもしれない。それは僕たちには分からなかった。当時も、後に校長室やその隣の秘書室で順番に尋問された時も、そして今、こうしてこの言葉を書き、シメクがまったく別の町に住み、一九七〇年ピョートルが通りで死に、*1 エルカがドイツへ行ってしまって手紙一つ寄こさなくなった今も。なぜなら、ヴァイゼルは最初から僕たちを待っていたのかもしれなかったからだ。そしてそれこそが、僕が美化なしに語っている物語の、たぶん一番肝心なことなのだ。

彼はそこに立ち、じっと見ていた。そう、ただそれだけ、ただそれだけのように見えた。しかし彼は、僕たちの汗ばむ体と叫ぶ咽喉《のど》のうねりを押しとどめ、一瞬押し返したのだ。押し返された分子は、後退した直後、二倍の力で反撃した。「ヴァイゼル・ダヴィデクは宗教の授業にこない」という声が後ろのほうでしたかと思うと、この文言は前方でやや変形された。「ダヴィッド、ダヴィデク、ヴァイゼルはユダヤ人！」そして、それを口にした時、僕たちが以前から彼に抱いていた嫌悪感はふくれ上がり、憎悪となった。彼が決して僕たちと一緒にいなかったこと、彼が決して僕たちの仲間でなかったこと、そしてまた、僕たちが彼とは違い、彼が僕たちとは違うことを知らしめた、あのやや飛び出た目のまなざしに対する憎悪に。

シメクは先頭に歩み出て、彼と対峙した。

「おい、ヴァイゼル、なんで僕らと一緒に宗教の授業に行かないんだよ？」

その質問は即答を要求したまま、僕たちの間で宙吊りになった。

ヴァイゼルは阿呆みたいに、生意気にも――と当時僕たちは思った――ただ微笑んで、黙ってい

＊1　一九七〇年十二月、政府が食料品を含む物価値上げを発表したことをきっかけに、グダンスク造船所で大規模な抗議運動が起こった。この抗議運動は瞬くうちにバルト海沿岸諸都市に広がり、一部暴動化した。最終的には軍隊が投入され、多くの死傷者を出して鎮圧された。

た。それで後ろのほうから、コッペパンをお見舞いしろ、という囁《ささや》き声が始まった。コッペパンとは、懲らしめる相手を草の上にのして、その背中を拳骨や膝で押しつぶすことだった。たちまち彼の白い背中はむき出しとなり、彼のシャツは手から手へと放り投げられ、宙を舞った。とその時、突然目から火花を散らせたエルカがいじめっ子たちの輪の中へ飛び込み、左右の少年を蹴ちらしながら、こう叫んだ。

「彼に手を出さないで、彼に手を出さないで！」

しかしその効果はなかったので、彼女は爪をむき出し、暴徒の一人にむしゃぶりつき、彼の顔に血のにじむ長い溝を刻みつけた。僕たちはヴァイゼルから離れ、しわくちゃになったシャツを彼に向かって放り投げさえしたが、彼は一言も発さず、何事もなかったようにそれを着た。その直後僕たちは、屈辱を味わったのは彼でなく、僕たちの方だと悟った。彼はもとのヴァイゼルのまま変わらず、聖体の祝日のときと同じように、落ち着いた冷ややかなまなざしで、僕たちを超然と、距離をとって眺めていた。それは耐え難かった。とくにヴァイゼルが教会のつるで覆われた垣根に沿って、ただ遠ざかっていく瞬間においては。シメクが最初の石を投げ、大声でこう叫んだ。「ダヴィッド、ダヴィデク、ヴァイゼルはユダヤ人！」すると他の少年たちも彼を真似て同じことを叫び、さらに石を投げた。しかし彼は振り向かず、歩みを速めもしなかった。そうすることで彼がプライドを保った一方、僕たちには、なすすべもない羞恥心が残された。エルカが走って彼を追い駆けていったので、僕たちは石を投げるのをやめた。

それが、僕たちがヴァイゼルと知り合ったきっかけだった。彼の死人のような白い背中、しわくちゃになった格子縞《こうしじま》のシャツ、そして――すでに述べたように、聖体の祝日でドゥダク司祭により金色の吊り香炉の容器から香煙が振りまかれたとき、僕たちに注がれているのをはじめて感じた――あの耐え難いまなざし。

あれは、よくある偶然だったのだろうか？　ヴァイゼルは、自ら進んで司祭館の建物の前にいたのだろうか？　聖体の祝日、祭壇わきの高台から見下ろしていたように？　もしそうでないなら、どんな力が働いて彼にそう行動させたのだろうか、なぜ彼は、僕たちの前にあのようなやり方で現れようと決めたのだろうか？　この問いのせいで長い間僕は熟睡することができなかった。取り調べが終わった後も、その後年月が経過して、僕があの頃とまったく別の人間になってしまった後も。もし答えがあるとすれば、僕があらゆることに確信が持てないまま、このページの行を埋めているということこそが、その答えだ。そうした出来事や、ヴァイゼルという人物に関するいくつかのことを明らかにしたいと思って、僕が毎年マンハイムへ送っている手紙には返事がない。はじめ僕は、エルカはドイツ人になって以来、自身の新しいドイツ的な心の均衡を失わせるような報せや思い出一切を望まないのだ、と考えていた。しかし今はそうは思わないし、少なくとも、そうだという確信はない。彼女とヴァイゼルの間には、僕たちが理解できないような何かがあって、それは非常に不思議な結びつきだった。それは思春期の異性に対する関心だとか、現代の心理学者がこれでもかと差し出してくる、その類の専門用語によって説明することは決してできなかった。彼女の頑固な沈黙は、子供時代という王国に対する嫌悪以上のものだった。

　ヴァイゼルのシャツが手から手へと放り投げられ、宙を舞ったあの日、僕たちは、おんぼろの市電四番でイェリトコヴォの浜へ行った。午後の早い時間だったにもかかわらず、車両の二つのデッキはかなりの混雑で、太陽が照りつけ、車両の中は、太陽の熱で劣化した塗料特有のにおいがした。僕たちの頭にはもうヴァイゼルのことも、午前中森のはずれで目にした光景もなかった。市電が木製の十字架のそばを通り、終点のループ線に、ものすごいきしみ音をたてながら滑り込むやいなや、僕たちは列車を飛び降り、タオルを振り回しながら浜辺へ向かって走り出した。漁師の家々の間に広げられた網や、ピラミッドのように積み上げられた魚油や、タールの悪臭を放つかごには目もくれず。この時、ようやく本物の夏休みが始まった。一摑みの砂をめざすもぐりっこ、赤いブイまでの競争、ソポトの波止場までのかけっこ、そして、勇猛果敢な者たちは、そこから命知らずの飛込みを見せつけるのだ。町が浜や湾なしには存在し得なかったのと同様、イェリトコヴォは、僕たちなしには本当に存在し得なかった。それは切っても切れない関係だった。今日ではまったく変わってしまったが、その記憶は鮮明なままだ。

　暴徒と化した一群の先頭を走るのはピョートルだった。彼は浜における地位を誇示するがごとく、走りながらシャツとズボンを脱ぎ捨て、立ち止まることなく、白い水しぶきとともに飛びこんだ。彼の裸足《はだし》の足裏は砂をきしませ、噴水のように後方へ跳ね飛ばした。突然彼は水から頭を出すと、まるで鋭いものが足にささったかのように、こう叫んだ。

「トゲウオだ！　来いよ！　なんていっぱいいいるんだ！」

その時僕たちが目にしたものは、僕たちが想像する自然の破壊力をはるかにしのいでいた。何千匹ものトゲウオが腹を上にして緩慢なリズムで漂い、数メートル幅の死骸の帯ができていた。手を水に入れると、肌にくっついてくる鱗《うろこ》が鎧《よろい》のようにきらきらと光ったが、気持ちのよいものではなかった。それは海水浴場ではなく、嫌悪感のあまりその中へ嘔《は》いてしまいそうな魚のスープだった。しかし――後に分かったことだが――それはほんの始まりにすぎなかった。数日のうちに魚のスープは濃度を増し、悪臭を放つ粘液と化した。六月の猛暑の中、魚の死骸は腐乱し、膨らんだ魚の浮き袋のようにはちきれそうになり、腐敗の匂いは市電のループ線付近まで漂った。浜辺はもぬけの殻となり、トゲウオの死骸はますます増え、僕たちの失望は留まるところを知らなかった。イェリトコヴォは僕たちを歓迎しなかった。一時間ごとに薄緑色から茶褐色へ変わる岸沿いの浮遊物の上には、見たこともない大きさのハエの群れが現れ、死骸を食べてはそこに産卵した。炎暑にもかかわらず、海は近寄りがたかった。すべては無駄だった――凪《なぎ》、猛暑、嘲るような澄み切った青空。ついに町のお偉方は、ストギからグディニアまでの浜辺全域を立ち入り禁止と決めたが、それは、厳密には現状の形式的な確認に過ぎなかった。

これ以上悪いことなどおそらく起こりえなかったが、学校の秘書室で尋問の順番を待ちながらそれについで考え、今度はＭスキに何を話そうかとあれこれ思いめぐらしている時、僕にはもうすでに、あれが偶然ではないということが分かっていた。もし偶然だったとしても、ありきたりな偶然ではなかった。もし魚のスープがなかったら、ヴァイゼルの後をつけようなどという考えは僕たちの頭に決して浮かばなかっただろうし、僕たちが彼の後をつけてブナの丘《ブコヴァ・グルカ》と古い射撃場を通ることはなかっただろうし、彼の人生に僕たちが介入することをヴァイゼルは許さなかっただろう。いや僕は先ばしりすぎた。どんな本当の物語でもそうだが、この話もしかるべき順序で語られるべきだ。

　校長室の扉がわずかに開き、シメクがＭスキの手で突き出されるのが見えた。ピョートルの名前が呼ばれ、用務員が彼を連れていこうと椅子から腰を上げる前、僕はシメクの大きな耳が赤くはれ上がり、不自然に伸びていることに気がついた。僕は胃と心臓のあたりに締めつけられるような感覚を覚えたが、質問は一切できなかった。なぜならＭスキが扉のところに現れて、ピョートルを中に入れ、僕たちが一言も言葉を交わさないよう用務員に命じたからだ。シメクは折りたたみ式の椅子に腰を下ろし、うなだれ、自分の膝から目を上げようとしなかった。一瞬僕は、自分も耳を引っ張られるのだろうかと考えたが、すぐにＭスキの手口には限界というものがないことを思い出して、その考えを捨てた。

　そう、この物語全体におけるＭスキの役割については、今日まできちんと考えてこなかった。しかし、今日までそれを怠ってきたとしても、尋問の順番を待っていた当時の僕が、本当はＭスキが何者なのか、あるいは本当は何者でないのかを明らかにできたとは思えない。その頃の僕はＭスキをあまりにも恐れていた。しかし、それだけではなく、後に起こった出来事が彼について考えることの妨げとなっていた。校長室の詰め物入り革扉が、ピョートルの後ろで音もなく閉じた時、僕はとても重要な出来事を思い出したのだ。

毎年僕たちの学校では、他の学校と同様、五月一日になると、そろいの白いシャツと黒い半ズボンを身に着けてメーデーの行進をした。Mスキは行列の先頭に立ち、横断幕を掲げ、観覧席のお偉方に微笑みかけながら、甲高い声で僕たちを鼓舞し、歌わせた。「前へ進め、世界の若者よ、今日は我々の兄弟愛の歌が響き渡る！」僕たちは一糸乱れず整然と行進し、周りの皆と同じように微笑み、周りの皆と同じように歌っていたが、この喜びと若さと熱狂の祝日を欠席した生徒の元には、翌日か、あるいは遅くとも二日後、Mスキの家庭訪問があり、どうしたのか、重い病気だったのか、一年後の同じ時期にその生徒が元気溌剌《はつらつ》で出席できるよう手助けできないかどうかと、両親に尋ねることを知っていた。一年前、五月一日の行進に僕たちの学校から参加しなかった生徒は、たった一人だった。それはヴァイゼルだった。しかし奇妙なことに、Mスキは家庭訪問をしなかったし、あなたの孫はなぜ私たちと一緒に五月一日の行進をしなかったのかと、ヴァイゼルの祖父に尋ねなかった。当時僕たちはそれを重視しなかったけれど、僕の尋問の順番が近づいてきた時、僕はそれがとても大事なことだったと考えた。

しかし、Mスキとヴァイゼルの間にどんなつながりがあったのか？　僕は、どんなつながりもなかったと確信している。では、Mスキが彼らに家庭訪問しなかったのは何故なのか？　仕立屋が嫌いだったのか？　ひょっとして忘れたのだろうか？　いや、絶対に忘れたわけではない。生物学と分類学の教師だった彼は、ある特殊なタイプのうるさ型で、すべてを小さな手帳に書き込み、それを肌身離さず持ち歩いていた。もしMスキがヴァイゼルについて、僕たちが知らないようなことや、僕が決して知りえないことを知っていたら？　もしそうだったとしたら、奇人だった生物教師は、僕たちの級友がいなくなった場所をどうして知りえなかったのだろうか？

　そう、Mスキは、今となっては本の中でしかお目にかからないような本物の奇人で、そんじょそこらの奇人ではなかった。夏になっても、彼は僕たち同様、休暇のために町を出ることはなく、ブレントヴォの草原や喜びの谷《ドリナ・ラドシチ》の沢のほとりで、虫取り網と昆虫図鑑を手に蝶々を追いかけているところを、僕たちはしょっちゅう目にした。飛び回る生き物を追っていないときは、腰をかがめ地面に目を凝らしながら歩き、時々立ち止まっては何かの雑草を引き抜き、「メニュアンテス・トリフォリアタ〔ミツバミツガシワ〕」とか「ヴィオラ・トリコロル〔サンシキスミレ〕」と呟いて、繕《つくろ》った虫取り網の代わりに携帯していたボール箱へ雑草を収めた。Mスキは、町の南端からグディニアまで広がる森の、かつてフリードリヒ大王[*1]当人が狩をした森の植物相と動物相について、本にまとめようとしていた。だからこそ、彼は視界に入る動植物すべてを捕え、収集していたのだ。しかし幸運にも彼は近眼だったので、そのお陰で、相当数の草や葉っぱや甲虫やハエ、そして、その他のごく小さな生き物は命拾いした。

　そう、ヴァイゼルが部分的に、つまり彼が望んだ範囲で自分の秘密に、いやむしろ彼の人生に近づくことを僕たちに許したあの暑い夏、射撃場の近辺で、ブナの丘《ブコヴァ・グルカ》で、ブレントヴォの墓地で、喜びの谷《ドリナ・ラドシチ》で、僕たちはMスキとよく遭遇した。彼のぎょろりとした魚のような目は、空や地面から引き離されると、僕たちの方を盗み見た。彼が自分の世紀の大事業に不可欠な動物層の標本として、僕たちを捕まえない保証はなかった。学校や五月一日宣言以外の場所で、僕たちは彼にとって、間違いなく、とくに厄介な昆虫の一種に違いなかったし、それは彼の冷ややかで空虚なまなざしから感じ取ることができた。僕はそのまなざしを恐れ、彼という人を恐れたのであって、「ガチョウの羽むしり」や「象の鼻」や「燃える手のひら」やその他の、彼が授業中僕たちに対して行った選《え》り抜《ぬ》きの、もっと痛い肉体的拷問を恐れたのではなかった。

赤くなったシメクの耳を眺めながら、一瞬僕は、Mスキはそのまなざしで誰かを昆虫に変えることができるのではないかと考え、そして、自分の体が鋼鉄のようなキチン質の緑色の殻に覆われ、握り締めた手のひらが毛深い無数の節足へ枝分かれする様子を想像した。それは身の毛もよだつ恐ろしさだった。痛みへの恐怖や、シメクの赤い耳や、これから僕を待っている取調べよりも百倍恐ろしかった。

＊1　フリードリヒ二世（一七一二–八六）。第三代プロイセン王。軍事的才能と合理的な経済政策でプロイセンを強国にした啓蒙専制君主。音楽と芸術を愛する文化人でもあった。「大王」と称される。

七月上旬の数日間、湾内の魚のスープの濃縮は頂点に達したかのようだった。海でできることは何もなく、僕たちは関心をほかへ向けざるを得なかった。そしてこれが、これまで僕たちの誰も書かずこれからも書かないであろう、ヴァイゼルについての本の第一章なのである。今僕がしているのは決して本の執筆なんかではなく、ただ空白を埋めること、つまり、穴を行で埋めることなのだから――最終降伏の合図として。

そう、この書かれなかった本の第一章は、湾にたまった魚のスープと、ブレントヴォの墓地で行われた僕たちの遊びから始まる。僕たちはあれ以来、浜辺の代わりにそこへ行って、ハシバミやハンノキの茂みの中で、打ち捨てられた墓標の静寂とドイツ語の文字が彫られた美しい墓石プレートの間で、戦争ごっこをした。親衛隊部隊を指揮したシメクの突き出た耳は、溝で見つけたドイツ国防軍の錆びたヘルメットが覆っていた。ピョートルが統率したパルチザンの部隊は絶えず追跡され、虐殺され、包囲され、投降させられたが、次の待ち伏せ攻撃を準備するため、繰り返し新たに再編成された。シメクの仲間たちが僕たちを捕虜にした時、僕たちは映画と同じように両手を上げ、映画と同じように両手を首の後ろで組んで行進し、映画館「トラムヴァヤシュ」で上映される本物の戦争映画と同じように、機関銃の集中砲火を浴びて、墓地のはずれの松林に隣接した本物の塹壕《ざんごう》の中へ倒れた。僕たちがどんなに熱っぽく見事にあの塹壕へ倒れこんだか。そして、僕たちがどんなにぞくぞくしながら、シメクの手が処刑開始の合図を出すあの瞬間を待ち構えたか。そのことを一種の驚きをもって思い出す時、僕は自分たちが、学校の近くにあった市電車庫の隣の映画館「トラムヴァヤシュ」からどれほど多くを得ていたかが分かる。そこでは、青少年が祖国の歴史に通じるための映画が上映されていた。

どの日だったかもう思い出せないが、小競合《こぜりあ》いと戦闘を経て捕虜になった僕たちは、両手を頭上にのせて、シメクが錆びたヘルメットの下から「発射！」と号令をかけるのを待ちながら、親衛隊の銃口の前に立っていた。その時僕たちは、ヴァイゼルが松の木に腰掛けているのを見た。もしかしたら彼は、数日間ずっとその遊びを眺めていたのかもしれない。実を言えば、僕たちはまず彼の叫び声を聞き――それはシメクに向けられており、号令を妨げた――それから、ヴァイゼル本人が松の木の上に座っているところを見たのだった。彼は、使い込まれた古い自動小銃シュマイザーを握り、レンガ造りの教会の塔のはるか向こうを狙い、聖体の祝日、雲のような灰色の香煙の後ろから突然現れた時と同様に、僕たちを見つめていた。木の下にはエルカが幹にもたれて立っていた。彼女は何も言わなかったが、僕たちの側でなく、彼の側についていることは一目瞭然だった。だが今回は、その後長々と続く「ダダダダダ」というあの音は鳴らなかった。それを聞いたらまず跪《ひざまず》き、その後――仰向けか、横か、あるいは腹ばいに――倒れ、顔を草に埋めなければならない、あの音は。なぜなら、ヴァイゼルが松から飛び降り、呆然と立ち尽くすシメクに歩み寄ったからだ。

今日の僕は、学校の秘書室で折りたたみ式の椅子に座り、シメク、ピョートル、そしてまたシメクの隣に並んで、尋問の順番を待っていたあの日と同じ思いでいる。ヴァイゼルが墓地で言った言葉を思い出すためなら、僕は多くのものを投げ出すだろう。なぜなら、あれはヴァイゼルが僕たちに直接かけた、はじめての言葉だったから。シメクは、僕がそれについて手紙で尋ねても返事をよこさず、遠くの町で自分の事に忙しく、ヴァイゼルにまつわる思い出をあからさまに避けている。エルカは最もよく覚えているに違いないが、今やドイツ人になってマンハイムにおり、どんな質問にも答えないし、ピョートルは一九七〇年、通りで何が起こったのか見ようと外に出て、本物の銃弾に倒れた。

そうだ、ヴァイゼルについてのまだ書かれない本は、あの言葉から始まるべきだ……。

彼は錆びついた使い古しのシュマイザーを手に松から飛び降り、シメクに近づくと、こんなことを言ったのだ。「やらせてくれよ、僕ならもっと上手くやる」あるいは、「僕にやらせろ」あるいはもっと短く、「僕がやる」でなければ、ヴァイゼルはそんなことは何も言わなかった。そんなことを言うはずもなかった。なぜならシュマイザーをシメクの手に渡すと、ヴァイゼル本人は、墓地の壊れた門の方へ向かってエルカとともに小道を下っていったのだから。まるでもっと大切な用事があって、僕たちに自動小銃を渡すためだけにやってきたかのように。処刑は行われなかった。僕たちはシメクを囲んで立ち、各自が、ほんの一瞬だったが、スリル満点の役に立たない鉄の塊を握りたがった。

そうだ、その時点において、ヴァイゼルは僕たちにとって最も重要な存在にはまだなっておらず、僕たちは、どちらの側がその自動小銃を保有すべきか、何度も言い争った。僕はピョートルの部隊にいて、相手部隊がヘルメットを保有していた以上、もちろん僕たちがそれを持つことを望んでいた。最終的に僕たちは新しい、より面白い戦争ごっこのやり方を確立した。それ以来、戦闘が終わるごとに、ピョートルとシメクが自動小銃とヘルメットを交換した。僕たちの指揮官がヘルメットをかぶった時は、僕たちがドイツ人になり、その次の時はパルチザンになって、銃を手に苔むした墓標の間を走り回った。

ヴァイゼルは最初から自分の計画に僕たちを巻き込む気で、聖体の祝日やブレントヴォの墓地の時のような、僕たちを驚かせる好機をうかがっていたに違いない、と僕は思う。古いレンガ工場の地下室や射撃場裏の谷で準備された爆発、あるいはドイツ占領下のポーランドで発行された彼の切手コレクションについて、僕たちが何一つ知らなかった初めの頃、何も気づかずブレントヴォ墓地の墓標の間を走り回っていたあの頃、彼は現れては姿を消した。まるでそれは、夢に偶然出てきて、後にその顔の輪郭や言葉やしぐさといった細部が記憶から完全に抜け落ちてしまっても、それでも忘れることができない人物のようだった。彼は自分についての記憶を、僕たちの中にいつの間にか浸透させた。何日かたって、ブナの丘《ブコヴァ・グルカ》の埃っぽい砂利道を通って帰宅する途中、たいてい夕暮れ時の、沈みかけた太陽の赤い光に照らされている、まさにそんな時、僕たちはふと彼のことを話し始めるのだった。実をいうと、はじめは偶然で、香煙の雲とも錆びついた自動小銃ともまったく無関係だった。そう、大声で発せられる、ただのふざけた質問だったのだ。「僕らと一緒に遊ばない間、あいつは一体何をしているんだろうな」とか、「なんであのエルカの馬鹿は、最近、犬みたいにあいつの後ろにくっついて、まるで鼻たれ小僧の一群を見るみたいに、僕らのことを上から目線で眺めているのだろう」とか、「一体なぜあいつは僕らに、錆びだらけの自動小銃をよこしたのだろう」といった類の。なぜなら、僕たちのような少年なら、どんな財宝と交換でも、あんな掘り出し物を自ら手放すなんてことは絶対しなかっただろうから。しかし、僕たちはまだ寝ても覚めても彼のことを考えたり、何時間も彼とエルカの後をつけ回したりしていたわけではなかった。そうこうする間に、湾にたまった魚のスープはますます悪臭を放ち、僕たちの一人が様子を見るため、二日おきにイェリトコヴォへ出かけていった。

僕はシメクを眺めた。彼のとがった耳はもう真っ赤ではなく、やや元の大きさに戻ったようにさえ見えた。そのとき僕たちの間には用務員が座っていて、秘書室のわずかに開いた窓から九月の午後のけだるい響きが聞こえてきた。歩行者の足音と子供たちの金切り声が混じり合い、通りをはさんだ向かいの建物の赤い屋根瓦には陽光が照りつけていた。僕たちの住んでいる地区ヴジェシチの家々は、皆こうした赤い屋根瓦だった。太陽が独特な色を放つ晩夏のこうした午後には、ブナの丘《ブコヴァ・グルカ》からの眺めは素晴らしいに違いない、なぜなら――と僕は考えた――そこからは、赤い急勾配の屋根以外に、鉄道線路の向こうに広がる空港や、帯状の白い砂浜に囲まれた湾が見えたからだ。その丘に立つたび、僕たちには、自分たちの町が毎日暮らしているそれとはまったく別物のように見えた。当時その理由は分からなかったが、ブナの丘《ブコヴァ・グルカ》も、ヴァイゼルも、あのイェリトコヴォさえ存在しなくなった今、僕はこう思う。あれは、泥だらけの汚い中庭や、溢れるゴミ箱や、灰色の埃にまみれたツィルソンの店に象徴されるような郊外の醜悪さが、丘の上からは見えなかったからなのだ。その店で僕たちは、大人たちが炭酸レモネードと呼んでいた瓶入りのオレンジエードを買っていたものだ。

こうして僕は、ブナの丘《ブコヴァ・グルカ》から見えるパノラマの代わりに、通り向かいの建物の屋根や、その上を太陽の光線が短くジグザグに照り返すところや、風が屋根裏部屋の半開きの窓のカーテンをやさしく膨らませるところを見ていた。秘書室の壁時計が五時を告げ、そのすぐ後には、音楽の女教師が弾く縦型ピアノの慣れ親しんだ音色が聞こえてきた。彼女は、午後の合唱リハーサルの伴奏をしているのだった。それは前奏曲で始まったが、すぐに歴史的大衆歌、あるいは大衆のための歴史的歌謡、あるいは歴史的民謡になった。当時それがなんと呼ばれていたかもう覚えていないが、その歌の一節が、ますます喧《やかま》しく聞こえ始めた。「ああ、大地主のだんな方！　我々の手かせ足かせ、隷属はあんた方のせいだ！　ああ、王侯、司教、司祭の方々！　我々の国が兄弟の血で汚されたのはあんた方のせいだ！」それはリフレインで、歌の冒頭と同じく崇高かつ情感たっぷりに何度も繰り返された。「民衆が武器を手に取り戦へ向かった時、だんな方は小作料について協議していた」

僕たちは、学校の祝賀式典でも歌の授業でもこの歌をうんざりするまで何十回も歌わなければならなかったのだが、僕にはさっぱり分からなかった。手かせ足かせや隷属が、司教とどういう関係にあるのか、あるいは民衆が戦に出かける時、どんな小作料が問題になるのか、つまり、小作料と戦にどんな関係があるのか。そもそもだんな方なんてとっくに存在していないのに、なぜこの歌では彼らに罪が着せられているのか。仮にだんな方が存在するとしても、絶対に僕たちの町ではないし僕たちの国でもない。そう、今となっては幸運にもそんなことを考える必要がないが、メロディーだけはほぼ完全な形で僕の記憶に残っていて、それがふとした時によみがえるのだ。もっとも司祭や学校の祝賀式典や音楽の女教師とともにではなく、僕が学校の秘書室に座り、尋問の順番を待っていたあの九月の午後の、風のやさしい一吹きでカーテンがゆれる光景や、ヴァイゼルや、ドゥダク司祭がミサの聖体奉挙で用いる鐘の音に似た、壁時計の五時を告げる柔らかな音色とともに。

シメクの耳がすっかり元通りになったとき、Mスキが校長室の扉を開け、ピョートルを押し出し、僕の番がやってきた。校長室には、学校の磨き込まれた廊下の匂い――鼻につく重苦しいあの匂いは今でも忘れられない――と、煙草の煙と、僕たちを尋問する三人の男たちが飲んでいたコーヒーの香りが混じり合っていた。Mスキだけは煙草を吸わず、代わりにシャツの袖についた糸くずをとっていた。

「それで、ヘレル、お前の主張によれば」軍服の男は僕に向かって言った。当時僕はヘレルと呼ばれていた。「お前たちは八月二十日、古い射撃場裏の谷でヴァイゼルとエルカを最後に見た、ということだな?」

「そういうことになります」僕は自信を持とうとしながら言った。

「『そういうことになります』というのはどういう意味だ?」

「その後、僕らはもう彼らを近くからは見なかったので」

「つまり、お前たちはその次の日にも別な形で彼らを見た、ということだな? 『近くからは見なかった』というのはどういう意味だ?」

「いえ、次の日にはもう僕らは彼らを全く見ませんでした」

　Mスキはソファーで身じろぎした。

「それじゃあ、その午後何が起こったのか、詳しく、順序立てて私たちに話しなさい。ただし、事実を歪めないこと。どっちみち、私たちに隠しごとはできないのだから！」

　僕はMスキの目を見ないように努めながら話した。ゆっくりと穏やかに話したが、彼らはどっちみちしかるべき手がかりをつかむことなく、堂々巡りをしたあげく、あきらめることになるだろう、と確信していた。

「ヴァイゼルはいつものように、カラマツの木立の横で待つよう僕らに命じて、僕らがそこにいるのを見ると、谷を横切ってやってきて、それから僕らに伏せるよう、手を振って合図をよこしました。その後すぐに地面が爆発で揺れ始め、上から砂や砂利や木片が降ってきました」

「それで？」

「それから、爆発の後いつもそうしたように、僕らは頭を上げて、彼が次の合図をよこすのを待ちました。それは、爆薬をしかけた場所にもう行ってもいいという合図なんですけど、その時はそういう合図はありませんでした。突然僕らは、二人が、つまりヴァイゼルとエルカが、大の大人みたいに腕を組んで歩いているのを見ました。二人はそうやって僕らの方にではなく、小さな谷の向こう側の、古いオークが生えているところまで歩いていき、一度も振り返らずにブナが生い茂る斜面をひたすらよじ登り、てっぺんにたどり着くと姿を消しました。僕らはもう爆発地点の近くまで来ていて、巨大なクレーターのそばに立ち、それがそんじょそこらの爆発ではなかった、ということを知りました。それは空爆の後のような大きさだったんです。それで僕らはそこに立って、彼のしでかした事に驚き、穴の深さや半径を調べ、いつものようにそこで掘り返された新鮮な土の匂いを嗅ぎました。狂ったように動き回る蟻と引き裂かれたミミズだらけでした。その時、突然誰かが丘を指さして『あそこを見ろよ！』と叫び、僕らはヴァイゼルとエルカを見ました。僕らは、丘の頂上にいる彼らが木立の向こうへ消えていくのを見ました。でも僕らは、彼らを走って追いかけはしませんでした。そして、まさに」と僕は言った。「それが、僕らが射撃場裏の谷で、遠くから彼らを見た最後でした。その翌日に捜索が始まって、閉鎖されたレンガ工場の地下室にヴァイゼルの弾薬庫が見つかりました。それについては僕らも知らなかったのですが。なぜなら、そういう秘密をヴァイゼルは決して言わなかったからです。僕らはトリニトロトルエンの缶や、撤去された不発弾、弾薬については何も知りませんでした。地雷の材料をどこから持ってくるのか、僕らが一度も尋ねなかったからです。もし尋ねたとしても、彼のような人が一言でも漏らしたでしょうか？　そんなことはありえません。エルカだけはその弾薬庫について知り得たかもしれないけど、ほかに誰かいたとしても、僕らにはもちろん分かりませんし、第二の弾薬庫があったとしても、ヴァイゼルがその秘密を打ち明けたであろうと思われるのはエルカだけでした。ひょっとしたら、彼が彼女を連れていったのはそのせいかもしれません」

大人たちは僕の話を聞きながら、無関心を装っていた。校長はネクタイを緩めたが、それはもはや喉頭炎のとき首に巻く湿布のようだった。軍服の男は、ブリキ製グラスホルダーに入った容器から音を立ててコーヒーをすすり、Mスキは事務机のつややかな表面を指でリズミカルにたたき、僕には目もくれず、ただ壁の上のほうを眺めていた。

「そういったことはもうすべて知っている」突然Mスキは大声で言った。「お前たちの助けがなくても。ただ分からないのは、なぜお前たちの中に嘘つきがいるのか、ということだ。それとも、お前たち全員が口をそろえて、あるいは別々に嘘をついている、ということなのか」

「そうだ」と、校長が割って入った。「お前の級友の一人は、翌日お前たちはまだ一緒にストシジャ川の爆破された橋の裏手で遊んだ、と認めている。つまり、彼らは一晩中屋外にいたのであり、お前たちはそのことを知っていたし、どこを探すべきかも知っていたのだ!!」

「ふざけるのはいい加減にしろ、小僧」軍服の男が追い打ちをかけた。「もし不発弾が彼らを八つ裂きにしたなら、お前たちはその犯罪行為に加担したことで責任を取る必要があるんだ。少年院で思慮分別を学ぶことだな!!」

「ストシジャ川で遊んだのは一日前のことで、翌日じゃありません」と僕は言って、二人のための嘘が易々と口から出てくるのを感じた。「僕の級友は勘違いしたに違いありません」

するとと、彼らは蜂の巣をつついたようになった。わめいたり、脅したり、矢継ぎ早に質問したりした。そして、問題が解決するまで僕たちはここから出られない、僕たちの両親には進行中の取り調べについてもう通知していて、僕たちには食べ物も飲み物も一切与えられず、すべてが明らかになるまでここから一歩も出られない、と断言した。我々はお前たちと一緒に朝まで、あるいはもっと長くここに座っている覚悟がある、もし誰かが第二の弾薬庫を見つけ、何か不幸なことが起こったならば(ちなみに彼らはもっとまずい事態を予想していた)、お前たちはそれに責任がある、だから今すぐ白状したほうが身のためだ、と。

彼らが何も理解していないことがよく分かったので、僕はついさっき述べたのと同じことを繰り返した。Mスキはソファーから立ち上がり、まるで五月一日の行進のような足取りで僕に近づき、僕の上にむいた鼻を二本の指で挟むと、お前が最後にヴァイゼルを見たのは本当に谷なのか、と尋ねた。僕は、自分の鼻が彼の太った指の間でペチャンコになっていくのを感じながら、そうだと断言した。しかし、それはMスキが生物の時間にやる、普段の「象の鼻」ではなかった。その瞬間を思い出し、僕はそれを「特殊なひねりつき象の鼻」と名づけたいと思う。なぜなら、はじめ僕はやや伸びあがらねばならず、やがてますます高く、それこそ足爪の先端で爪先立ち、もう自分は宙づりになっているのではないかと思うほどだったからだ。それと同時にMスキは手を動かして、僕の体の重心を左右に移動させ、僕はその手を追うために、ほんの一瞬だが足裏を床にぴったりつけて立たなければならず、その時鼻には激痛が走り、生まれてこの方一度もなかったほど上を向いた。Mスキは、彼の質問をゆっくりと音節に区切って繰り返した。「ほん、とう、に、さ、い、ご、だっ、た、の、か?」ついに彼は僕をゆっくりと離し、僕は壁際でよろめき、袖で血を拭わなければならなかった。僕の鼻はいつだって繊細で、傷つきやすかったから。

校長室では休憩が言い渡され、僕たちは再び秘書室の折りたたみ式の椅子に三人で座っていた。僕は韻をふんだ歌が、ヴァイゼルに向かって唱和されるのを聞いたような気がした。あれは宗教の授業の成績が配られた日のことだった。彼の格子縞のシャツが宙を舞い、エルカが彼を守るために飛び出す前に、誰かが——必ずしも先頭にいたやつではなかったが——「ヴァイゼルは宗教の授業にこない」と叫び、そして別の誰かがそれをすぐ替え歌にしたのだった。「ダヴィッド、ダヴィデク、ヴァイゼルはユダヤ人！」僕はこうも思った。もしエルカがいなかったら、僕たちとヴァイゼルが知り合うことは決してなかっただろう、なぜなら、あの復活教会の教区近くで僕たちは彼をのしていただろうし、それでもって、ごくありきたりなやり方で簡単にけりがついていたにちがいないから。ヴァイゼルは僕たちを避けただろうし、ブレントヴォの墓地で遊ぶ僕たちに、一九四三年シュマイザー社で製造された古い錆びだらけの自動小銃をプレゼントしよう、などとは思いもしなかっただろう。そして、その年の夏は、それ以前あるいはそれ以後の夏休みと、なんら変わりなかっただろう。そうだ、エルカが当時ヴァイゼルを守るために、爪をむき出して飛び込んだ時、彼女には何らかの予感があったに違いない。今日まで僕はそう確信している。彼女が僕たちの戦争ごっこや、しばしば大人たちの残酷さを上回るほどの小競り合いに加わることは一度もなかったのだから、なおさらだ。彼女はあの時、まるでヴァイゼルが自分の弟であるかのように飛び込んだ。その行動の効果は驚くべきものだった。僕たちは彼らが立ち去るのを文句も言わず見送った。彼女の爪が怖かったわけではまったくない。

彼女は彼を愛していた?! 校長室で尋問の第二ラウンドが準備されている間、鼻を腫《は》らして秘書室に座っていた僕は、実はそう思っていた。そうだ、僕は当時、彼女の早熟なふくらんだ胸や、長い金髪や、うだるような暑さの日に彼女が着ていた赤いワンピースのことを思い浮かべながら、そんな風に想像していた。しかし今日の僕には分かっている。彼らの関係を定義する権利は僕にない、ということを。彼らが僕たちの投石に追われながら、教会の塀に沿って遠ざかっていったあの時以来、彼らの関係を定義することは僕にはますます難しくなったのだ。それ以前エルカは、赤いブイまで泳ぎ着けない者、防波堤の高い架橋から真っ逆さまに飛び込むことができない者、あるいは、僕たちがプロイセン兵舎の脇の原っぱでサッカーの試合をする時、ボールを狙いどおりにパスできない者に対し、あからさまな侮蔑の態度をとった。ところが彼女は突然、やせっぽちの孤児ヴァイゼルをきわめて重要な人物とみなし、僕たちに爪をむき出したのだ。ほんの一瞬で彼女が変わってしまうなんて、ありえないことだ。おそらく彼女は二週間後、僕たちが古いレンガ工場の地下室でヴァイゼルを見た時に感じたのと同じことを、感じたに違いない。鳥肌が立ち、体中に電流が走るような何かを。

しかし、僕は事実を整理しなくてはならない。そうだ、これはヴァイゼルについての本でもなければ、十数年前の僕たちについて書かれた本でも、当時の僕たちの町についての本でもなく、いわんや――校長の次に最も重要な人間である――Mスキとその時代についての本でもない。そんなことは僕の知ったことではない。もし僕がすべてを書きとめ、魚のスープが湾の砂浜を埋めた、あの夏の匂いを思い出そうと決心したとすれば、それはただひとえに、ヴァイゼルについて考えるせいだった。それこそが僕をドイツへの旅へ向かわせ、すべてを最初からどんなに些細なことも省かず書くよう、突き動かしているものだ。こういう場合、しばしば細部が門を開く鍵となるものだから。説明不可能な事柄と一度でも関わりをもったことのある者なら誰でも、それをよく知っている。というわけで、整理するとこうなる。

七月の最初の数日が過ぎた。うだるようなむし暑さの中、湾を失った町は虫の息だった。魚のスープは一層濃くなり、町のお偉方はますます多くの新たな問題に頭を痛めた。初めのうち、その奇妙な疫病はひとりでに収まるだろうと考えられ、何の対策も講じられなかったが、やがてある措置がとられた。浜では朝から干草を集めるときに用いるような木製の熊手を持った男たちが忙しく歩き回り、魚の死骸をかき集めた。死骸の山はトラックで町のゴミ捨て場へ運ばれ、ガソリンをかけて燃やされた。しかし、そうした作戦は本来の意図と反対の効果をもたらした。死んだトゲウオの数は増え、その死骸は照りつける陽ざしの中で膨張し、新聞は湾の隣接地域で犬や猫が大量死していることを報じた。二ヶ月前の五月初旬から雨が一滴も降っていないことも言及され、老人たちはしたり顔でそれを天罰と評した。

その頃僕たちはヘルメットをかぶり、ヴァイゼルから譲り受けた自動小銃を手に、ブレントヴォの墓地で大暴れしていた。交代でパルチザンになったりドイツ人になったりして、映画館「トラムヴァヤシュ」で上映される戦争映画そのままに、弾丸を受けて倒れた。ほんの時たま僕たちの頭に浮かんだのは、なぜエルカが僕たちと一緒に遊ばないのか、そしてまた、二人は連れだって何日も町のあちこちを歩き回っているが、あの痩せて軟弱なヴァイゼルの中に彼女は何を見ているのか、という問いだった。ある者が、ネプチューンの泉のそばの旧市街で彼らを見かけたかと思えば、別の誰かは、ヴァイゼルとエルカは大抵空港近くの原っぱにいる、それが嘘ならこの片腕を切り落とされたっていい、と言い、また別の機会にピョートルは、彼らがブレントヴォの向こうの爆破された橋まで行くところを目にした。そこは、鉄道用築堤の下をストシジャ川が流れており、戦争以来列車はまったく通っていなかった。しかし、そうした報告に僕たちは特別な関心を払わなかった。魚のスープがどんな様子か、ぼちぼち薄まってきてはいまいかと、僕たちの仲間のひとりが一日おきに市電に乗ってイェリトコヴォまで行き、それからブナの丘《ブコヴァ・グルカ》の裏の墓地で僕たちを探し、浜の悪臭は一層ひどく、大きなハエの群れがイナゴのように浮遊物にたかっている、と報告した。墓地の木陰は中庭や通りよりも心地よかった。

ある日、ゴシック体の碑文が刻まれた教会地下聖堂の近くで、僕たちは寝巻きのうえに病院のガウンを羽織った男に会った。男は墓碑プレートの上に腰掛け、まるで祈りでも唱えるように何やらぶつぶつとつぶやいていた。僕たちにぐるりと取り巻かれても、彼は不安気な様子をみせず、自分がどこから来たかを身ぶりで示した——彼は、町から伸びた県道向かいの丘に立つ、赤っぽい灰色の建物から脱走してきた精神病患者だった。ピョートルは、病院へ行って、捜索されているに違いないこの脱走者の居場所を伝えるべきだと提案したが、僕たちは本物の狂人を見るのが初めてだったので、ドゥダク司祭が神を棄てた狂人たちについての熱っぽい説教の中で言ったことは本当かどうか確かめたくなった。ブレントヴォの墓地や教会同様、森のはずれにあった僕たちの復活教会の教区で、ドゥダク司祭は、老人たちとまったく同じことを言ったのだ。湾のスープと旱魃《かんばつ》は神からのお告げだと。「まだ間に合ううちに改めよ」先の日曜日、彼は説教壇から叫んだ。「神を棄てるな、信仰薄き者たちよ、神がお前たちから顔を背けるからといって、誤った預言者や偶像に向かって祈ってはならない。自分の力しか信じず、世界を新たに構築したがる、あの狂人たちのようになるな。お前たちに聞く、信仰の失われた世界とは何かと。創造者であり救い主でおられる神が、崇敬されない世界とは何かと。お前たちに聞く、そして、お前たちに警告する。狂人たちに信仰をささげるなと。まだ間に合ううちに正気に返れ。自分の目で見て確かめるがよい。神がお怒りの印を示されていることを」こうした激しい調子で、ドゥダク司祭は自分の教区の信者を脅したりなだめたりし、その時僕たちは、狂った人々がいて、その人々のせいで僕たちはこの夏イェリトコヴォで泳ぐことができないのだと理解し、そういう狂人はどんな風貌をしているのかと知りたく思った。

そこへ絶好の機会が与えられた。たまたま墓地で精神病院のガウンを羽織った男に遭遇したものだから、僕たちはピョートルの声を掻き消し、脱走を告げ口しにスレブジスコへ走ったりはせず、ただ彼を囲んで立ち、彼の皺だらけの顔と擦り切れたスリッパをしげしげと眺めた。しかし、もしこれが狂人だったとしても、ドゥダク司祭が説教壇から大声で叱責した狂人の一人ではあり得なかった。彼は僕たちに何も言わなかった。そこで一番勇敢なシメクが、彼の頭に錆びついたヘルメットをのせた。その時男は、僕たちの傷だらけの自動小銃を見たいというジェスチュアをし、シュマイザーを両手に握るやいなや、地下聖堂で立ち上がり、銃口を上へ向けたまま、よく響く美しい声で僕たちに向かって演説を始めた。

「兄弟たちよ！　私の耳には神の声が聞こえる！　だから私がその証として差し出す言葉を聞け！　見よ、主は地を裸にして、荒廃させ、地の面《おもて》をゆがめて住民を散らされる。地は全く裸にされ、強奪に遭う。主がこの言葉を語られた。地は乾き、衰え、世界は枯れ、衰える。地はそこに住む者のゆえに汚された。彼らが律法を犯し、掟を破り、永遠の契約を棄てたからだ！」

僕たちにはこの言葉の意味がよく分からなかったが、それはとても魅惑的で崇高だったので、息を殺して寝巻き姿の男の言葉に耳を傾け、彼がスレブジスコの精神病院から脱走した狂人だということをすっかり忘れてしまった。彼は両手を高く上げ、僕たちの自動小銃を振って、まるでもっと背伸びしたいとでもいうように爪先立ちになった。彼のよごれたガウンの裾《すそ》は黄色い翼を思わせた。まるで彼が望みさえすれば、ブナの丘《ブコヴァ・グルカ》を越え、あるいはもっと遠くへ飛翔することができるかのようだった。

「人間が卑しめられ」と黄色の翼の男は続けた。「人はだれも低くされる。高ぶる者の目は低くされる。それゆえ、呪いが地を食い尽くし、そこに住む者は罪を負わねばならなかった。それゆえ、地に住む者は焼き尽くされ、わずかの者だけが残された。ついに、我々の上に、霊が高い天から注がれる。荒れ野は園となり、園は森と見なされる！」

その澄み切った低く響く声を思い出す時、僕は当時その黄色の翼の男の言葉を理解したのはヴァイゼルだけだっただろう、ということにいささかの疑念も抱かない。ただし彼はその時僕たちと一緒にいなかった。エルカとともに閉鎖されたレンガ工場の地下室に座っているか、あるいは、空港周辺の乾いた原っぱのどこかをぶらついていたに違いなかった。

そうこうしている間に男は翼をたたみ、霊廟から飛び降り、演説を続けながら苔むした小道を通って朽ちた鐘楼の方へ僕たちを導いた。その鐘楼は閉鎖された墓地の中にあったが、日曜祝日にはブレントヴォの教会の司祭によって使われていた。

「泣き叫べ」男の声はいまや力強さを倍増していた。「主の日が近づく。全能者が破壊する者を送られる。万軍の主なる神が、定められた滅びを全世界のただ中で行われるからだ。刑罰の日に向かって、襲ってくる嵐に対して、お前たちはどうするつもりか。その日には、海の轟音のように、主は彼らに向かって、うなり声をあげられる。主が地に目を注がれると、見よ、闇が地を閉ざし、光も黒雲に遮られて闇となる！」

僕たちはもう鐘楼のそばに立っていた、彼は自動小銃をはずして桁《けた》にのせ、鐘の紐《ひも》を解くと、それを引き始めた。ブロンズの鐘の最初の響きとともに、僕たちはドゥダク司祭の説教で耳にしたどんな言葉よりずっと美しい言葉を聞いた。

「それゆえ、陰府《よみ》は咽喉を広げ、その口をどこまでも開く」その時、ブレントヴォの鐘――僕たちの教区とは異なり、一つではなく三つあった鐘――が奏でる魅惑的な響きにあわせ、ガウンを羽織った男はまるで歌のリフレインのようにこう繰り返した。「災いだ、偽りの判決を下す者、労苦を負わせる宣告文を記す者は。災いだ、偽りの判決を下す者、労苦を負わせる宣告文を記す者は」

僕たちは彼の周りを囲み、中にはその歌のリズムに合わせて体をゆする者さえいた。それは歌に違いなかった。ただし教会の歌ではなく、大衆歌でもなかった。その歌を教会で聞いたことは一度もなかったし、音楽の時間僕たちは大衆歌しか歌わなかったが、その歌は出てこなかった。もしかすると僕たちはあともう少しでその歌詞と感動的な旋律を覚え、一緒に歌ったかもしれず、その歌はそういう風に、少なくとも限定的な意味で、大衆歌となったかもしれない。しかし、足の不自由な教会の下男が、僕たちの方へ足を引きずりながら歩いてきたので、歌は中断された。彼は異様なスピードで近づいてきて、僕たちに握りこぶしを振り回した。

「無神論者め！」彼は叫んだ。「お前たちは神聖な場所を敬うことができんのか？　とっとうせろ、さもないと……」彼は足を速め、彼の白い短衣がハシバミの茂みにくっきりと浮かび上がった。

僕たちは黄色の翼の男と共にブナの丘《ブコヴァ・グルカ》の方へ逃げたが、僕たちをさらに追いかけることにした教会の下男は墓地のはずれまでやってきた。そこには支柱の位置を示すコンクリートの柱脚《ちゅうきゃく》があったが、支柱そのものは、もうずいぶん前から存在していなかった。

「ごろつき！」と彼はますます大きな声で叫んだ。「野蛮人！」彼は握りこぶしを振り回しながら脅した。「お前たちのような者がいるところではない」彼の不自由な足はますます速度を上げた。「死者の眠りを妨げるな！」

僕たちが墓地を抜け出した時、突然松林の中からMスキが、まるで地面から生えてきたみたいに現れた。一方の手に鞄を、もう一方の手に植物を持って。彼は作業を中断し、僕たちを魚のようなまなざしで見つめた。

「どうしたんだ、お前たち？　この植物が見えるかね？　きれいじゃないか？　さあ」彼は僕のほうを向いて言った。「これは何に属するか、言ってごらん。知らないって？」彼はまるで授業のときのように喜んだ。「これはアグレガタエ、私たちの言葉では集合花だが、その下位区分のリグリフロラエ、我々の間では舌状花と呼ばれているものだ。そう、これは本物の高山ウサギギク、アルニカ・モンタナだ。ふつうは山岳地帯の草原に生えるが、私はこれをここで見つけたのだ。稀なことだ。北部で、しかも、氷堆石《モレーン》地帯で見つけるとは！　そのとおり、六月か七月に花を咲かせる」

Mスキはその稀有《けう》な発見についての考察を続けようとしたが、それは教会の下男によって遮られた。彼は生物の教師を見つけると、躊躇《ちゅうちょ》なく食ってかかった。

「子供らと一緒になって神聖な場所の静けさを乱す必要はないでしょう、ダーウィン先生」教会の下男はこう言って鼻を鳴らした。「こんなことはあってはならんことですからね。学問のためには墓地で大騒ぎしなければならんのか、と手紙に書いて、校長先生宛に送りますよ」

「私は、えーと、ここで……」Mスキはしどろもどろになった。「私はここに個人的にいるのであって、この少年たちとは無関係なのです」

「無関係ですって?!」教会の下男はかんしゃく玉を破裂させた。「無関係なんて、よくもそんなことが言えますね?!　私はこの目で見たんですよ、あんたがこの子らと一緒に鐘の紐を引いていたのを！一体何のためにそんな馬鹿げたいたずらをするのか？　司祭が学校へ行って、授業中に鐘を鳴らしますかね？　とんでもない！　教会から遠く離れていただくようお願いします！」

これはいささか言いすぎだった。Ｍスキは紫色になって、脅しと警告に満ちた悪態を、一気に、怒涛のごとくまくし立て、そこでは「挑発」「聖職者」「イエズス会主義」「反啓蒙主義」「後進性」といった言葉がしきりに繰り返された。そして彼は、高山ウサギギクを鞄に投げ込み、たとえ墓地の周辺であってもお前たちを目にしたら、次の学年で後悔させてやると脅し、去っていった。教会の下男も去り、その時僕たちははじめて黄色の翼の男がいないことに気づいた。彼は騒ぎをうまく利用して、姿を消してしまっていた。さらにひどいことに、彼はドイツ国防軍のヘルメットと錆びついたシュマイザーを持っていってしまった。

そうだ、その日エルカもヴァイゼルも僕たちと一緒にいなかったのだから、本当はこんなことを書かなくてもよかったのだろう。寝巻きと黄色いガウンを着た狂人を思い出す必要も、ブレントヴォの墓地の三つの鐘について言及する必要も、毛で覆われた茎と黄色い満開の花をつけた高山ウサギギクのことを思い出す必要もなかったのだろう。だが、この物語においては（ほかの物語よりも一層、と僕は思うのだが）、一定の細部と出来事が、遠くから眺めた時はじめて存在理由を獲得し、互いに結びつくので、もしすべてを想起しようと思うなら、それぞれを別に扱うことなどできないのだ。もちろん黄色の翼の男や、ブレントヴォの鐘や、僕たちに向けられたＭスキの脅しや、高山ウサギギクが存在しなかったら、僕たちの関心は、ヴァイゼルご当人の許容範囲内ではあったが、ヴァイゼルに集中しなかっただろう。僕が思うに、ヴァイゼルはその間ずっと、経験豊富な猟師のように、風が前からでなく背後から吹いてきて、鳥や獣が方向を見失う瞬間を待っていたのだ。彼は、自分だけが知っているやり方で、僕たちの準備が整ったかどうかを確かめていたのだ。

そういうわけで、僕たちは翌日ブナの丘《ブコヴァ・グルカ》を通ってブレントヴォへは行かなかった。その日ツィルソンの店の前には、早朝からオレンジエードに渇《かつ》えた長い行列ができた。べたつく瓶が手から手へ渡され、店主の女房がりんごときゅうりを量《はかり》にかけた。店のランプの下に垂れ下がった蝿取り紙は、蜘蛛《くも》の毛むくじゃらの手足のようだった。中庭ではコロテクの奥さんが洗濯物を干していたが、僕たちには、造船所で働いている彼女の亭主がその日の午後千鳥足で帰宅する、ということが分かっていた。その日は給料日だった。ちなみに僕たちの父親もそうだったが、造船所で働く男はほぼ全員、給料日に酔っ払って妻の元へ帰り、僕たちの母親は、コロテクの奥さんと同様に両手をもみ合わせ、口論し、神に己の心労と不幸を訴えた。当面、炎暑はすべての生気を奪っていた。コロテクの奥さんは、空《から》になった洗濯かごを抱えて中庭を横切り、「こんな天気が吉兆のはずがない」と言った。毛のぬけ変わった猫がマロニエの木陰で自分の傷をなめ、ツィルソンの店の裏手にある屠殺場からは不快なにおいが立ちのぼり、その地区全体を覆った。一時間にせいぜい一度、通りの石畳の上を車が騒音をたてて通り過ぎ、その後には砂埃が舞ったが、それもやがてゆっくりとおさまった。

その時突然、僕たちはヴァイゼルとエルカが共同住宅の裏門を通って出てくるのを見た。彼らは日照で赤茶けた生育の悪い庭の、黄色くなったインゲンの列の間をぬって歩いていた。今年の夏インゲンは不作で、丈は竿《さお》のやっと半分までしかなかった。ヴァイゼルは歩きながらエルカに何か言い、彼女は笑った。僕はシメクのわき腹を小突き、彼らの後をつけようと誘ったが、シメクは僕を引き止めた。

「ちょっと待て」と彼は言って、フランス製の双眼鏡を取りに家へ走った。それは彼の祖父が第一次世界大戦中ヴェルダンで獲得したものだった。

シメクがそれを今でも持っているかどうかは分からないが、僕はそれが両眼鏡に目盛りのついた砲兵隊の双眼鏡だったことと、僕たちの欲望と羨望の対象だったことは覚えている。おそらく、だからこそシメクは双眼鏡をめったに家から持ち出さなかった。木綿の積荷を載せて新港へ入る中国船で起きた火事を、共同住宅の屋根裏から見た、一年前のような特別な時以外は。

エルカとヴァイゼルは、十二番のループ線のそばの市電線路を通り過ぎ、ピロトフ通りを通って、架道橋の方へ向かった。その架道橋は、複数の市電の線路を跨《また》ぐように架かっていて、ヴジェシチ北部とザスパを結んでおり、そこから停留所へ降りることができた。ヴァイゼルとエルカは架道橋の上で立ち止まり、しばらく空港のほうを眺めていた。皮製のケースに入った双眼鏡は今のところ必要なかった。なぜなら、架道橋に立つ彼らは、そこから上り坂になったカーブ二つ分、僕たちより高い位置にいたからだ。紙工場の塀の後ろに隠れた僕たちは、ヴァイゼルがポケットから何かを出してエルカに見せ、彼女がそれを手に取り、注意深く眺めるのを見た。老木の陰は僕たちのうまい隠れ家になってくれた。過去から引き出された僕の記憶と、その日の何かがたとえ異なっていたとしても、その大きなカエデの木陰だけは真実のはずだ。そのカエデは大昔からその場所に生えていたに違いなかった。ピロトフ通りに小さな工場の木造倉庫が建った時、樹木は引き抜かれず、ただそれらのための穴が倉庫の屋根に開けられた。そういうわけで、僕たちは屋根から直《じか》に突き出ている樹木の陰の中にいた。シメクは早くも苛つき始めた。

「あいつら、あそこで何をやっているんだろう」と彼は尋ね、彼らが空港の方へ移動し始めた時、早速双眼鏡に手を伸ばそうとした。

僕たちはもう架道橋にいた。黄色と空色の列車が真下を通り過ぎ、僕たちはヴァイゼルとエルカの後をつけた。彼らはちょうど塀の穴を通って、空港の敷地にもぐり込むところだった。

「あいつら、警備隊の目をぜんぜん怖がらないんだな」とシメクは感心したように言いながら、ケースから双眼鏡を引っ張り出した。「さあ、やつらがあそこで何をするつもりなのか、見てやるぞ」彼はこげ茶色の筒を目に押し付けた。

エルカとヴァイゼルは、滑走路へと続くエニシダの低木の茂みへ姿を消した。僕がここで「続く」と書くと、そのとてつもなく重要なエニシダの群生は、離陸用滑走路の半ばあたりか、あるいは、滑走用の枝分かれした誘導路の一つに接している、と思われるかもしれない。これほど誤解を招くおそれのある表現もない。エルカとヴァイゼルが姿を消したエニシダの群生は空港の南端にあり、離陸用滑走路がまさにそこから始まり、北方の海に向かって垂直に延びていたのだ。

「あいつら、どこへ行ったんだ？」シメクは興奮していた。「畜生」と彼は言った（当時はそう言ったものだ）。「なあ、あいつらお医者さんごっこをしているぜ」

「え、何?」僕は怪訝《けげん》な顔で聞いた。

「お医者さんごっこさ」シメクは繰り返した。「あいつは彼女のパンツを脱がして、見るべきモノを全部じっくり見るのさ！　だけど、あいつらどこにいるんだ?」彼は架道橋の鋳鉄製の手すりから身を乗り出し、エニシダの群生に照準を合わせて、双眼鏡のレンズのつまみを回した。

僕たちの右手には、黒っぽいレンガ色をした教会の尖塔がそびえ立つ、ヴジェシチの旧市街が広がっていた。左手遠くにはオリヴァの輪郭が浮かび、正面には空港があって、小さなターミナルと、格納庫と、無風の時にはただのカラフルな布となってだらりと垂れ下がる吹流しが見えた。飛行場の向こうには帯状の白い砂浜と、湾と、港外停泊を待つ船が点在していた。

「あいつら、どこに行ったんだろう?」シメクは繰り返した。「藪《やぶ》から出てこないじゃないか」そう言って、彼は僕に双眼鏡をしぶしぶ手渡した。彼は双眼鏡を手放したがらず、手放したとしても、いつもわずかな時間だけだった。

僕の目の前に、双眼鏡の黒い目盛り線がエニシダの木立を背景にぼんやりと現れた時、僕はまるで、自分がヴェルダン近郊で殺されたフランスの砲兵隊長であるような気がした。ピントを調節していると、背後の丘の方から飛行機の鈍い音が聞こえてきた。コンクリートの滑走路のもっとも近くにあるエニシダの木立が震え始めたその時はじめて、僕は見た。彼ら二人が手をつないで並んで横たわり、近づいてくるイリューシン戦闘機を、首を伸ばして今か今かと待ち受けているところを。ただし、それは医者と患者のごっこ遊びではなかった。彼らは足を投げ出して仰向けに横たわり、片手をつなぎ、もう一方の手で、もつれた太いエニシダの根をしっかりとつかんでいた。飛行機は低空飛行でブナの丘《ブコヴァ・グルカ》の上を飛び過ぎ、架道橋をかすめ、鉄道線路へ近づいた。僕はエルカの赤いワンピースとむき出しの膝小僧にピントを合わせ、ついに理想的な鮮明さを獲得した。数秒後、巨大な輝く機体の腹がエニシダの木立をかすったように思われた時、僕はそれを圧倒的な高精度で見たのだ。飛行機は地上から十メートル、もしくは十五メートルのところを飛んでいたが、エニシダの木立と滑走路の始点から飛行機までは、石を軽く投げて届くほどの距離だった。エルカは膝を立て、顔をしかめ、口を大きく開け、まるで恐怖のあまり叫んでいるように見えた。ヴァイゼルも口を開けていたが、顔はしかめておらず、膝も立てていなかった。エニシダの木立は、突風のせいで刈り取られたかのように横倒しになった。エルカは地面から引き離されないよう、膝をますます高く立て、腰も浮かせたので、彼女の赤いワンピースが空気の激しいうねりでまくれ上がり、両足の間の黒い箇所があらわになった。しかし、それはパンツでも下着でもなかった。轟音をたてる飛行機によってまくり上げられた赤いワンピースから、やや上向き加減に現れたその黒いものは、奇妙にやわらかく、波のようにうねる優しいものであり、ヴェルダン近郊から略奪されたフランス製双眼鏡のレンズから見える、砲撃の焦点と重なるものであったから。しかし三角形を思わせるそれは、巨大なイリューシンの車輪が、彼らの十メートルか十五メートル背後でコンクリートの滑走路面に触れるやいなや、エルカの臀部と膝を覆う赤いワンピースの襞の中へたちまち消えた。これで何もかも終わりだった。二人は立ち上がり、銃で武装した警備隊を逃れるため、さっさと塀の方へ走っていった。

シメクは僕から双眼鏡を引ったくり、目を押し付けて叫んだ。

「ほら見ろ、あいつらやっぱりお医者さんごっこをしていたんだ。飛行機にびっくりして逃げ出してらぁ！」

しかし僕はその時すでに、彼らのゲームが、シメクの望んだものではなかったことを知っていた。飛行機が近づく間ずっと、ヴァイゼルの手は同じ場所にあったし、エルカの赤いワンピースをまくったのは彼の手ではなかった。そうだ、僕はその時すでに、エルカがヴァイゼルを仲介役として、飛行機相手に奇妙で興奮させる博打をうったことを知っていた。僕は、自分がどちらにより驚いたのか分からない。銀色のイリューシン十四型機がエルカの赤いワンピースをまくり上げたことか。それとも、彼女の足の間に、僕の母やピョートルの姉にあるのとそっくり同じ、黒い三角形があったことか。それは見ないわけにはいかなかった。僕たちの共同住宅には各階に浴室が一つしかなかったから。

午後になると暑さはやや緩み、家々の開け放たれた窓からは各家庭の口論が聞こえてきた。まだ飲み足らない最後の御一行が帰ってきたが、彼らは道すがら、新しい映画館へ改築されることが決まっているプロテスタント教会礼拝堂の向かいの酒場、「リリプット」へ立ち寄った。僕たちが住む地域のプロテスタントの人々は熱心な信者だったが、その数は年々減り、自分たちの教会を維持することができなくなっていた。彼らの大部分はグダンスク生まれの年寄りで、新しい入植者〔第二次世界大戦後、新たにポーランド領となった地域へ強制移住させられた旧ポーランド東部領出身者〕からは「ドイツ人」と呼ばれていたけれど、それは必ずしも真実ではなかった。コロテクの奥さんが夫に怒鳴っていた。「このクズ、役立たず！」ラジオからは民族舞踊の軽快なメロディーが流れ、すべての少年たちはシメクを介して、ヴァイゼルがエルカに触わるために彼女を連れて空港へ行ったことを知っていたが、その本当の意味を説明できる者は全員ではなかっただろう。エルカが中庭を横切った時、誰かが、僕らにも触らせろよ、二階に住むあのユダヤ人だけじゃなしに、と叫んだ。エルカは、僕たちが座っていたベンチに近づいた。彼女は目に火花を散らせていた。

「あんたたち馬鹿は」彼女は食いしばった歯の間から言った。「馬鹿な洟垂《はなた》れ小僧、臭いウンコ、あんたたちなんて……あんたたちなんて……、ただボールを蹴って、歯を折るのがせいぜいだわ！」

「それがどうした⁉」と好戦的な声。

「どうもしないわよ」と彼女は答えた。「彼は何だってできるの。分かる？　洟たれのお馬鹿さんたち。彼は望んだことが何だってできるの。動物だって彼の言うことを聞くんだから！」

「へぇーだ」シメクが彼女を鼻で笑った。「あいつには、動いている車や飛んでいる飛行機をとめることだってできるってわけか」

この最後の指摘がもっともエルカの癇《かん》に障《さわ》った。彼女は爪をむき出し、シメクに飛びかかった。もしその時、二階から声が聞こえなかったら、確実に新たなつかみ合いが始まっていただろう。

ヴァイゼルは開いた窓から一部始終を見ており、エルカの爪がまさにシメクの顔と髪に食い込もうとする時、突然、僕たちはその声を聞いた。

「よし、あいつらに言ってやれ。明日動物園へ来いって。十時、正門の横だ」

ヴァイゼルはまさにあのやり方で、彼女に向かって言った。「あいつらに言ってやれ」と。僕はそれをはっきりと覚えている。たしかに僕たち全員と対決していたのは彼女だったけれど、彼だって彼女と同じぐらい上手く、自分で僕たちに「明日十時、動物園の正門に来い」と言うことができた。しかし彼は彼女へ向かって言うことを選び、それはその後、彼が射撃場裏の谷で行った見世物へ僕たちを招いた時も変わらなかった。

「聞いたでしょ」エルカは繰り返した。「十時に動物園の門の前に来なさいよ。そうしたら分かるわよ」しかし彼女は何が分かるかは言わず、さっさと行ってしまった。今や僕たちの耳に聞こえるのは、コロテクさんがズボンからはずしたベルトで妻を殴り、彼女が全聖人に助けを乞う声だけだったが、その祈りは、真の信仰心が足らないのか、聞き届けられないようだった。開いた窓からはビンタと絶望的なうめき声が延々と聞こえ続けたから。

夜になると老人たちはベンチに横たわり、空を眺めて予言された彗星を探し、僕たちはプロイセン兵舎の脇の乾いた原っぱでサッカーをした。その日イェリトコヴォへ行ったピョートルの報告によれば、魚のスープは紫色になり、以前よりますます強烈な悪臭を放ち、砂浜への立ち入りは、湾に面する三都市すべての政府の署名が入った大きな立看板によって禁じられている、とのことだった。

「いい加減にするんだ！　そういう御託を並べるのはもう終わりだ！　なぜこれらの少年たちは、どんなキャンプにも、夏合宿にも、ボーイスカウトにも入らなかったのか！　彼らが不発弾や弾薬がごろごろしている野原をうろつかないよう、彼らから時間を奪うことを、なぜ誰も思いつかなかったのか！　それについてはあなたにも部分的に責任がありますよ！」検事の声が甲高く響いた。校長はネクタイを緩めなかった。それはもうすっかりほどけてしまっていた。「なぜ少年たちは夏休みの間どこかへ旅行に出なかったのか？　その理由を、私と同様、あなたもご存知でしょう」検事は続けた。「この辺りでは（彼は「この」を強調した）、親たちは時間もなければ教育能力もなく、思春期の子供達に対する影響力を失っているんですから。その代わりを務めるのが、あなた方の、学校の、教職員の役目でしょう。それとも、私があなた方にお教えしなければならんのですかな？　昨年だけでも、似たような事件がポーランド全域で十数回起こっております。もし休暇中にも（「にも」を強調）適切な監視が行われていたならば、それらの事件の多くは、そもそも事件に至らなかっただろうと、私は確信しております！」

僕たちは息を殺して、まず検事の言葉に、続いて校長とMスキの話に耳を澄ませた。校長室のわずかに開いた扉からは、すべてが聞こえるというわけではなかったが、彼らが相変わらず間違った筋道をたどっているということは、僕たちにもなんとなく分かった。校長、Mスキ、軍服の男、そして七時に学校の秘書室へ現れた検事は全員、ヴァイゼルとエルカが射撃場裏の谷で起こった爆発により、数百か数千の破片となって飛散した、と考えていたからだ。彼らはそれを不発弾による爆発だと考えていた。辻褄《つじつま》の合わないことがひとつだけあった。捜索の間、洋服のどんな切れ端も肉片も見つからなかったのだ。だから彼らは、まるでそれが僕たちの罪であると言わんばかりに激怒し、怒鳴りつけ、脅したのだ。彼らは、谷の坂を上っていく二人を見た、という僕たちの話を信じなかった。僕たちが二人を最後に見たのが本当に次の日で、それはストシジャ川の爆破された橋のそばの、小川が鉄道用築堤の下の細いトンネルを流れている所だったということに、彼らは思い至らなかった。彼らは僕たちの供述の中で方向をすっかり見失っており、僕たちが恐怖のせいで肉片をどこかに埋め、今はとりあえずまことしやかな説明をするために嘘をついている、と考えたのだ。もしそれが事実だったら、僕たちは最終的に口を割り、ヴァイゼルのシャツの切れ端、あるいはエルカの赤いワンピースの残骸の隠し場所を話していたはずなのだが、その点について彼らは考えつきもしなかった。

「ドイツ人は撤退後、複数の地下兵器庫を残した」再び検事が言った。「これは現代において最も悲劇的な（「悲劇的な」が強調された）戦争の産物だ！　しかし、あなた方の学校では（「あなた方の」を強調）、この問題に関する授業が一時間たりとも割かれてこなかった。いいですか、校長。こういう種類の危険を若者に警告するためにあなた方が何をやってきたか、言ってごらんなさい。レンガ工場で爆発物がいくつ見つかったか、あなた方はもう知っているでしょう。正確なデータがあります。この建物だけじゃなく、この付近の家々が全部吹き飛ぶぐらいの量ですよ」

校長は何やらややこしく説明し、その後Ｍスキが、グループ活動に対する嫌悪感の高まりや警戒心の衰退などについて話したが、結局それはバチカンの政治の話と、彼自身が——言わずと知れたことだが――たびたび目にする聖職者の非妥協的態度の話で締めくくられた。それが真実である証拠に、彼は検事に僕たちとブレントヴォの墓地で会った時の話をした。

「私が興味を持つのは事実であって」検事はつっけんどんに言った。「一般論ではない。私はその決定的な日の状況についての詳細な説明が欲しいのだ。軍曹」と、彼はおそらく軍服の男の方へ向き直って言った。「調査報告書に状況の概要を添えなさい。あなたにどうしろと指示する必要はないと思う。好きなようにおやりなさい。ただし報告書は月曜日の朝までに仕上げるように。言い残しや不明瞭な箇所があってはならない！　ちなみに」彼は最後に付け加えた。「一年前だったら、あの少年たちは」――これは僕たちのことだった――「妨害工作のかどでオコポヴァ通りに収容され、マリア様でさえ彼らを助けることはできなかったでしょうな。そう、そのとおり」校長室を出ながら彼は言い添えた。「時代と習慣は変わるものですな」そして秘書室を横切り、香水の甘ったるい強烈なにおいを後に残した。

「さあ困った」ややあって、Mスキが言った。（そして、校長机の上に広げられた用紙を太い指で差したに違いない）「だって、これらの供述は矛盾だらけ、支離滅裂ですからね」

「彼らは全員」――これまた僕たちのことだが――「恥知らずにも嘘をついている」と軍曹は付け加えた。「彼らは怖がっているが、嘘をついている」

「彼らは怖いから、嘘をついているんです。そう思いませんか、軍曹？」そう校長が問いを投げかけ、その後彼らは長いこと侃々諤々《かんかんがくがく》とやり合ったが、僕はその間中考えこんでいた。仕立屋で、家からめったに出てこないヴァイゼルの年老いた祖父は、なぜ捜索が始まったとたん死んだのか、と。彼の家の戸をたたいたが誰も出てこなかったので、扉がこじ開けられ、心臓発作で死んでいるヴァイゼルさんが見つかった。発見された時、彼は椅子に座り、シンガーの銘柄がついた古いミシンに頭をもたせかけ、仕事はやりかけのまま残されていたそうだ。ずっと後になって知ったことだが、それは海軍大尉の未亡人が注文したスーツのベストだった。なぜよりにもよって未亡人がスーツのベストを注文したのかは僕にも分からない。ヴァイゼルさんのことを思い出すと僕はちょっぴり怖くなった。彼のあれほど突然の死。あれは偶然のはずがなかった。今そのことがはっきりと分かる。なぜならいつも無口なヴァイゼルのお爺さんは、あの良い天気の日、エルカとヴァイゼルがどんな風に僕たちから遠ざかっていったか、そして、僕たち自身にも完全にはよく分からない事態へ、どんな風に至ったのかを話すことができたであろう、唯一の人物だったから。

あのことを完全に理解するには、僕たちは多かれ少なかれ、今僕がおよそ二十年遅れでやっていることをやらなければならなかったに違いない。重要な詳細をすべて思い出し、整理し、ひとかけらの金色の琥珀《こはく》に数百年間閉じ込められていた蝿を眺めるように、その全体像を観察しなければならなかったに違いない。しかし当時の僕たちにはその用意ができていなかった。シメクにもピョートルにも僕自身にも。当時、聖体の祝日で「めでたし、乙女マリアより生まれ給いしまことのお体よ」と歌っている時、ドゥダク司祭によって振り撒かれた香煙と例の魚のスープの間に関連を見出した者は、僕たちのうちにいなかっただろう。その年の日照りが単なるいつもの日照りではなかったことに、僕たちは気づきさえしなかっただろうし、射撃場裏の谷で準備されたヴァイゼルの爆発や、閉鎖されたレンガ工場の地下室で彼がやっていたことが、エニシダの木立の中でエルカの赤いワンピースと肉体を持ち上げた、イリューシン十四型機のきらめく機体と何らかの関連があると予想した者は、誰もいなかっただろう。結局、僕たちがストシジャ川のほとりで、爆破された橋のたもとで最後に見たものを詳しく話したとしても、Mスキも校長も軍服の男も、世界中の誰も、それを真面目に受け取らなかっただろう。彼らは眼鏡を拭き、コーヒーをすすり、ワイシャツの袖口をいじりながら、「そんなことはあり得ない」と言っただろう。「そんなことはあり得ない、無作法な子供たちよ、お前たちはまた嘘をついているな」そして尋問は再び、その前と同様に、彼らによればそこですべてが終わった最後の爆発をめぐって、堂々巡りしただろう。

僕たちにしても、ヴァイゼルと交わした約束で結ばれていた。厳密に言えばそれは誓いだったが。しかし僕は相手の出方を見ることにした。そこでシメクとピョートルに挟まれて、とりあえず秘書室に座っていた。足はものすごく痛かった。わずかに開いた窓から、検事がつけていた香水の芳しい残り香が流れてきた。彼は七時半きっかりに学校を出ていった。「ヴォイタル」校長室の扉からピョートルの名前が呼ばれた。「お前の番だ」そしてピョートルは時計の最後の音が鳴るとともに中へ入っていった。

なぜ検事はオコポヴァ通りについて言及したのだろう？　彼は、もし一年前だったら、僕たちは三人とも妨害工作班としてそこに収容されただろう、と言ったのだ。今日の僕には当時彼が考えていたことがよく分かるが、しかし当時、ピョートルが校長室の扉の向こうに消え、二回目の、いや正確には三回目の尋問が始まった時、検事の言葉は僕を不安にさせた。僕は思い出していた。二年前のある午後のこと、僕たちの住宅の前にカーキ色の車が止まり、コートを着た二人の男が出てきて、コロテクの奥さんの家に赴《おもむ》き、その日は給料日でもないのにへべれけになっていた彼女の夫を連れていったことを。当時大人たちは、コロテクさんはオコポヴァ通りに連れていかれた、彼がロンドンのラジオ放送を聞いているという密告があったからだ、と噂していた。コロテクさんは帰ってきたが、それは三週間たってからのことで、片目をみずみずしいハタンキョウの実のように腫らしていた。そして次の給料日、最後の審判が下ると信じて中庭の中央に立ち、皆に見えるようにワイシャツを脱ぎ、背中の黄色と赤の縞模様を晒した。さらに、自分の運命を呪う言葉を大声で吐き、この世界は売春婦と泥棒と悪党によって支配されている、と嘆いた。その時僕は門のところに立っていて、女たちがそうした悪態を遮断するよう、ぬかりなく窓を閉めるのを見た。コロテクさんはこぶしを振り上げ、神がこのすべてを上から眺めながら、まるで労働者ではなく、ただ腕組みしてオフィスに座っている重役のように何もしないことを呪ったが、最終的には駆け下りてきた奥さんによって住居へ引きずり込まれた。ピョートルが校長室の扉の向こうへ消え、僕とシメクが、壁時計のチクタクという緩慢な音を聞いていた時、僕は、コロテクさんの背中とオコポヴァ通りの光景を思い出して怖くなった。当時の僕にとっては、どんなにすさまじい「象の鼻」や「ガチョウの羽むしり」や「燃える手のひら」も、Mスキによるその他のどんな拷問も、ヤニのしたたる松のような溝が刻まれた、とんでもない色のコロテクさんの背中とは比べ物にならなかったからだ。

外の夕闇はますます濃くなり、用務員が校長から呼ばれ、扉をわずかに開けたまま校長室へ入った。僕はシメクの方を向き、ささやき声で供述の変更を提案した。もし僕たちが谷の裏で爆発が起きた次の日、ストシジャ川のほとりで起こったことについて話したとしても、ヴァイゼルやエルカに何の害があろうか、と。もし彼らがこの辺りに隠れているとしても、こうして見つからずにいるのだから何も心配いらないし、彼らがもしも全く別の場所にいるなら、彼らに害が及ぶ可能性はますます少ないじゃないか、と。しかしシメクは頑《かたく》なだった。彼は学校時代いつも頑なだったが、尋問で一層頑固になることを決意したのだった。僕ははっきりと見た。彼が歯を食いしばり、かぶりを振るのを。

それと同じ動きを彼がしてみせたのは、僕が遠くの町にいる彼を訪ね、魚のスープが湾を満たしヴァイゼルとエルカが空港へ通ったあの夏休みについて、もう一度質問した時だった。シメクは学校時代には戻りたがらず、僕の助けになろうとはしなかった。ドゥダク司祭の金色の香炉から出た灰色の煙のことは覚えていないか、思い出したくないかのどちらかで、ヴァイゼルの話題になると、陳腐で薄っぺらな意見をいくつか口にした。それは彼の新しい、大人の頑なさで、僕はそれについて恨みごとを言う気はない。なぜなら、彼は僕たちの中で、ひとかどの人物になった唯一の人間だったから。

そうこうしているうちに、用務員が磁器製コーヒーポットをもって校長室から出てきて、洗面所へ行って水を汲んでくるよう僕に命じた。がらんとした廊下を通りながら、僕は人気《ひとけ》のない学校の廊下ほど寂しいものはこの世にないと思った。ひっそりとして、どこへ続くとも知れず、陰気なほどがらんとしたそれは、つい数時間前低学年から高学年までの数百人もの生徒が騒いでいたあの廊下と同一のものとは思えなかった。速効性のある毒物を携帯していないことが悔やまれた。そこで僕は代わりに、Mスキの無表情な目つきを思い浮かべながらポットの中につばを吐き、その白い泡が溶けるよう指でかき混ぜた。僕が秘書室に戻った時、シメクはもう校長室に入っていて、ピョートルがさっきと同じように僕の左側の折りたたみ椅子に座っていた。用務員は僕たちから目を離すまいと、自分の部屋から電気器具を持ってきて、その場で水を沸かし始めた。水がゆっくりと沸騰する音を立て、時計が静かに時を刻み、眠くなるほど暖かくなった。

ヴァイゼルは翌日、オリヴァの動物園の正門前で僕たちと会う約束をした。それはどの程度計画されていたことだったのか？　エルカがもう少しでシメクの顔に爪で溝を掘りつけるところだったあの状況に、どの程度起因するものだったのか？　僕には確信がない。それに、あれはそもそも「約束」だったのか？　彼はただ僕たちに指定したのだ。まるで君主が家臣に向かって、伝令を通して指定するように。その頃僕はもちろんそれに気づかなかったが、秘書室の折りたたみ式の椅子に座り、コーヒーの水が沸騰し、壁時計がチクタク鳴っていた時、僕にはなんとなく、ヴァイゼルはその瞬間から僕たちの君主で、それは変えようもなかったという気がした。今の僕には分かる。彼についての未だ書かれざる本の第一章は、こんな言葉で始まるべきだ。「よし、あいつらに言ってやれ。明日動物園へ来いって。十時、正門の横だ」ヴァイゼルがその言葉を放った二階の窓からは、おなじみのゴトゴトいうミシンの音が聞こえていた。それについてはもう述べたが、僕がいくつかの事柄を繰り返し、学校の宿題のようにそれを消してしまわないとすれば、それは、僕がやっていることが本を書くことではないからだ。ひょっとしたら、エルカ、シメク、ピョートルと一緒にならも本を書くことができたかもしれない。だが、もう言ったように、シメクは何も思い出したがらなかったし、エルカは僕がドイツへ訪ねていった後でさえ僕の手紙に返事をよこさなかったし、ピョートルは一九七〇年の十二月、通りで死んで、スレブジスコの墓地の五列目に眠っている。

生物の授業でMスキは、どんなヨーロッパの都市もオリヴァにあるような動物園があれば恥じる必要はないだろう、と幾度も主張した。Mスキが何を言おうとしていたのか僕には分からない。僕たちはヨーロッパに住んでいない、ということなのか。それとも、動物園以外に僕たちには恥じるべきものがある、ということなのか。その動物園はたしかにとても美しかった。町から遠く離れ、オリヴァの沢という深い谷には、松とブナの混合樹林に覆われた七つの丘から支流が注ぎこんでいた。ノロジカは森の日当たりの良い空き地に、ヘラジカは湿気の多い暗い沼地に、狼は土手の斜面に掘られたねぐらにいて、カンガルーはアカツメクサとスカンポに覆われた休閑地を跳ね回っていた。熱帯地方から連れてこられた肉食動物にだけは、数十メートル四方の緑色の鉄格子に囲い込まれた、かなり環境の悪い飼育場があてがわれていた。当時僕たちの目には留まらなかったが、動物園というものに足を運ばなくなった今になってみると、ヨーロッパでもっとも美しい動物園、というMスキの言葉はひどく滑稽《こっけい》で、馬鹿らしく思える。そう、まるで見知らぬ町をガイドに案内されて、突然「皆さん、あそこに見えますのが、私たちの町にかつて建てられた建物の中で、いやもしかすると、ヨーロッパ中でもっとも美しい監獄です」と言われたような感じがするのだ。

今日の旅行者や町の住人は動物園へ行く時、オリヴァの市電のループ線からバスに乗る。しかし当時バスの本数は今よりやや少なかったように思われる。それで僕たちは、ループ線からシトー会修道院のわきを歩いていかなければならなかった。パホウェクの丘の日当たりの悪い斜面には、戦争直後まだドイツ文字の刻まれたオベリスク状の記念碑[*1]が立っていたのだが、そのそばを通り過ぎ、今では雑草が生い茂り沼地になった旧陣営施設の貯水池に沿って歩みを進めると、道沿いに植えられた花盛りのシナノキの香りと、炎暑の塵《ちり》をいっぺんに吸い込むことになったものだ。歩き疲れ始める頃ついに視界が開け、僕たちは喜びの谷《ドリナ・ラドシチ》のてっぺんから、丘とその右斜面にある動物園を臨むことができた。

僕たちは、ヴァイゼルがそこで門にもたれて立っているのを見た。その日彼は緑色のズボンと野《や》暮《ぼ》ったいロシア風の裁ち方をした水色のシャツを着ており、それはまるで兄貴の服を借りてきたように不格好《ぶかっこう》だった。まずヴァイゼルへ近づいたのは僕たち三人組で、その後から、リダ出身の鉄道員の息子で車両で生まれたヤネク・リプスキ、それに続いて、ワルシャワ蜂起参加者の父とグダンスクの食料品店主の母をもつクシショ・バルスキ、さらに、いつも清潔なシャツを身に着け、僕たちとは違って「すみませんが」とか「ありがとう」といった言葉を口にし、それは彼の父親が貴族の出だからだと噂されていたレシェク・ジヴィレウォが、動物園の門に近づいた。その日、行列の最後尾にいたのは、ネズミのように物静かなバーシャ・シェフチクだった。彼女の父親は戦後鉱山業をあきらめ、幸せと娘の母親になってくれる人を探してここへやってきた。僕たちはヴァイゼルをぐるりと取り囲んだ。

「それで」とシメクが彼に尋ねた。「俺たちにこれから何を見せてくれるんだ?」

ヴァイゼルはわきのくぐり戸へ僕たちを案内し、僕たちがそこを通って切符なしに入り込むと、その後次から次へと飼育場を見せて回り、彼が望む場所では長い間立ち止まった。そういう時彼は垣根にもたれていたが、なぜ彼が退屈なラマをそんなに長く見つめるのか、この猛暑の中、決して水中から出てこないアザラシに何を見ているのか、僕たちにはさっぱり分からなかった。エルカは鳥の檻《おり》の前で待っていた。彼女がアルゼンチン産の巨大なハゲタカに驚嘆していたのを僕は覚えている。彼ら

＊1　一七九七年プロイセン王フリードリヒ・ヴィルヘルム三世が、妻の名前をとってパホウェクの丘を「ルイーゼの丘」と名付けたことを記念し、一八八九年丘の頂上に建てられた記念碑。建立当時は、ドイツ帝国の国章である鷲が彫られ、ゲーテ『タッソー』の一節が刻まれていた。一九四五年、鷲とゲーテの一節は削られ、その三十年後ポーランド＝リトアニア共和国の王ジグムント三世の頭部彫刻と、スウェーデン＝ポーランド戦争を勝利に導いた王の功績を称えるプレートが台座にとりつけられた。

の黒い翼は、太陽の陽ざしをうけて石榴色（ざくろ）に輝いていた。彼らは居眠りするように、ゆっくりと頭を振っていた。その後僕たちは爬虫類の小屋の前を通り過ぎたが、ヴァイゼルは中へ入らなかったので、僕たちは彼の後に続いてヒヒとチンパンジーの檻へ移動した。そこにはより多くの人々が群がっていて、叫び声を上げたり面白がったりしていた。愚かなチンパンジーは、その都度砂を摑んで見物人へ投げ、見物人は口笛を吹いたり、足を踏み鳴らしたり、何かの食べ残しを檻の網から投げ入れたりして、サルに報復した。時おりサルは手を頭へやり、ちょうどMスキが大事なことを忘れた時にそうするように、頭のてっぺんの毛を掻いた。しかし、それはサルのわな、チンパンジーの策略だった。しばらくするとサルは頭を下げて臍《へそ》をのぞき、自分の口の中へ向かって小便をすると、突然口をすぼめ、最も近い所に立つ人間めがけて、まるで消防士がポンプから放水するように細い噴水をひっかけた。チンパンジーが小便攻撃をするたびに、サルのほうが彼らの敵よりも敏捷であることが判明し、最前列にいる観衆は腕や顔から黄色のくさい液体を拭わなければならなかった。僕たちはその遊びがとても気に入って、人々が飛びのく姿を見てもにこりともしないヴァイゼルのことを長い間忘れていた。しまいにチンパンジーは檻の奥へと隠れ、人々は去り、僕たちはわくわくしながらヴァイゼルを見つめた。なぜなら、もしこれが僕たちに見せるはずのものだったなら——何人かはそうではないかと予想していた——、大きなペテンであり、こけおどしだったからだ。しかしヴァイゼルは僕たちの忍耐力を試していただけだった。彼はもうしばらくそこに立っていたが、やがて猛獣の檻の方へ移動した。その檻は、これを書いている今日でさえ、他の動物の檻とはまったく違うにおいがする。

サルとも象とも、あらゆる有角、無角動物とも違う。檻にその時たちこめていたのは、僕は今でも思い出すのだが、甘ったるい、吐き気をもよおすにおいだった。アフリカのライオンやベンガルの虎の黴《かび》だらけのねぐらから、干からびた裸の大枝の上に寝そべる黒豹《くろひょう》から、七月のべたつく空気の中を細い筋となって立ちのぼるにおいだった。

ヴァイゼルは黒豹の檻の前で立ち止まった。エルカは唇に指を当て、彼の邪魔をしないよう、少し後ろへ下がれと僕たちに命じた。僕たちに背を向けたヴァイゼルは、他の人々が檻から離れるまで、まるまる数分間そこにじっと立っていた。そしてその時僕たちは、それまで午睡を楽しんでいた豹がゆっくりと頭を上げるのを見た。豹は松葉のような長いヒゲのはえた頬をわずかに膨らませ、まるでしゃっくりをしたように見えた。しかしそれは始まりに過ぎなかった。頬がひきつり持ち上がったかと思うと、今度は黒いビロードの下から一列の白い牙が見えた。最初僕らが聞いた囁くようなかすかな音は、やがて奥のほうから発せられる深い咆哮《ほうこう》に変わった。豹はしなやかな動きでゆっくりと大枝から滑り降り、毛を逆立てて檻へと近づいた。わずかに震えていた尾が、その後時計の振り子のようにますます力強くリズミカルに揺れ、艶やかなわき腹を打った。猛獣はついに鼻面で鉄格子に触れ、ヴァイゼルの正面に立った。さっきまでのうなり声は突然、喉奥から発せられるごぼごぼという音へかわった。行進の時の太鼓《たいこ》の連打と、水かさを増した川の激しい水音が混じり合ったような、あるいは秋の強風と復活祭の鐘の音が混じり合ったような音だった。豹は檻のそばで怒り狂い、前足でコンクリートの床を打ち、鼻面《はなづら》を下げたかと思うと再び上げ、ついには両前足を鉄柵にかけて体を垂直な梁《はり》のようにまっすぐ起こした。僕たちはむき出しになった太い鉤爪《かぎづめ》を見た。しかし、それがすべてではなかった。ヴァイゼルは自分を檻から隔てる障害物をまたぎ、鉄柵の目と鼻の先に立った。あとほんの一歩で、猫の爪が彼の額に触れるのではないかと思われるほどだった。豹は身動きしなかった。突然、咽喉から発せられるごぼごぼという音は深いうなり声へ、そしてうなり声は最初の静かなくぐもり声へと変わり、猛獣はなお毛を逆立て尾でわき腹を叩きながらも、ヴァイゼルを見つめたまま後ずさりした。それは鳥肌の立つ光景だった！　豹は腹をコンクリートの床に擦りつけながらゆっくりと檻の奥まで這っていったが、豹の細くつり上がった目は、動かない手鏡のように光りながらヴァイゼルへじっと注がれていた。尾の先が飼育場奥の壁に触れると、豹は隅に縮こまり、ついに体中を震わせながら目をふせた。張り詰めた皮膚の下の筋肉一つ一つが、寒気がするかのように震え、大きな猫は、人が足を踏み鳴らしただけで中庭の隅へと逃げる、コロテクの奥さんのミニチュア・ピンシャーを思わせた。

　僕たちは黙って突っ立っていた。ヴァイゼルが僕たちのほうへ近づき、エルカが彼にハンカチを渡すまで。彼は骨の折れる仕事を終えた後のように額の汗を拭った。しかし、それは僕たちがヴァイゼルとともに過ごした一日の終わりではなかった。魚のスープが湾の水の中で発酵し、教会で人々が旱魃の終息と降雨を祈った、あの夏の物語の終わりではなかったように。

　オリヴァの動物園からヴァイゼルが通ったのは、僕たちが知っているのとは別の帰り道だった。そこには市電のループ線もなかったし、車庫や僕たちの学校や共同住宅のわきを通って石炭市場《タルク・ヴェングローヴィ》とオリヴァ間を運行する、あのおんぼろの市電二番もなかった。僕たちはいつも通る道の代わりに、喜びの谷《ドリナ・ラドシチ》の坂道を上《のぼ》っていった。その道はシトー会修道院の会員である休業中の鍛冶屋のわきを通り、オリヴァの沢へと続いていた。坂の上は草がひざの高さまで生えており、ブナの丘《ブコヴァ・グルカ》と同様、そこから海を臨むことができた。ブナの葉陰には深い雨裂や岩の亀裂があった。幅の狭い砂だらけの小道は、ところどころに白樺《しらかば》の木立やハシバミの藪の混じる古い松林の中へと続いていた。

今となってはまるで楽園の喪失を憂《うれ》えているようにしか聞こえないが、ヴァイゼルが僕たちに、フリードリヒ大王が狩猟の途中で腰を下ろしたという泉のそばの休憩所を指し示した時や、太陽が隅々まで照らす空き地でノロジカが驚いて足を踏み鳴らした時や、僕たちが甘い野いちごを手の平いっぱいに集めた時、そこは僕たちにとってまさに秘密の楽園だった。町から離れ、ちょうど蒸し暑い日の涼しく湿った大聖堂のように、人を惹きつける魅力にあふれた場所。ヴァイゼルは先頭を歩き、エルカだけに話すふりをしたが、実は僕たちに向かって話しかけていた。「ああ、ここは冬になるとイノシシが来る」とか、「ああ、これはマテンブレヴォへ続く道だ」とか、「ああ、あそこには、ウサギの頭蓋骨の中に一番大きな赤蟻の巣がある」といった具合に。彼がとりわけ満足げに差し示したのは、先の戦争で掘られた塹壕が森を横切る場所だった。彼は「ああ、これは臼砲によってできた穴だ」「ああ、これは対戦車壕だ」と、似たような調子で説明した。僕たちは息をのんでそれに耳を澄ました。ついに彼は射撃場裏の谷を通り、僕たちを氷堆石地帯《モレーン》の際《きわ》まで連れていった。そこから僕たちは、ブレントヴォにあるレンガ造りの教会の小さな鐘楼と、馴染みの墓地のシルエットを眺めた。

それ以来僕はその同じ道を、一人であるいは仲間と一緒に、夏には徒歩か自転車で、冬にはスキーで何度も往復し、その六キロ半にわたるルートを「ヴァイゼルの道」と名づけた。しかしガイドブックに自然遊歩道として青線で示される今日においてさえ、ヴァイゼルが僕たちを導いた帰り道、そのすべてを手で差し示したのか、それとも、もたれることができるような瘤《こぶ》だらけの杖を携えていたのかについては、まったく思い出すことができないのだ。杖を持っていたのかもしれないと思うのは、その日以来、彼は自分の民を導くように僕たちを導いたからである。もちろん僕たちは流浪することなく、ちゃんと帰宅したのだが。

その夜、僕たちはマロニエの木の下のベンチに座り、ピョートルは、もし黒豹とヴァイゼルが緑色の鉄格子で隔てられていなかったらどうなっていただろう、と思案していた。

「サーカスみたいなことになっていただろうな」シメクが言った。「サーカスでは、野獣も人間の言うことをきくし、それどころか人間に触ったり、人間の手から食べたりするんだぜ」

しかし僕は、ヴァイゼルは調教師じゃない、光沢のある長靴も鞭も持っていないし、蝶ネクタイのついた白いチョッキも着ていない、毎日黒豹の訓練をしているわけではない、と言った。

これは解明されるべき問題だということで、僕たちは当然ながら見解の一致をみた。ヴァイゼルをもう一度試してみよう、別の動物でもいいし、必ずしも動物園でなくてもいい、という結論に達した。だが僕たちは分かっていなかったのだ。それから数日間、ヴァイゼルが再び他人のことなどお構いなしに我が道を行くということや、僕たちが彼に抱いている疑いなど、彼のような人間にとっては何でもない、ということを。

門からエルカの母親が出てきて、しばらく佇《たたず》んだ。

「あんたたち、何でそんなところに座っているの」彼女は咎《とが》めるような調子で言った。「教会に行かないとだめでしょ。今日はドゥダク司祭がミサを行うんじゃなかった?」

そして彼女は石畳の道を通って復活教会へ向かう前に、昨日湾で巨大な彗星が観測されたから何か災いが起こるに違いない、と僕たちに言った。


そうこうしている間に用務員はコーヒーを淹れ、ポットを校長室へ持っていった。電話が鳴り、受話器をとったMスキの疲れた声を聞いた時、僕は身動きがとれなくなった。

「はい、ヘレルさん」とMスキは言った。「あなたの息子さんは私どもとここにおります……」そして彼は同席している校長へ受話器を渡した。続いて校長が話し出したが、実際には話したのでなく、ただ僕の父の質問に答えたのだった。

「いや、とんでもない」彼は丁寧な口調で説明した。「あなたのご子息は非難されているわけではありません。これは私ども委員会による査問に過ぎないのであって、検事の薦めで行われているのです。いえいえ、私どもはあなたのご子息を、事件を引き起こしたかどで責めているのではありません。捜索によれば、明らかにヴァイゼルに嫌疑がかかっていて、私たちはこの悲劇の経緯を解明しなければならんのです。ご理解ください、経緯を何もかもです！」

しかし父が諦めていないのは明らかだった。校長はますます大きな声で話し続けた。

「なぜあなたが苛立っておられるのか、どこに苦情をおっしゃる理由があるのか、私には分かりませんな。いいえ、これは不当な拘留ではありません。よくお考えください、ヘレルさん。彼はなぜ誰にも断らずにそこへ通ったのでしょう？　結果として、重大な危険があなたのご子息を脅かしたというのに、あなたは父親として何もなさらなかった……」そこで校長の話は長いこと途切れ、僕は、父のかんしゃく玉が破裂したのだと予想した。僕の父は普段は穏やかだが、怒り心頭に発すると手がつけられなくなるのだ。彼がこの場に僕たちと一緒にいないことを僕は残念に思いさえした。なぜなら僕の頭には、Mスキが突然窓から放り投げられるところや、校長がネクタイで天井から吊るされるところや、軍服の男が校長室の扉で押しつぶされるところが浮かび、そのすべてを考えると、奇妙なことに心が少し軽くなったから。しかし父はまだ言い終えていなかった。校長は受話器に向かって咳払いをするばかりで、ひじかけ椅子の上で落ち着きなく体を動かし、もう一方の空いた手でネクタイの結び目を直していたから。ついに彼は情け容赦なく話の腰を折った。

「いいえ、そういうことはありえません。私どもが仕事を終えるまで、部外者が学校へ立ち入ることは禁止です！」さらに彼は、映画や本の中のように——僕はそれをよく覚えている——「ごきげんよう、ヘレルさん」と言った。「ごきげんよう、ヘレルさん」そして受話器をがちゃんと下ろした。

外はもう暗く、通りには街灯がともっていた。それらの光は秘書室へも差し込み、用務員がスイッチをひねるまで、僕たちはまるで、礼拝はとっくに終わったのにいつまでも教会に残っている信心深い女たちのように、黄色いぼんやりした光の束の中に座っていた。僕は、ヴァイゼルにはなぜ両親がいないのか、祖父と二人だけで暮らしていたのかと考えた。当時もその後も、彼の父親と母親が誰かということは決して僕の耳に入ってこなかった。十一号室に住み仕立屋を営む男は、ひょっとしたら彼の本当の祖父ではなく、親戚でさえないのかもしれない。しかしそれを解明できるものは誰もいなかった。当時も、数年後僕がちょっとしたずるをして、ヴァイゼルの学校記録をのぞき見、また市役所の記録保管所に収められていた然るべき書類を手にした時も。古い学級日誌はもう破棄されていたが、成績表が残っており、そこには色あせたインクでこう書かれていた。「姓ヴァイゼル。名前ダヴィド。一九四五年九月十日生まれ」出生地の欄は二つに分けられ、県と郡を書くようになっていたが、そこは無記入で、下のほうに誰かが複写用鉛筆で「ブロディ」[*1]と書き込んでいた。さらに括弧で「ソビエト社会主義共和国連邦」という文字が認められた。「父」と「母」の欄には、インクで同じ手によって棒線が水平に引かれた後、再び複写用鉛筆で「孤児」と書き込まれていた。さらに「法的保

＊1　かつてのガリツィアの州都レンベルク（現ウクライナ共和国の都市リヴィウ）の北東九十キロに位置する都市。十六世紀に都市法を適用されて以来、ヨーロッパと黒海を結ぶ交通・交易の要所として発展した。多民族国家ハプスブルク帝国治下においては、ポーランド系、ウクライナ系、ユダヤ系が混住していたが、とくにユダヤ系人口が多かった。ブロディの繁栄は十九世紀初頭にピークを迎え、その後急速に衰退した。

護者A．ヴァイゼル。居住地……」云々という情報が同じ筆跡で記入されており、そこに僕たちの住所、つまり共同住宅のおなじみの住所がヴァイゼルの部屋番号とともにあった。まるで湾の濁った水から琥珀の破片をすくい上げるように、僕が記憶の中からこのすべてをすくい上げる時、ヴァイゼルの両親は、成績表にインクで水平に引かれた二本の棒線の間から姿を現す。市役所の住民課はこの件についてそれ以上言うべきことがない。

みすぼらしい駅の切符売り場を思わせる窓口で、公務員の女性の手が小さな紙切れを差し出し、僕は以下のことを知った。アブラハム・ヴァイゼル。ユダヤ人。国籍ポーランド。クシヴォルヴニア（ソビエト社会主義共和国連邦）一八七九年生まれ、一九四六年、本国被送還者としてグダンスクへ移住。彼が同伴した子供についての注釈はなかった。二年後の一九四八年になってはじめて、アブラハム・ヴァイゼルは、一九四五年九月十日ブロディで生まれた、ポーランド国籍をもつポーランド人の少年を彼の庇護下に置く、と届け出た。少年の両親についての注釈はなく、子供の出生書のコピーも一切ない。アブラハム・ヴァイゼルは、その子供が自分の孫であると強く主張したが、「両親」の欄には、子供の母親や父親について一切書かれていなかった。なぜそのようなことになったのか、それを説明できる者は誰もいない。十二歳のダヴィド・ヴァイゼルの行方不明になった理由が、今日まで明らかにされていないのと同じように（彼はおそらく一九五七年八月、ブレントヴォの森で不発弾に引き裂かれて死んだのだろうが）。アブラハム・ヴァイゼルの死については疑いようがなく、それはその時当直だった州立病院の医者による書類が証明している。

「この書類番号が必要ですか？」公務員の女性は、あいかわらず窓口の前に立っている僕にこう尋ねた。僕の背後の暗く陰気な廊下を人々が黙って通り過ぎていった。が、僕にはもう質問するべきことがなかった。少なくとも彼女に対して、登録カード、用紙、申請書、複写、要約、コピー、令状、召喚状、証書など、人生に、いや死後にさえつきまとうあらゆる紙屑を腕に抱えて運ぶ、それらの人々に対しては。僕にはもうどんな質問もなかった。いやむしろ僕の質問はあいも変わらず同じだった。結局ヴァイゼルは何者だったのか。もし彼がアブラハム・ヴァイゼルの孫でないなら、もし彼の孫でないなら、なぜ同じ名字を名乗っていたのか。あれは彼の本当の名字だったのか？　なぜアブラハム・ヴァイゼルさんは住民課で少年の登録をした時、その子が自分の孫であると認めながら、子供の両親が誰かということは述べなかったのか。もしその子が骨の髄まで、血の最後の一滴まで彼の本当の孫なら、ダヴィドの父親はアブラハム・ヴァイゼルの息子であるに違いなかったし、ダヴィドの母親もまた彼の娘か嫁だったに違いなかった。ということは、アブラハム・ヴァイゼルは彼らの名前を知っていたはずだ。もし彼らがたとえ砂嵐に飲み込まれたとしても、凍え死んだとしても、チフスで病死したとしても、彼らの名前が何だったかを彼は知っていたに違いなく、ただそれを言いたくなかっただけなのだ。あるいは彼は言いたかったけれど何も知らなかったか、またはあまり多くを知らなかったのかもしれない。その場合、ダヴィド・ヴァイゼルはダヴィドなんかでは全然なく、彼の孫でもなく、ユダヤ人でもなく、ひょっとすると一九四五年ブロディで生まれたりもしていなかったかもしれない、ということになるのだが。

そう、戦争が終わり、東から西へ、南から北へ、西から東へ何千人もの人々が移動したあの頃、書類は紛失し、すべてを調べることは不可能だったので、様々な申告ができたのかもしれない。当時住民課では失踪と奇跡的再会が日常茶飯事だったのだろうし、アブラハム・ヴァイゼルさんは、その少年が自分の孫で、名はダヴィドといい、姓は自分と同じだが、国籍だけはポーランドだ、とうまく主張できたのかもしれない。しかし彼はこう主張することもできただろう。あの民族は存在することをやめたのだから、と。率直に言えば、アブラハム・ヴァイゼルさんが用紙に記入した時、彼の民族はヨーロッパから消滅していた。それゆえ彼は、少年はポーランド人であると書いた、あるいは書くようう言ったのだ。彼が南東のどこかで、ウクライナ人、ドイツ人、ロシア人、ポーランド人、ユダヤ人、アルメニア人、さらにその他の民族に混じって生きていた時代には、国籍などというものは二の次だったからだ――僕は役所の暗い建物を出ながらそう考え、ヴァイゼルの成績表に引かれた二本の水平な棒線を、年々色あせていく二本の線を、もう一度眺めた。これを書いている今その成績表を眺めると、インクはもうすっかり色あせてしまっているかもしれないが、「父」「母」の欄は、そこに何も書かれていなかったあの頃と同じに見える。

すべては解明されるどころかますます複雑になったが、怒りを爆発させ、校長もろとも世界中の学校を罵《ののし》った僕の父の電話の後、僕が学校の秘書室で思っていたのは、ヴァイゼルさんの突然の死、あの急な心臓発作はヴァイゼル本人の仕業《しわざ》ではなかろうか、ということだった。野生動物を手なずけることができる彼なら、閉鎖されたレンガ工場で、僕たちの髪の毛が逆立つようなことをしでかす彼なら――それについては後述するが――、あれだけのことができた彼なら、どうして自分の祖父の心拍を突然速めない訳があろうか、と僕は思った。どうして、ミシン、針、チャコペン、洋服の型、裏あて布、ボタンに屈み込んで何日もせっせと働いた祖父を裁縫用具から解放しない訳があろう。彼がどうしてそれをやってのけない訳があろう――あのお爺さんに質問することがもう誰にもできないように。ヴァイゼルは証人を眠らせたのだ。今日僕は認めざるを得ない。一九七〇年ピョートルが通りで死んだ時、エルカがドイツへ行ってしまった時、僕は同じように考えた。ヴァイゼルは様々なやり方で彼らをここから連れ去った、と。シメクが遠くの町へ行ってしまったことも一種の排除だった。何から排除したのかは僕には理解できないが、それはヴァイゼルにとって明らかに重要な何かだったのだ。当時秘書室に座りながら、この尋問自体ヴァイゼルが僕たちに課している試練であるかもしれないと考えて、僕はぞっとしたものだ。もし順調に運ばなければ、彼は自分の祖父にそうしたように僕たちの心拍を止めるだろう。

疑《うたぐ》り深い人々がシメクを長々と引きとめている間、僕はプロイセン兵舎の隣のグラウンドへサッカーをしに行かなかった日のことを思い出した。そのせいで、僕はヴァイゼルとエルカの探検へ同行する幸運に恵まれたのだが、それは以下のように実に変わった探検だった。順を追って説明しよう。

動物園へ行った翌日、母は僕を早朝からツィルソンの店へブーケガルニを買いに行かせた。僕はそこへ行くのが好きだった。店内は涼しく、野菜のにおいがして、小型の木箱は早生《わせ》りんごではちきれそうだったし、ガラスの陳列棚にはフルーツドロップの瓶や、一つ二十五グロシュのでんぷんでできた色とりどりのネズミのラムネ菓子が並んでおり、目が離せなかった。木製カウンターの後ろに立ち、客の相手をする店主の妻は、植木鉢のような巨大な乳房をしており、いつも陽気だった。彼女がきびきびとした動きで品物を渡す時、その乳房は、木綿のワンピースと汚れたエプロンの下で、二つに割ったスイカのようにゆさゆさと揺れた。買い物のお釣りが一ズウォティ余ると、僕はそれで一掴みのフルーツドロップや、でんぷんでできたネズミのラムネ菓子を四個、しかもそれぞれ違った色のやつを買ったり、あるいは、太い針金製のバネと磁器製の王冠で封をされた瓶からオレンジエードを飲んだりすることができた。大人たちはそれを炭酸レモネードと呼んでいたが、なぜそう呼ばれていたのか僕には今でも分からない。なぜならそれは炭酸レモネードなどではなく、ただのオレンジエードだったからだ。開栓する行為は、とくにそれが店の入り口前のコンクリート製ブロックの石段で行われる時、いつも確かな興奮を伴った。しっかりと密封され炭酸が小さな気泡となって外へ漏れていなければ、瓶を振り、王冠を軽く押し上げただけで栓はひとりでに外れた。弾ける音とともに空中へ良い香りの霧が舞い上がり、買い物客が全員君の方へ向き、君はコンクリート製ブロックの石段に立って、父やコロテクさんが酒場「リリプット」でビールを飲む時と全く同じように瓶を傾けるのだ。しかし、オレンジエードの開封は二重の意味で賭けだった。王冠を飛ばす以外で楽しみだったのは、その色だった。当時オレンジエードには二つの色があった——よく見かけたのは黄色だったが、赤くて、とくにきれいな色合いのものに当たることもあった。赤い方がよい香りがして、明らかに炭酸が効いていた。この点については今でも首をかけたっていい。

そういうわけで僕はツィルソンの店のコンクリート製ブロックの石段に立ち、深緑色のガラス瓶を見つめながら、そのオレンジエードが黄色いのか赤いのかを見極めようとしていた。その時、少年たちが一列になって埃の舞う通りをプロイセン兵舎の方へ歩いていくのが目に入った。列の先頭にいたのは脇に本物のサッカーボールを抱えたピョートルで、僕は、前日ピョートルが金持ちの叔父から手に入れたそのサッカーボールを、まさに試すことになっていたのを思い出した。革製のサッカーボールは、その時まで僕たちが使っていた、一ヶ月以上はもたないゴム製のボールとは似ても似つかぬ代物だった。ピョートルの叔父さんのお陰で、今や僕たちは本物のサッカー選手のような気分を味わうことができた。彼らが近づくにつれて叫び声が聞こえてきた。「赤！」「黄色！」「赤！」「黄色！」「赤だって言ったろ！」「違うって、黄色さ！」そして、僕が親指でバネの針金をこじ開け磁器製の王冠がゴムのパッキングとともに跳ね上がった時、全員が大声で叫んだ。「赤だ！　赤だ！」そして僕たちは赤いオレンジエードを飲んだ。僕たちの誰かが集めた空瓶を売るか、あるいは買い物のお釣りを貯めるかした時いつもそうするように。各自がほんの一口ずつ。

彼らはグラウンドへ行ってしまったが、僕は母にブーケガルニを届けなければならなかった。階段を駆け降り外へ飛び出そうとしていた時、僕はヴァイゼルとエルカがオリヴァの方へ向かって歩道を歩いているところを見た。何かが僕を捕らえた。シメクと一緒に双眼鏡で、空港のそばの架道橋から彼らの様子を観察したあの日と全く同じ何かが。シメクはいなかったし、双眼鏡も持っていなかったが、僕は彼らの後をつけることにした。

僕たちの住んでいた通りは、今日でもそうだが、市電の線路と十二メートルほどの間隔を置いて平行に長い弧を描いており、ちょうど車庫の壁のあたりで鋭く左に折れていた。そのそばには、もう存在しない市電路線の爆破された橋のひとつがあった。僕は頭の中でレフトウィングのシメクへパスを出し、彼は守備を左右にかわしながら風のように疾走していた。しかし僕はヴァイゼルとエルカから目を離さなかった。彼らは、まさにパスがセンターに通りシュートが放たれた瞬間、壊れた柱の背後にある角を曲がり、姿を消した。僕は場合によってはセンターに走り込み、ラッキーゴールを決めることができるよう、そして、二人の姿を見失わないようペースを上げたが、ボールは外れた。ヴァイゼルとエルカは柱の陰で僕を待っていた。

「こっそり私たちの後をつける必要なんて全然ないわよ」エルカは僕を見て、再びヴァイゼルへ視線を移すと、こう言った。「来たいんだったら一緒に来なさいよ。彼も同意してくれているし」そして彼女は再び彼の方へ頭を向けた。

僕は彼らの申し出を受けることに決めた。その時シメクは次のゴールを決めようとしているに違いなかったが、僕の頭には、ヴァイゼルが野生の豹と檻の鉄柵なしに向き合う姿や、僕たち三人が滑走路の端で、きらめくイリューシンの下に横たわっているところが思い浮かんでしまったのだ。それらの想像は僕をぞくぞくさせた。

しかし、ヴァイゼルには繰り返すということが決してなかった。少なくとも僕たちのうちの誰かが見ているかもしれない時には。エルカと二人の時は違ったかもしれない——もちろん違ったに決まっている。彼はエルカとは一日中一緒にいたが、僕たちとは彼が望んだ時しか一緒にいなかったのだから。その日彼は僕がついてくることを望んだ（なぜ望んだのかはもちろん僕には分からない）。とはいえ、そこには野生動物も轟音を上げる飛行機も登場しなかった。それは様々な場所を見て回るありふれた探検で、初めのうちは少し退屈でさえあった。ヴァイゼルがその時話したことは、実のところ彼はエルカだけに向かって話していたのだが、僕には完全に理解できるものではなく、明快ではなかったからだ。彼はポランカ通りの古い家々の前で立ち止まり、ここには裕福なドイツ人が住んでいた、と言った。エルカと彼の会話はこんな感じだった。

「ああ、ほら、ここには昔ショーペンハウアーが住んでいて、秋になるとマロニエの木の下を散歩したんだよ」

「ショーペンハウアーって誰？」とエルカ。

「ドイツの偉大な哲学者さ。とても有名な」

「あら、面白そう。でも、哲学者って何をする人？　だってほら、そんなに有名ってことは何かするんでしょ？」

「どんな哲学者も彼のように有名って訳じゃないんだよ」とヴァイゼル。

「そういう哲学者は何をするの？　有名だろうが有名じゃなかろうが」エルカはせっかちに尋ねた。

「何かしなければならないでしょ？」

「哲学者は人生について何でも知っているんだ。分かるかい？　人生とは何か、つまり良いものであるのか悪いものであるのか、人生とは何かを知っているんだ。それに、なぜ星々が地上へ落ちないのか、なぜ川が流れるのかも知っている。もし彼が望めば、そういうことについて本を書いて、人々はそれを読むことができる」

「全部?」エルカは信じられない様子で尋ねた。

「全部」ヴァイゼルは答えた。「死についても哲学者はとても沢山知っている」

「死について?」

「そう、死。死ぬことについてさ」ヴァイゼルは言った。「だって哲学者はマロニエの木の下を散歩しながらでも、そういうことについて考えなければいけないからね」

僕たちは先に進み、次の家の近くまでやってきた。それは、通りから三十メートルほど森へ入った所に位置しており、屋敷のようにも見えた。僕たちが壊れた門の横をぬけ、その家へ続くシナノキの並木道を歩いていた時、エルカがさらに尋ねた。

「でも、あんたも哲学者なんでしょう?」

「いや」とヴァイゼルは答えた。「僕が哲学者であるはずがないじゃないか」

「じゃあ、そういうこと全部をどこから知るの?」と彼女は急いで付け加えた。

「お爺ちゃんから」彼は短く答えた。「僕のお爺ちゃんは世界でもっとも偉大な哲学者なんだ。本は書いていないけど」

ヴァイゼルはそんなふうに返事を締めくくったと思う。僕は、今日の僕にとって重要だと思われることはたぶん一つも省かなかったが、今あの返事を思い出すと、イリューシンがエニシダの木立に横たわるエルカの赤いワンピースをまくり上げたり、ヴァイゼルが黒豹を手なずけたり、閉鎖されたレンガ工場の地下室で、僕たちの髪の毛が逆立つようなことをやってみせたりした時と同じように、背筋に冷たいものが走るのを感じる。ヴァイゼルの祖父がミシンの縫製以外の何か、とりわけ哲学に従事していたかどうかは僕には分からなかった。結局それはどういうことだったのだろう？

オリヴァの大聖堂で、ヴァイゼルは僕たちにゴシック様式の丸天井と大きなパイプオルガンを見せ、サーベルのように長くカーブを描いた真鍮のトランペットがなぜ天使に必要なのか説明した。僕たちは古い穀物倉庫のそばにある公園の小さな橋の上に立ち、足元の急流に映った大聖堂の塔を眺めた。その時エルカが、水草の間を矢のような速さで動くスズキは何か話すことができるのか、と尋ねた。それはまったくエルカらしい馬鹿な質問だった。どうしてスズキが口を利くだろう——Mスキは生物の授業のたびにほぼ毎回、僕たちが魚のように静かに座っていたら、と嘆いていたっけ。もし口を利くとすれば、陽ざしの中できらめくそのスズキは、誰に向かって話すだろう——僕たちに向かってだろうか？　それとも、魚族に向かってだろうか？——僕は当時そんなふうに考えたが、ヴァイゼルは大真面目に答えた。実際には答えたのではなく物語ったのだが、それはまたもや世界で最も偉大な哲学者である祖父の話だった。戦前彼は仕立屋ではなく、ガラス工として村々を渡り歩き、まとまった金を稼ぐと山へ行き、そこで神が創造したあらゆるもの——鳥、石、水、魚、雲、木、花——と話をした。ヴァイゼルの話によればそんな感じで、僕は瘤だらけの橋の欄干《らんかん》にもたれたまま、口をぽかんと開けてそこに佇み、彼を見たり、大聖堂の塔の背後にある丘パホウェクの斜面を眺めたりしていた。なぜならそれ以前、僕は一度も本物の山に行ったことがなかったからだ。ヴァイゼルの祖父がたびたび半年間山に篭もったという話を聞いた時、僕は、ヴァイゼルさんが針金でできた眼鏡もかけず首から巻き尺を垂らしもせずに、山の頂上に生えたブナの木々の間で大地や川に耳を押し当てている姿を想像した。そうだ、今日僕には何一つ確証がない。もしかすると、ヴァイゼルがした祖父についてのあの話は、始めから終わりまで捏造だったのかもしれない。だがもし彼が自分だけの目的のために嘘をついたのだとしても、あの情景、ヴァイゼルさんがパホウェクの丘の上で大地に耳を押し当てているあの情景は、人生が僕に与えた最も美しい贈り物の一つだ。

その後僕たち三人は市電に乗ってヴジェシチへ行き、ヴァイゼルはエルカにもう一つ別の家を見せるために、わざわざそこで下車した。今度は哲学者の家ではなく、町のその一区画がラングフールと呼ばれていた戦前、造船所の所有者だったシーハウという大金持ちだったに違いない男の家だった。その家は本当に大きく、入り口や円形の小さな尖塔がいくつもあり、エルカはすこぶる気に入った。「ほんとに童話の世界そのままだわ」エルカはヴァイゼルに微笑んで、窓のついた小さな尖塔を指差した。「あたしがあそこで竜に見張られて暮らしていたら、あんたがやって来て、あたしを悪い魔法使いマーリンの手から自由にしてくれるの。あ、そうじゃなくて、やっぱりあんたがマーリンで、あたしをすごく苦しめて、蛙かガマか蜘蛛に変えちゃって、あたしは大泣きするけど、誰もあたしを自由にしてくれないの」

エルカはくだらないおしゃべりを続けたが、ヴァイゼルは何も言わず、僕はシーハウや彼のような大金持ちはなぜこんな変てこな家を建てるのだろう、と考えていた。非実用的な尖塔や唐草模様の装飾や、がらくた類や、先の尖った屋根や、バルコニーや、展示室を、彼らは何のために必要としたのだろう。僕は当時、それは退屈さによってもたらされたものに違いないと考えた。生物の時間Mスキが僕たちに搾取と階級闘争について話した時、彼は金持ちをまさにそのように評していたのだった——大金持ちというのは、退屈さを紛らわすために労働者に向かって発砲するとか、彼らの妻や娘を強奪するといった悪事を働いた。彼らは概して堕落しモラルを欠いていた。なぜなら彼らには仕事がなかったからだ。幸運なことに今となっては、Mスキが善良で道徳的と見なしたものが何だったかを思い出す必要はないが、当時の僕は、太って脂ぎり汗まみれのシーハウが、自分の仕事部屋にふんぞり返って葉巻をくゆらせているところを想像したものだ。窓の外の白インゲン谷《ヤスコヴァ・ドリナ》通り——小さな尖塔が並ぶ家々の通りは、そんな無邪気な名前だった。そこでは僕たちの祖先が「国民が武器を手に戦へ向かった時」と歌いながら行進し、シーハウ氏はソーセージのような太い指で金色の電話の受話器をつまみ上げ、警察を呼ぶ。彼、シーハウ氏は、邸宅の窓の外のわめき声にうんざりしており、そろそろ取り締まるべき時なのだ。しかし実際は、僕たちの父親はシーハウ氏の家の前の白インゲン谷《ヤスコヴァ・ドリナ》通りを「国民が戦へ向かった時」と歌いながら行進したのではなく、一九七〇年、共産党委員会の横を歩きながら、「飢えに苦しむ大地の子らよ、立ち上がれ」と歌ったのだ。そして、ピョートルは何が起こったのかを見に通りへ出て、銃弾に頭を撃ち抜かれた。しかしそれは別の話、ヴァイゼルとは何の関係もない話だ。

　僕たちはシーハウの家から市電の停留所まで戻り、ヴァイゼルは僕たちをグダンスクへ連れていった。そのコースは二人が計画したのか、それとも、僕が同行したせいで何か変更が加えられたのか、今日まで僕には分からない。それともコースや計画なんてものは全然なくて、その日ヴァイゼルは暇つぶしのために彼女に何か見せようと、ただ何とはなしにぶらついていたのだろうか。僕にはそうとは思えないのだが、だからといって、何か辻褄の合う答えがあるわけでもない。また、ヴァイゼルの話はとりわけ当時の僕にはおぞましく思われたが、情報の出所は分からない。彼がポーランド郵便局*1の建物を僕らに見せた時、そんなこと全てを彼がどこから知ったのかと、僕は驚愕せずにはいられなかった。

「ああ、ここにドイツ軍の装甲車が待機していたんだ」彼は指差しながらこう言った。「ここで兵士たちは火炎放射器で攻撃し、向こうには機関銃があって、そしてあそこ、あの場所でドイツ軍の兵士が、郵便局員に頭を撃ち抜かれ屋根から落ちた。そして、彼らはここを通って連行された」彼はまるでその場に居て、装甲車や火炎放射器や機関銃をその目で見たかのように、全てをよどみなく語った。

　長市場《ドゥーギ・タルク》にやってきた時、ここはナチ党の大管区指導者フォルスターが、僕たちの町を千年王国へ併合すると宣言した場所だ、とヴァイゼルは言った。それは、ヴァイゼルが祖父からも、どんな歴史の教科書からも知りえないことだった。なぜなら歴史家は、たとえどんなに几帳面な歴史家でも、そういう事柄には係わらないからだ。フリードリヒ大王がオリヴァの森で狩をした時ひと休みするために立ち止まった場所についてなど、どんな歴史家も一切言及しない。僕は学校の秘書室に座っていた時もうすでに、ヴァイゼルがとくに好んでドイツ人の痕跡を追っていたことを知っていたが、その理由については当時も分からなかったし、今も、彼の切手コレクションや、閉鎖されたレンガ工場にあった武器庫や、射撃場裏の谷で行われた爆発を思い出してみたところで、分からない。なぜなら、あのシュマイザー、ブレントヴォの墓地で、ちょうどシメクが処刑の合図を出そうとしていたあの瞬間、ヴァイゼルが僕たちに与えた錆びついたシュマイザーは、後々僕たちがヴァイゼルとエルカの後を追って二人の隠れ家を突き止めた時判明したように、彼のコレクションの中では取るに足らないがらくただったからだ。黄色いガウンを着た狂人がそれを持っていってしまって以来、僕たちはその痛手から立ち直ることができなかったのだが。

ともかく僕たちは長市場《ドゥーギ・タルク》から市電へ戻り、きしむ列車に乗ってヴジェシチの方へ向かった。僕は再びピョートルの新しいサッカーボールやシメクのパスについて考え、その日の午後プロイセン兵舎の脇の原っぱで僕たちはまだサッカーをやるのだろうか、と思った。

＊1　一九三九年九月一日、ドイツ軍がグダンスク近郊のポーランド軍駐屯地ヴェステルプラッテを砲撃し、第二次世界大戦が始まった。軍事力という点で両軍の差は歴然としていたが、ポーランド郵便局で激しい攻防が繰り広げられた。ギュンター・グラス『ブリキの太鼓』のワンシーンでも知られる。

実際その午後僕たちはサッカーをした。ただしそれはいつもの試合とは違っていた。もしそれが普段と同じような試合でヴァイゼルと無関係だったら、僕はそれについて書こうとは思わないだろう。順を追って話そう。

僕がヴァイゼルやエルカと一緒にほっつき歩いていた時、少年たちはプロイセン兵舎の脇の原っぱでサッカーをやっており、本物の革でできたサッカーボールの蹴り心地を楽しんでいた。その日の不幸の始まりは、まさにそのサッカーボールだった。疑念を取り除くためにもう一度繰り返そう――そのサッカーボールは一般的な不幸の始まりではなく、その日の不幸の始まりだった。ボールを蹴り出して一時間ほど経った頃、グラウンドに「兵士」がやってきた。彼らは軍服を着た兵士ではなく、ただの少年たちだったが、軍人の父親をもち、兵舎の裏手の新しい建物に住んでいた。彼らはえらそうにしており、何と言っても、僕たちより少し年上で、良い身なりをしていた。彼らの母親は絶対にアイロンを持っていたし、僕たちのところとは違って、家族ごとに専用の風呂場があったに違いない。すでに述べたように、僕たちのところには各階に一つしか風呂場がなかったし、当時洗濯機を持っていたのはレシェク・ジヴィレウォの父親だけだった。そういうわけで彼らはえらそうにしていたのだが、僕たちのチームが持っているようなボールは持っておらず、その日は妬ましさのあまり輝いた。最初は離れて立ち、僕たちがボールを蹴って遊ぶのを眺めていたが、やがてしょっちゅう邪魔をしだした。小石を投げ、サッカーができないならなぜそんなボールが必要なのかと大声で笑ったり、お前らにはぼろ布でできた普通のボールがお似合いだ、良いボールはお前らの足にもったいない、と叫んだりしたのだ。シメクはかっとなった。そこで彼は相手方の大将のところへ行き、僕らと勝負しろ、そうすれば分かると言った。しかし彼らは抜け目がなかった。

「よし」と彼らは言った。「だが、もしお前たちが負けたら、そのボールは僕らのものだ」

僕たちのチームは承知し、ピョートルも承知した。それはボールの問題ではなく、戦争同様、名誉の問題だった。

チームごとに選手六人とゴールキーパーが選び出され、本物の試合が行われることになった。つまり前半戦と後半戦からなり、前半戦は昼ごはんまでに、後半戦は少し涼しくなる午後に行われることが決まったのだ。シメクは一人で選手二、三人分の働きをし、ピョートルは実力を上回るプレーをし、スタシ・オスタピウクはクシシェクに、これまでにないほど正確なパスをしたにもかかわらず、前半戦は四対一で「兵士」たちの勝利に終わった。

帰宅した僕が、数ヶ月前から貼られたままの広告の切れ端が色あせつつある、コンクリートの円柱のそばを通り過ぎた時、僕は友人たちが肩を落とし、後半戦で勝利する希望もなく、のろのろと歩いているところを見た。シメクは僕に何があったかを言った。

昼食後、僕たちは原っぱへ戻った。放牧された一匹の牝牛が干草の山を平らげていた。彼らは少し遅れてきたが、サッカーボールが手に入ることを確信していた。僕たちは試合を開始した。ピョートルは長いパスでボールをレフトウィングのレシェクへ送り、レシェクは二人の「兵士」をかわして、相手方のペナルティゾーンへ近づいたが、ディフェンスにボールを奪われた。ボールは力強いキックで僕たちのサイドへ送り返された。が、そこにいたのは、クシシェクと僕たちのゴールキーパー、そして相手チームの選手四人のみだった。彼らはクシシェクをドリブルでかわし、僕たちのゴールへ向かってボールを蹴った。あっという間に五対一になっていた。シメクは何も言わず、ピョートルは目に涙を浮かべていた。彼が名誉だけでなく、金持ちの叔父さんからもらったそのボールを失いつつあることは、火を見るよりも明らかだった。

その時予期せぬことが起こった。それは本当ならば起こるはずのないことだった。小さな丘の上から試合を見ていたヴァイゼルが——その瞬間まで僕たちは彼の存在に気づいていなかった——僕たちの方へ降りてきて、もし自分がチームに加わり自分の命令にすべて従ったら、君たちはこの試合に勝つ、と言ったのだ。キャプテンだったシメクは躊躇したが、「兵士」たちが急《せ》かし始めたので、考えている暇はなかった。

そして素晴らしい見世物が始まった。十万人の観客も揃いのユニフォームもなく、クシシェクと僕は裸足だったけれど、どんなコーチも有頂天になったことだろう。それはありきたりの試合ではなく、通常のキックやパスやドリブルやシュートではなかった。それは五人の主演俳優と、全知全能の語り手が織りなす英雄叙事詩だった。ヴァイゼルは本領を発揮した。まず彼は僕たちをめいめいの持ち場に配置したので、僕たちはひとかたまりとなってボールを追い回すことはしなくなった。レフトウィングにシメクが、ライトウィングに僕が、センターにヴァイゼルが立ち、彼のわずか数メートル後ろにはピョートルがいた。僕たちのサイドにはディフェンダーのクシシェク・バルスキとレシェク・ジヴィレウォがおり、ゴールキーパーはいつものように鉄道員の父親の長すぎるアンダーシャツを着たヤネク・リプスキだった。スタシ・オスタピウクは、最初の数分間、タッチラインの外でこの変更に渋い顔をしていた。彼はヴァイゼルに自分のポジションを譲らなければならなかったからだ。しかし、それも最初のゴールが決まるまでのたった数分間にすぎなかった。それを決めたのはシメクだった。僕がライトウィングからヴァイゼルにパスを出し、ヴァイゼルが相手チームの選手二人を左右へかわし、ゴールキーパーの方へ直進すると見せかけて、ボールをかかとで背後へ回し、それをすかさずシメクが捕らえ、見事なゴールを決めたのだ。五対二だった。

しかし、これは滑り出しにすぎなかった。なぜなら驚いたことにヴァイゼルは完璧なプレーをした上、グラウンドにいる僕たちを見事にコントロールしたからだ。彼は何一つ見逃さなかった。敵陣に入ると、はじめはためらいがちにのろのろとプレーして、相手が彼の途方に暮れたふりにおびき寄せられて彼の周りを囲むのを待った。ヴァイゼルはしばし彼らを弄《もてあそ》ぶようだった。それからボールを足の甲で蹴り上げ、頭を使って左右にパスしながら、シメクや僕に向かって「今だ！　今だ！」と叫んだ。僕たちは、すばやく次のゴールを決めるチャンスを狙っていた。そうしたパスを受け、三点目を叩き込んだのは僕で、四点目はピョートルだった。後者は、ヴァイゼルがまずシメクにパスを出し、シメクがヴァイゼルにパスを返し、それからヴァイゼルが、二点目を入れた時と同じように、ゴール前に留まりながら背後へパスを回した結果、ピョートルがそのチャンスをものにしたのだ。同点になる五点目のゴールはフリーキックだった。ヴァイゼルはその能力を見せつけた。ボールは並んだ「兵士」たちの壁の、文字通り頭上一センチのところをなでるように越えていき、呆然としたゴールキーパーの目の前で木の杭の間に飛び込んだ。エルカは我を忘れて叫びながら両腕を振り回し、スタシ・オスタピウクは彼女の隣で狂喜のダンスを踊り、僕たちに「よくやった」というサインを送った。

試合終了まで残り五分だったが、ヴァイゼルは僕たちに落ち着くよう両手で合図した。彼は明らかに自分のハイライトの瞬間を待っていた。彼が僕たちと一緒にプレーをしたのは後にも先にもこの一回きりだったが、そのハイライトの話を僕たちはそれ以後もずっと話題にした。それはどんな風に起こったか？　たまたまレフトウィングのシメクの隣に立っていたピョートルが、「兵士」の足からボールを奪いクロスしたが、タイミングがやや早すぎた。ヴァイゼルは、たとえ全力疾走したとしても跳ね返ってきたボールに半メートル届かなかったので、彼は身を屈め、跳び上がり、走りながら宙返りをした。彼が直立状態になった時、つまり、その手がほとんど草に触れそうになり、足がインゲン豆の竿のように上へ突き出た時、彼はその竿の一本で渾身のキックを放ち、草の上にやわらかく着地した。それが僕たちの六点目で、勝利のゴールだった。エルカはその場で叫び声をあげ、「兵士」たちは試合終了まで僕たちのボールを怖がっていた。

そして試合が終わり、もう彼らにはどうしようもなくなると、一番背の高い大柄なやつが僕たちの方へ近づき、こう言った。

「いいか、お前たちは糞だ、くさい糞連中だ！」

僕たちは、ヴァイゼルを担いでグラウンドを一周するために彼を探した。しかし彼は僕たちに対する興味を失い、まるでサッカーに関心を持ったことなど一度もないかのようにズボンを履き、エルカと一緒に家の方へ行ってしまった。

そうこうするうちに、「兵士」たちの大将がピョートルの宝物をつかむと、彼らの洋服が脱ぎ捨ててあった木立の方へ持っていき、稲妻のような速さで弁当袋からナイフを取り出し、僕たちのボールに穴を開け、こう叫びながら投げてよこした。

「そら、おまえらのウンコだ！」

彼の仲間たちはその言葉を聞いて笑い、まさにげらげら笑って、まるで考えつくものが他にないかのように「ウンコ」「糞」と繰り返した。僕たちはなすすべもなくそこに立っていた。相手は見物人も含め僕たちの二倍いたし、その上、どうやら僕たちよりも良い昼飯を食べていたからだ。僕はヴァイゼルがいるに違いない方を見やり、全員が同じようにそちらへ頭を向けた。僕たちには突然分かったのだ。その瞬間僕たちを助けることのできる唯一の人間が、痩せっぽっちで、やや猫背で、僕たちとサッカーをしたこともなければイェリトコヴォで一緒に泳いだことも決してなかった、ヴァイゼルであるということを。しかし彼はもう兵舎の裏へ姿を消した後だった。僕たちの復讐など彼に何の関わりがあるというのだろう？　彼はパフォーマンスを終え、本物の芸術家のように群集の拍手を蔑みながら舞台を去った。彼の栄誉の苦いかけらとともに僕たちを置き去りにして。

僕は今日、彼をこんな風に見ている。彼がプレーしたのは、ピョートルのサッカーボールのためでも、まして僕たちの名誉のためでもなく、僕たちに彼のほうが上手くできるということを、どんなことでも彼のほうが僕たちより上手くできることを示すためだったのだと。ありきたりな自慢話など、彼にとってはどうでもよいことだったにきまっている。彼はむしろこう言いたがっているように見えた。「どうだ？　君たちは僕にはサッカーができないと言っていたね。僕は君たちと一緒にグラウンドでプレーしたことが一度もないからね。でも、これで分かっただろう？」そして僕たちのうちの誰かが、もう一度一緒にサッカーをしないかと尋ねたら、彼は必ずこう答えただろう。「僕はそんなことには全然関心がない」と。そして僕が推測する彼のこの主張の中に、彼の性格のかなりの部分が隠れているのではないか、と僕は思う。

シメクがいつまでたっても校長室から出てこなかった間、僕は秘書室の折りたたみ式の椅子に座って、なぜヴァイゼルはあの何年もの間僕たちとサッカーをすることもなければ、イェリトコヴォの赤いブイまで泳ぎ比べをしたりすることもなく、僕たちの前でただ弱虫なふりをしていたのかと考えていた。ピョートルのサッカーボールには穴が開いてしまっていたが、僕たちがプロイセン兵舎のわきのグラウンドからとても幸せな気持ちで帰ってきた時、僕たちはもうすでに一種の不安に捕らえられていた。なぜならヴァイゼルが僕たちに自分の能力を隠していたということは、三人の敵を一瞬でかわしたり、ボールを靴先で地面からすくい上げ、足の甲に乗せ、さらにひざで蹴り上げ、左右へヘディングしたりできるということを、僕たちに決して見せなかったということは、それらを僕たちの前で一度もやってみせず、しばしばグラウンドの端に座って、僕たちが彼よりかなり下手くそにやっているところを眺めていたということは――何か僕たちの知らない理由があるに違いなかったから。それならあの時なぜヴァイゼルは自分の能力を隠すのをやめ、僕たちと一緒にプレーする決心をしたのだろう？　シメクは彼には何だってできるというエルカの意見を繰り返し、それを笑う者はもう誰もいなかった。僕たちは昨日の動物園と黒豹を思い出した。さらに僕は、ヴァイゼルとエルカが滑走路の端でやっていたのは、お医者さんごっこなどでは全くないということを知っていた――もっとも、彼らがなぜそこへ行ったのかということについては、僕もあまりよく理解していなかったが。壁時計が九時を告げた時、僕の頭にしごく単純な考えがひらめいた。ヴァイゼルはスカートめくりを自分ではしたくなかったので――それは彼にとってあまりに簡単で、あまりに陳腐だったのではないか――、飛行機のきらめく機体の助けを借りて、エルカの赤いワンピースをめくったのだと。校長室の扉が開き、そこからシメクがようやく押し出された時、僕はもう一度エニシダの木立の上を飛ぶ銀色の機体と、エルカの立てられた膝と、上がったり下がったりする彼女の太ももと、その間でうねる三角形の黒い柔らかなものを見、着陸する飛行機の凄まじい轟音に負けじと叫ぶ、口を開けた彼女の顔を思い出した。

エルカが後に発見され、永住目的でドイツへ移住するまでずっと僕たちと共に暮らしていたことを、僕はまだ述べていなかったと思う。しかし当時も、その後僕が彼女に手紙を書いた時も、彼女に会うことを唯一の目的としてドイツへ行った時も、彼女はヴァイゼルに関する話題を一切口にしなかったし、最後の日ストシジャ川で起きたことについても話さなかった。彼女は口を開かなかった。医者は彼女の頑なな沈黙を精神的ショックと部分的記憶喪失云々で説明したが、僕だけはそれが真実ではないことを知っていたし、今でも知っている。エルカだけはヴァイゼルが何者だったか、あるいは彼が何者なのかを知っているに違いないのだ。僕はドイツ訪問中僕たちの間に起こったことを不問にして、再びマンハイムへ手紙を書き送っているのだが、今までの彼女の沈黙、その頑なな沈黙はそれを雄弁に語っている。そうだ、ヴァイゼルが閉鎖されたレンガ工場の地下室にいるところを思い出すと、今でも僕は総毛立つ。僕たちがそこを訪れたのは一回きりだったけれど、エルカはおそらく彼の手伝いをするために何度もそこを訪れていた。そして射撃場裏の谷で行われた爆発はすべて、彼女のためでもあったという気がするのだ。

しかし僕は、閉鎖されたレンガ工場の場面から始まるヴァイゼルについての本を書いているのではない。そんなことはしない。僕はただ事実とその経緯を明らかにしているだけだ。あのときシメクが僕の隣で折りたたみ式の椅子に座っていたのも、僕の名前が呼ばれていたのも、まさにそのせいだったのだから。「ヘレル、次はお前の番だ」僕は痛む足でゆっくりと立ち上がり、革装扉の方へ向かう。Mスキを、正確に言えば、彼がこの一連の尋問で用いる拷問を恐れながら。

軍服の男は青い上着のボタンを二つはずしていて、彼がその下に着ていたメッシュのアンダーシャツと、そのメッシュの間からはみ出す黒々とした濃い毛が見えた。僕はすぐさまオリヴァの動物園の、胸に同じようなもじゃもじゃの毛を生やしたチンパンジーを思い出し、もしあそこでチンパンジーの代わりにこの民警軍曹を目にしたら、彼が砂を観客にかけたり、怒りのあまり時々最前列の見物人に小便を引っかけたりするところを目にしたら、どんなに愉快だろうと考えた。そこで僕は彼に微笑んだ。それを僕の好意と受け取った彼は、僕に向かって同様に微笑み返すと、手で椅子を指し示しながらこう言った。

「どうぞ、かけてよろしい」

Mスキは僕に疑り深い視線を投げ、校長は両手でネクタイをいじくり回していた。ネクタイはもうジャコバン派の胸襞飾りともマフラーとも程遠い姿となり、十分に水気を絞られていない、よじれた、ただのぼろ雑巾を思わせた。

「我々は射撃場裏で起きた爆発について全てを知りたい」Mスキが口火を切った。「それらの爆発は何回あり、どの日に行われたのか。お前たちの級友はどこから起爆剤を入手したのか。それは何だったのか——トリニトロトルエンか？　火薬か？　彼はそれをどこから手に入れたのか——榴弾の薬莢か？　不発弾か？　それから、もう一度話してほしい。ヴァイゼルとお前たちの女友達がいなくなったあの最後の爆発について。恐れずに真実を話すのだ。お前たちは上着の切れ端や肉片を見つけたのではないか？　その近くや、ひょっとして木の上で？」

Mスキはそれらすべての質問を早口で述べ、それはまるで序曲のテーマのように、次から次へとたたみかけられた。本物の尋問はこれから始まろうとしていた。

「そうだ」と軍服の男がため息をついた。「さて、それでは、第一回目の爆発がいつだったのか、言いなさい。いつだったんだ？」

「八月のあたまのあたりです、軍曹」僕は答えた。

「正確に言うと？」校長が割って入った。

「正確には覚えていませんが、確かに八月のあたまでした。その時、司祭さまがミサを始められたからです」

「またミサか?!」Mスキはやけどをしたように飛び上がった。「またミサか?!　校長、お聞きになられましたか？　彼らは決してやめようとしないんですよ！」そして再び僕のほうに向き直って、言った。「それで、どんなミサだったんだ？」

「農民と漁民のためのミサです、先生」僕は礼儀正しく答えた。「正確に言うと、湾をきれいにして、耕地を洗い流すよう、とくに雨を祈願するミサです。日照り続きでしたから。ドゥダク司祭は、これは罪に対して下された神さまの罰だとおっしゃいました」

「どんな罪だ？」軍服の男が口を挟んだ。

「我々人間の罪です」僕はなんと答えるべきかよく分からなかった。「司祭さまはおっしゃいました。人々が神さまと神聖なるカトリック信仰から離れたので、人々が己を悔い改めるよう天啓として神様がこの日照りをもたらされたのだと。もしそうしないと……」

「はいはい」校長は、さらにネクタイをねじりながら相槌をうった。「もしそうしないと、どうなるんだ？」

「もし人々が己を悔い改めないと、神さまはソドムやゴモラでなさったのと同じことを僕らにもなさるんです、町と人々を焼き、そして……」

「もうたくさんだ！」Mスキが大声で叫んだ。「もうたくさん！　お聞きになりましたか、軍曹。これは中世よりもずっとひどいですよ。彼らは子供だって容赦しないんですからね。我々はこういう環境で働いているわけですよ。残念ですよ、これを検事が聞いていらっしゃらなかったのは。これはおそらく何らかの条項にひっかかるでしょう！」

軍服の男は手の動きで彼をさえぎった。

「Mスキ同志、我々は事実に即して処理せねばならんのです。こういう案件で感情的になるのは禁物です」そして再び僕の方へ向き直った。「じゃあお前は、それは八月のあたまだったと、そう言うんだな？」

「そうです、軍曹、それは八月のあたまでした」僕は断言した。

「よろしい、それでお前たちは、ヴァイゼルがそういうことをするのをどこから聞いたのか」

「彼本人が僕らに言ったのです」

「というと？」

「僕らがブレントヴォで遊んでいると彼がやってきて、面白いものを見たかったら一緒に来いと言って、僕らを射撃場裏の谷へ連れていったんです」

「それで、ヴィシニェフスカは？」彼はエルカの名字を思い出した。「ヴィシニェフスカもその時彼と一緒にいたのか？」

「はい、いました。彼女はどこでも彼と一緒でした」

「どこでも、というと、他にどこで？」

「つまり、彼女は大体どこへでも彼についていったんです。他にどこへ行ったか僕は知らないけれど、彼らはいつも一緒にいました」

僕は、軍服の男が上着の次のボタンをはずし、彼のますます多くの胸毛がアンダーシャツの網目からはみ出すのを見た。

「よろしい」と彼は言った。「お前たちは彼についていった、と。いや、ヴィシニェフスカとヴァイゼルが一緒にいたということは、彼らと一緒に行った、と言う方がいいんだろうな？　それからどうなった？」

「その場所に到着すると、ヴァイゼルはこれから爆発がある、君たちは何かまずいことが起こらないように、自分の言うことにはすべて従わなければならない、と言いました。彼は僕らに塹壕に身を伏せるよう命じ、その後何かをあのケーブルでつなげたんです。あの、あの……」

「発電機の」軍服の男が口を挟んだ。

「そうです、発電機のケーブルで。それから彼は『気をつけろ』と言って、つまみをひねりました。そのとたんものすごい音がして、頭の上に砂や草が降ってきたのが分かりました」

「それだけか？」

「そうです。その後ヴァイゼルは発電機をどこかに隠し、もう家に帰ってもいいと僕らに言ったからです」

「ちょっと待った。今の話から判断すると、お前たちが爆発の場所へ行った時、ヴァイゼルは炸薬を携帯していなかったことになるな？　そうだろう？」

「そうです、軍曹。僕らが爆発を見に行った時は毎回、地雷は僕らが来る前に地面に埋められており、彼は僕らの前でただ針金と発電機をつないだだけだったからです。彼はすべてを前もって準備していたに違いありません」

「つまり彼は、お前たちがいない間に炸薬と導線を設置したんだな……分かった。では、地雷は、爆発するまでどのくらいの時間そこに置かれていたのか？　一時間か、二時間か、それとも丸一日か？」

「僕には分かりません」と僕は答えた。「それは誰にも分かりません、軍曹。ヴァイゼルはそういったことを説明しなかったし、いつも爆発の直前に僕らをそこへ連れていったからです」

軍服の男は頭を掻き、校長を見、それから再びMスキを見た。

「まあよろしい。だが、お前たちは彼ぬきでそこへ行って、次の炸薬が用意されていないかどうかを見てみようという気にならなかったのか？」

軍服の男がその最後の言葉を発しながら僕の方にぐっと屈んだ時、彼の口からはキュウリのピクルスの瓶から匂うような、かすかなニンニクの香りがした。もっともその夏僕たちの共同住宅わきの庭で、キュウリの収穫はディルやニンニクと同様少なかったのだが。

「いえ。彼ぬきでそこへ行くことはヴァイゼルが禁じていたんです。地雷が谷全体に埋まっていると彼は言いました」

「お前たちは彼の言うことを信じたのか?」

「彼は嘘をついたことが一度もありませんでした。それに、どの爆発も谷の別の場所で行われたので、僕らは地雷のひとつを踏んでしまうのではないかと怖かったんです」

校長はふいに激しく手を動かし、ネクタイを緩める代わりに、きつく絞めた。

軍服の男は小さなつまみとスイッチのついた黒い小箱の写真を僕に見せながら、こう尋ねた。「これを知っているな?」それらは完全に押し込まれていないワインオープナーのレバーのように見えた。

「はい、知っています。ヴァイゼルが爆発の後いつもどこかに隠してしまった発電機です」

「彼はこれをどこで手に入れたのか?」とMスキがすばやく口を挟んだ。

「分かりません。ひょっとするとレンガ工場で他のものと一緒に見つけたのかもしれません」

「その通り。彼はそのレンガ工場に何を隠し持っていたのか? そしてお前たちがそこへ通っていた時、何を見せたのか?」

「僕らは何度も通っていたわけではありません、先生。僕らがレンガ工場で彼と会ったのは一度だけです」

「その時はどうだった?」軍服の男がすくい上げた。

「二回目か三回目の爆発の後だったと思うのですが、エルカが僕らのところへやってきて、もし僕らが本物の自動小銃を見たければ、つまり、ごっこ遊び用の自動小銃のことなんですけれど、一緒に来ればいいと言ったんです。彼女はどこへ行くのかは言わずに、僕らを古いレンガ工場へ連れていき、そこでヴァイゼルが待っていて、僕らに錆びついた自動小銃とドイツ軍のヘルメットを渡しました。僕らがいつもパルチザンごっこをして遊んでいたからです。ヴァイゼルは、それらを使うと良いと僕らに言ったんです。それ以上は何も見せてくれませんでした」

「ちょっと待った……その時お前たちはレンガ工場のどのあたりにいたのか？」

「炉の近くです、軍曹。トロッコとレールがあるところです」

「お前たちは、彼が兵器の貯蔵庫として使っていた地下室については何も知らないんだな？」

「知りません、軍曹。捜索が始まって、民警が土砂で埋まった地下室を見つけた時、はじめて僕らはヴァイゼルがそこに何を隠し持っていたかを聞いたんです」

「お前たちは何も考えなかったのか？　たとえば、彼がどこで発電機や炸薬用の火薬を入手したか、といったことを？　彼に尋ねなかったのか？　一度も？」

「尋ねたんですけれど、ヴァイゼルは、僕らが何も尋ねないことへのご褒美として、自動小銃とヘルメットをやると言ったんです。彼がもし僕らのことを信用することにしたら――彼は実際に『君たちのことを信用することにしたら』と言ったんですが、他にも手に入ったんでしょうけれど、それまではだめでした。だから僕らは尋ねなかったのです」

「そうか、分かった」軍服の男は明らかに失望していた。「ところでヴァイゼルは、お前たちと一緒にパルチザンごっこをしなかったのか？」

「はい、軍曹。泳げる場所がなかった間、僕らはブレントヴォの墓地へ通っていました。ヴァイゼルは時々そこへやってきたけれど、僕らと一緒に戦争ごっこをしたことはありません」

「彼は自分一人で戦争をしていたんだ。ただし別の場所で」とMスキは言った。校長はうなずいたが何も言わなかった。

「それらすべてを大人に話さなければ、という考えは、お前たちの頭に思い浮かばなかったのか？」軍服の男は続けた。「でないと、お前たち全員にとって何かまずい結果になるかもしれない、とは」

僕はしばし沈黙した。そういう質問に――とくにメッシュのアンダーシャツの間から胸毛をのぞかせているターザンのような毛むくじゃら男のそういう質問に、なんと答えるべきだろうか。ついに僕は彼の期待どおりのことをどもりながら言った。

「はい。僕は今になって、そうするべきだったと思います」

「なるほど。今になってか」Mスキは付け加えたが、軍服の男はそれをさえぎった。

「その古い自動小銃とヘルメットが病院から脱走した患者の手に渡った時、お前たちの頭には何が思い浮かんだのか？　お前たちには、そいつが精神を病んだ人間だと分からなかったのか？　彼はそれを手にこの辺り一帯を走り回り、人々を脅かしたんだぞ。一体それは誰の思いつきだ？」

「軍曹、そうではないんです。遊びが終わってもう家へ帰る時、僕らは毎回自動小銃とヘルメットを人気《ひとけ》のない地下聖堂に、墓地の隅っこに隠しました。ところがある日行ってみたら、自動小銃もヘルメットもなくなっていたんです。その狂人が僕らのヘルメットと自動小銃を手にブレントヴァ中を走り回っていると聞いたのは、後になってからのことです。でも、実際に僕らが彼を見たわけではありません」

「ただそれだけの話だったら」校長はネクタイを緩めながらため息をついた。彼のネクタイは、今やコロテクの奥さんの色鮮やかなハンカチに似ていた。「ただそれだけの話だったら。子供たちよ、ああ、私はお前たちをどうしたらいいのだろう」しかしMスキが威嚇するような視線を向けたので、校長はそれを言い終えることができなかった。校長は魔法の枝に触れたように黙り込み、軍服の男が質問を続けた。

「では、それらの爆発が何回あり、各々がどう違っていたか言いなさい」

「ちょっと待って下さい……」僕は記憶の中で勘定した。「爆発は全部で六回あり、一度に一回ずつ行われました。互いに似たり寄ったりでしたが、最後の爆発は、それについては前回言いましたけれど、その最後のだけはとても大きく、つまり、他のよりずっと大きいものでした」

「よーし」と軍服の男はうなった。「そうか、分かった。では君、その最後の時、谷で起こったことをもう一度詳しく説明しなさい」

そこで僕は、Mスキが僕に「象の鼻」をやった前回と同じように話した。何一つ変えないようゆっくりと話し、彼らは、僕の口から飛び出す言葉が虫で、一匹一匹を虫眼鏡であらゆる角度から眺めるように注意深く耳を澄ました。エルカとヴァイゼルが丘の上で姿を消した箇所で僕が話を終えた時――それは真実だったのだが――、Mスキはこらえ切れなくなり、わめいた。

「彼らはその時もう生きていなかったというのに、一体どうやってお前たちは彼らを見ることができたのだ⁈　お前は、二つの魂が天へ召されるところを見たと我々に信じさせたいのか？」

そして、彼は危険なほど近くまで僕に歩み寄ったが、軍服の男が彼を引きとめ、事務机の方へ来るよう僕に命じた。彼は、谷が黒い等高線で記されている軍事用地図を広げた。

「お前たちはここに立っていたんだな？　爆発によってできたクレーターのそばに。そうだな？」

「そうです、軍曹」

「そして、お前が話している丘というのは、谷のこの斜面のことだな？」

「そうです」僕はうなずいた。

「ということは、お前たちは丘のふもとからぴったり百メートル離れていたことになる。それなのにお前はどうして、それがヴァイゼルとヴィシニェフスカだったと確信をもって主張できるのか？　ただ彼らを見たような気がしただけかもしれないじゃないか？　ひょっとしてお前たちは、彼らが空中へ吹っ飛んだと思って、怖かったんじゃないか？　誰かが――コロレフスキだと思われるが――『ほら、彼らが丘を登っていく』と言ったので、お前たちは恐怖のあまり彼らを見た気がした。お前たちはどうしても彼らの姿を目にしたいと思ったんだろう。そうじゃないか？　さぁ、もういい加減に白状しろ！」

僕は地図とその精確さに驚いて黙っていた。それはまるで、僕が彼の言うことを正しいと認めたように見えたに違いない。なぜなら彼はすぐにこう結論づけたからだ。

「お前の話から判断するに、ヴァイゼルとお前たちの女友達が爆発の瞬間いた場所は、お前にははっきりと分からない、ということになる。お前はこう言ったな。『ヴァイゼルは僕らにカラマツ林の横で待つように命じ、僕らがそこにいるのを目で確認すると、谷を横切って歩いていって、地面に伏せるよう合図をよこしました。その後すぐに地面が爆発で揺れ始め、僕らの頭上に砂が降ってきました』そう言ったな?」

僕はうなずいた。ニンニクの匂いがますます強くなって、僕はキュウリのピクルスが食べたくなった。

「さあ、ここを見ろ」軍服の男は鉛筆で地図をトントンとたたいた。「よく見るんだ。最初お前たちはカラマツ林のそばに立っている。ここだ。ヴァイゼルはお前たちを見て、二十メートルかそこら離れたところに立っている。ここだ。それから彼は地雷の方へ移動し――『谷を横切って歩いていって』とお前は言ったな。したがって彼はお前たちから離れ、炸薬の方へ行く。この時お前たちにはヴィシニェフスカは見えない。なぜなら彼女はここ、ハシバミの藪の後ろを歩いていくからだ。そこで、さあよく見ろ。これからが一番大事なところだ。ヴァイゼルはここからお前たちに手を振って合図をよこす。お前たちは地面に伏せ、頭を下げている。つまりこの瞬間、お前たちの女友達が彼の方へ行くところをお前たちは見ることができない。それからどうなったか? 合図の後、すぐに爆発が起こる。ヴァイゼルはどこから手を振ったのか？　そう、赤い丸印の付いたここが、クレーターの残っている爆発の場所だ。ヴァイゼルは、お前たちにまさにここから手を振ったのだ。地雷が埋まっていたこの場所からだ。つまり、こういうことだ。ヴァイゼルはまず手を振って、お前たちが地面に顔を伏せた時、彼は導線の具合を確かめるため炸薬へ屈んだ。彼はその後ヴィシニェフスカとともに発電機の方へ行こうと思っていた。発電機は……そう、ここ、まさにここで発見されたんだが、ただし今回は炸薬がひとりでに爆発した。つまみをひねってもいないし、雷管に圧力を加えたわけでもないのに。おそらく爆発したのは不発弾だったのだろう。お前の級友が組み立てた地雷ではなく。それ以前の爆発の際は、お前たちが言ったように、ヴァイゼルの合図から爆発までだいたい二分かかった。炸薬から発電機を隠した安全な場所へ移動するには、多かれ少なかれ、その位の時間が必要だった。炸薬を埋める場所は毎回違っても、やることは同じだった。まず、お前たちに、ここや、そこ、あるいは、ここで、伏せるよう合図を出す。それから、炸薬と雷管をつなぐ導線の具合を、すべて問題ないかどうか最後にもう一度確かめ、それから発電機へ向かった……ここ、あるいはここ、あるいはそこへ……そうしてはじめて彼は取っ手をひねり、スイッチを押した。今回は、導線の具合を確かめ手で合図を出してから、せいぜい十五秒しか経過していなかっただろう。そして（そう、ここにあった）発電機へ向かって歩き始めたが、到達することはできなかった。なぜなら炸薬がひとりでに爆発したからだ。彼とヴィシニェフスカは空中へ吹っ飛び、お前たちは彼らの姿をどうしても見たいと望み、実際見るには見たが、宙に舞うところを見たに過ぎなかった。お前たちは爆発後のクレーターのそばに立った時、彼らがその場所から百メートル離れていたにもかかわらず、彼らが丘を登っていくところを見たと信じたのだ。そうじゃないのか？」

事務机の前で、僕は彼らの話の中ですべての整合性がよくとれていることに驚愕していた。まるで本当のことかと思われるほど、辻褄があっていた。しかし僕は何も言わなかった。軍服の男は、僕たちがあの次の日ストシジャ川のほとりでもう一度——それが本当に最後だった——彼らと会ったことを知らなかった。彼は黒豹について何も知らなかったし、プロイセン兵舎のわきの原っぱで、「兵士」たち相手に行われたサッカーの試合についても何も知らなかったし、古いレンガ工場の地下室にいるヴァイゼルを見たこともなかった。少なくとも、ヴァイゼルのせいで髪の毛が逆立ったことはなかった。

彼は一息つき、僕は再びかすかなニンニクの匂いを嗅いだ。そしてMスキがこう言った。

「すじが通っている。お前には分かるまい。お前たちが前日ストシジャ川のほとりにいるところを見たと言ったのは誰か。どうだ？」

僕が黙っているとMスキは続けた。

「お前たちを見たのはブレントヴォ教会の下男だ」そう言って、Mスキはその日はじめて勝ち誇ったような笑みを浮かべ、それと同時に僕はため息をついた。なぜなら、それは重要なアリバイだったからだ。質問された教会の下男が、日にちを間違えたのは明らかだった。「そのほうがいい」と僕は考えた。「もし彼らの頭の中ですべてがそういう風に組み立てられ始めるのなら」しかし尋問はまだ終わりではなかった。軍服の男がまたソファーに座り、Mスキが僕に近づいた。

「もう一つ明らかにしなければならないことがある。お前たちは、どこにヴァイゼルとヴィシニェフスカの残骸を隠したのだ？　言え！」

僕は黙っていた。

「これは犯罪事件だ」校長が付け加えた。「お前たちはその事故についても、その恐ろしい埋葬についても届け出なかった」彼の声はますます威嚇的になった。「そんなひどいことを、どうしてできたのか?!　それは、それは……カニバリズムよりひどい！」彼はもどかしそうに言った。「おそらくお前たちには良心というものがないのだ！　宗教の時間、お前たちは何を学んでいるのか？」

「それらの……それらの……残骸はどんなだったのか、すぐに言え！」軍服の男がいきなり話に入ってきた。「お前たちは肉片や服の切れ端を見つけたに違いないのだから。そうだろう？」

僕はうなだれて立っていた。そして、手のひらにヴァイゼルの眼球を握った自分とワンピースの切れ端を手にしたシメクが、二人で掘った小さな穴へそれらを入れるところを想像した。ピョートルが「イエスよ、神よ、彼らに永遠の安らぎを与えたまえ」と抑揚をつけて唱え、僕たちはその小さな穴を埋め、かかとで土を踏み固めるが、ヴァイゼルの眼球は地中から僕たちに目配せし、オリヴァの動物園で黒豹にしたように、僕たちを未来永劫、支配する。それはものすごく恐ろしかった。僕は全身を震わせた。Mスキは僕の髪の毛を、ちょうど耳のわきの今は髭が生え始めているあたりを摑み、軽く上へ引っ張った。しかし短い髪は彼の指からこぼれてしまったので、彼は再び、今度はもう少し上の方を摑んで「ガチョウの羽むしり」を開始した。

「お、ま、え、た、ち、は、ど、こ、に、そ、れ、を、う、め、たん、だ?」彼は音節に区切って発音し、音節ごとにますます強く上へ引っ張った。僕はますます背伸びをし、ついには爪先立ちになって、ペンギンのようによたよた歩いた。Mスキはもっと強く引っ張り、本当に僕の髪を引き抜いた。「どうだ、お、ま、え、た、ち、は、ど、こ、に、そ、れ、を、う、め、たん、だ? い、い、か、げん、に、い、え。そ、れ、と、も、お、ま、え、の、あ、た、ま、を、も、ぎ、と、ろう、か?」

次の瞬間には、僕は張り裂けるような大声で叫んでいたに違いない。いやそれどころか、もしその時校長室の電話が鳴らなかったら、ひょっとしたら僕は叫びながら、真実を口にしていたかもしれない。Mスキは僕のもみあげを放し、電話の方へ顔を向けた。受話器を取り上げた校長は、軍服の男に向かって言った。

「あなたにです」

しばらくの間沈黙が流れ、僕は頭がかっかと燃えるのを感じた。「ガチョウの羽むしり」のせいで、頬とこめかみだけでなく、頭全体が痛かった。軍服の男は何度も頷《うなず》きながら、ただこう言った。

「はい、はい、分かりました。はい、はい、もちろん、はい、分かりました。もちろんです。そりゃそうです。分かりました、分かりました」

夜の九時に一体誰が軍服の男と話したのかは今だに分からないが、僕はその人物にとても感謝している。結局その人のお陰でMスキは僕を引っ張るのをやめた。軍服の男が受話器を置いた時、彼らは協議のため、座ると背もたれが当たって痛い秘書室の折りたたみ椅子へ僕を送り返すことにした。

僕たちは再び用務員に見張られながら三人で座っていた。壁時計をじっと見つめる僕の目には、振り子の垂れる真鍮の円盤が、聖体の祝日「めでたし、乙女マリアより生まれ給いしまことのお体よ」という僕たちの歌に合わせてドゥダク司祭が振った聖なる煙の小箱と同じ色をしているように見えた。

それと全く同じ壁時計を、振り子がついた真鍮の円盤時計を、僕はマンハイムのエルカの住居で目にした。何年も後、僕が彼女に会うためドイツへ行った時のことだ。僕はもちろん、旅行の目的を彼女に言わなかった。

電話の受話器から僕の声を聞いた時、いや、僕の名字を聞いた時、彼女は何も言わなかった。もしかすると彼女は、僕がマンハイムへ送り彼女がゴミ箱へ捨てたすべての手紙を思い浮かべたのかもしれない。それは分からないが、ともかく彼女はかなり長い沈黙の後、冷静にこう尋ねた。

「どこから電話しているの?」

「駅から」僕は受話器に向かって叫んだ。「駅からだよ。君に会いたいんだ!」

彼女は一瞬また黙りこんだ。

「ええ、分かったわ。私は一日中家にいるわ」彼女はまるで、僕たちが昨日会ったばかりのように答えた。「道、分かる？」

　もちろん僕は行き方を知っていた。彼女と会って話すために僕はすべて準備し、計画し、どんな小さなことも、ぬかりなく整えていたからだ。一連の質問、おしゃべりの話題、ピョートルの墓の写真――それらすべては否応なくヴァイゼルという人物へ向かっていた。いや、向かうよう巧妙に仕組まれていた。僕は、口ひげを生やしたトルコ人が運転するタクシーに乗って、町の中心部を通った。彼は僕がドイツ人でないと分かると、やたら僕と話したがったが、頭の中で僕はもうすでにエルカの前にいて、一九七五年九月の、彼女をグディニア港へ送っていった朝のことを思い出していた。彼女はそこから船でハンブルクへ向かったのだ。

「エルカ」僕は最後に彼女に尋ねた。「君は本当に、あの時何が起こったのか覚えていないのかい？　それがどんなだったか本当に分からないのかい？　ヴァイゼルは君の手を引いていた。君は何か隠している。ずっと隠してきたんだろ。今言ってくれよ、頼むよ！　これを最後にここから出ていってしまうなら、言ってくれよ。あの日ストシジャ川のほとりで、本当は何が起こったんだい？」エルカが税関へ近づくにつれて僕の声は大きくなり、ついにはほとんど叫びとなった。とうとう彼女は言った。

「そんな風に大声を出さないで。他人《ひと》が見ているわ」

　それが彼女の最後の言葉だった。「さようなら」でもなく、「頑張ってね」でもなく、「そんな風に大声を出さないで。他人《ひと》が見ているわ」だったのだ。出発前ヴァイゼルについて話したがらなかったのと同じく、彼女はその後、僕の手紙に返事をよこさなかった。
そういうわけで、僕は今マンハイムの中心部をタクシーで走りながら、あの過ちを繰り返すまいと考えていた。車が信号で止まった時、僕は決心した。全く違った風に話し始めよう。時間をかけて同じところを旋回し、適切な瞬間をじっくり待とう。そして最後には彼女を追い詰め、白状させてやろう。

エルカの暮らしは最初の一年半容易でなかった。彼女は遠い親戚の叔母――恐ろしく意地の悪い老婦人――の元で家政婦として働いた。その叔母はエルカを共産主義者と呼び、事あるごとに彼女を侮辱したが、エルカは歯を食いしばって耐えた。なぜなら叔母は金持ちで、彼女にわずかばかりの遺産を遺すことになっていたからだ。しかし遺言書が開かれてみると、エルカはますますあくせく働かなければならなくなった。彼女にはびた一文遺されなかった。彼女は昼夜を問わず働いた。朝は個人の住居を掃除し、夜は叔母の知人が経営しているレストランの床を磨いた。そこで彼女はホルストと知り合った。ホルストはヘッセン州でおきた自動車事故で妻を失い、その頃は自分の会社の経営もそっちのけで、飲み屋が閉店する夜遅くまでちびちびと飲んでいた。エルカは大して躊躇することもなく彼と結婚した。彼は年寄りでもなければ醜くもなかったし、何より馬を売り買いしていて、自分の会社を持ち、エルカはもうレストランの床も個人の住居の床も磨く必要がなくなった。ホルストはしばしば出張で家を空けたので、そういう時エルカは一日中一人だった。ホルストにはエルカ以外家族がおらず、彼女のほうは誰かを訪ねたり、お客を招いたりすることを好まなかったからだ。ホルストがあまり忙しくない時、彼らは一緒に遠出し、南の山岳地帯で休暇を過ごした。

しかしその全てを僕が知ったのは、十数分後のことだった。タクシーが町の中心部を出た後、僕と口ひげを生やしたトルコ人が交差点をいくつか通り過ぎた後、僕はエルカの正面に座ってコーヒーを飲んでいた。彼女は、先《さき》の休暇中バイエルンで撮ったホルストの写真を僕に見せた。大きな部屋の壁には、騎手と馬の描かれた水彩画が掛かっていて、壁の真ん中には、僕たちの学校の秘書室にあったのと同じ、長い振り子の先に真鍮の円盤がついた壁時計が掛かっていた。秘書室の壁時計のことをエルカはもちろん覚えていなかった。僕は彼女にピョートルの墓碑の写真を見せた。エルカはそこに何度か行ったことがあったが、もちろん墓碑プレートを見たことはなかった。僕はこれを作るのにどれ程苦労したかを彼女に話した。どの石工も「殺された」という銘を彫りたがらず、最後に「非業の死を遂げた」となったのだ。すべての知人がその墓碑プレートに寄付し、それはまさしく、ピョートルのために建てられた僕たち皆による記念碑だった。ピョートルはデモや闘争に参加したことはなく、ただ何が起こったのかを見に通りへ出ただけだったのだが。しかし僕たちがその話をしたのは、エルカが作ったものすごくうまいホットサンドを食べながらのことだった。そのホットサンドは、ケチャップとサラダ菜と浅葱と薄切りトマトとクミンと胡椒とパプリカ（それから他に何が入っていたか僕にはもう分からない）が入っており、オーブントースターから出したばかりで、熱々だった。そのホットサンドのせいで僕の計画はほとんどひっくり返るところだったが、僕はその味を今でも覚えている。

その時エルカは思いがけなくこう言ったのだ。

「私、あんたの手紙に返事を書かなかったわね。他のどんな手紙にも返事を書かなかったように。それは、ここにいながら」と彼女は付け加えた。「あそこにいること、あるいはその逆が不可能だからなの。ここにいながらあそこにもいることなんて、私にはとてもできない」

彼女が話を続けるように僕はさり気なく何か言おうとしたけれど、彼女はすばやく、しかも巧みに話題を変え、僕が自分自身について、いやむしろ、つまるところ大して面白くも素晴らしくもない現在の生活について話すよう仕向けた。それは退屈で憂鬱な話だったが、エルカはそれについて自分がどう思うかを悟らせなかった。それどころか、時々細部について、人物や出来事について質問さえした。僕は、彼女が礼儀正しさゆえにそうしていると感じた。最後に、僕がドイツでしていることを言うと、彼女は今日中にミュンヘンへ帰らなければならないのかと尋ねた。実際僕は二週間ミュンヘンで暮らしていて、彼女を訪問するためにそこからやってきたのだったが、数日後にはまた叔父の元へ戻ることになっていた。捕虜収容所から生還した叔父は、ポーランドへは二度と戻らなかった。彼の考えによれば、ポーランドはもう存在せず、あるのはただ、たいして出来の良くない演劇に出てくる、本物そっくりの模造品だけだった。しかし、僕はエルカにそういった込み入ったことは説明せず、ただその必要はないと言っただけだった。実際その必要はなかったし、とくにヴァイゼルの話題は、出だしの天気に関する会話の中でさえまだ触れていなかったからだ。

「それは素晴らしいわ」彼女は今度は心から喜んだ。「もしあんたが何日か滞在したければ、全く問題ないし、ホルストが戻ってきたら喜ぶわ」と彼女は続けた。「彼はついさっき出張に出かけたばかりなの」

なぜ彼女の夫が喜ぶのかはよく分からなかったが、僕は翌日まで滞在することに同意した。幸い金は持ちあわせていたので、街へ行った時、一マルクずつちまちまと勘定する必要はなかった。

エルカがガレージから車を出す前に、僕は彼らの家を見せてもらった。それはその近所にある他の家々と全く同じだった。長方形で小さな庭があり、二階に三部屋、一階には食堂と台所があった。出入り口の前にある芝生はじゅうたんのようにふわふわしていたし、家具や壁紙や羽目板は、僕には趣味の良い上質なものに見えた。僕は、こんな暮らしが手に入るなら、二年間床を磨くのもまんざら悪くない、一生磨くとなれば大変だが、と考えた。

僕とエルカのゲームはいつ始まったのだろうか？　ヴァイゼルをめぐるそのゲームで、僕たちはいつも互いに爪先立ちで息を殺して忍び寄り、追い風ではなく、いつも向かい風の中を進んだものだ。ある意味では今も続いているそれは、いつ始まったのか？　今日の僕には、最初駅で電話した瞬間からエルカが勝っていたことが分かる。あの時すでに、彼女は僕がなぜドイツに来たのか理解しており、あの時すでに計画を立てたか、あるいは、計画の概要を描いたに違いなかった。そして当時マンハイムで、僕はうわべに騙《だま》されてしまった。なぜ彼女が僕を引き止めたがったのかよく考えてみなかったし、エルカが僕を完全に見抜いたこともすぐには分からなかった。僕は、暗示や質問や一見重要でなさそうな主張を網のように張り巡らし、彼女を捕らえようとしていたが、実際には彼女の方がずっと巧みに、仕掛けた罠で僕を捕らえたのだ。僕たちは最初からそういうゲームをしていた。僕が家と庭を見終わった時、彼女はこう言ったからだ。

「ちょっと待って。こういう機会には特別な身なりをしなくてはね」ほどなくして、僕は赤いワンピースを着た彼女を見た。もちろんあの頃のような木綿ではなく、きれいな裁断の上質なワンピースだったが、僕はストシジャ川のほとりで——そこには、戦時中からもう使われていなかった鉄道路線を引き込む築堤があり、その下の細いトンネルを沢が流れていた——彼女を見た時の、あのワンピースを思い出さずにはいられなかった。そうだ、車に乗り込みながら、エルカは僕の考えていることが分かっていた。僕たちが郊外のダイムラー・ベンツ工場の倉庫群のそばを通り過ぎた時、彼女は、ライン川のほとりへ行ってみたくないかと僕に尋ねた。彼女は水が流れる様子を見たい気分だったのだ。僕たちは堤防のコンクリート製の突出部に立ち、エルカは下へ向かって細い枝を投げた。その間ずっと僕は、医者たちが話していた妄想は、最初から最後までヴァイゼルの思いつきだったのか、それともエルカ本人が思いついたのかと考えていた。エルカは昼ごはんを食べに僕をレストランへ連れていき、僕たちは窓からフリードリヒスブルク城を眺めた。デザートが来るまでの間彼女は僕に町の歴史を話し、昔ガイドブックで読んだのだと白状した。アイスクリームを食べながら、なぜか動物の話になった。

「我慢できないことが一つだけあるの」彼女はスプーンをなめながら言った。「ここの動物園には恐ろしい習慣があって、それはライオンの餌付けって呼ばれているんだけれど。動物園しかない町では、決まった時間になると人々が動物園へ押しかけて、飼育係が血のしたたる肉の塊を動物に投げるところを眺めるの。一番喜ぶのは、そのくず肉をライオンが引きちぎる時なの」そして彼女はすぐに付け加えた。「そんなこと、あんたたちのところでは日常茶飯事ではないでしょう？」

「そんなことは、僕らのところでは日常茶飯事じゃないよ」と僕は言った。「オリヴァの動物園へ遠出したのを覚えているだろう？」

エルカはうなずいた。

「ええ、もちろん。動物園は森の中にあって、私たちあの頃、森を通って家に帰ったものだったわね」

「それじゃあ、豹のいた檻のことを覚えている？」僕は諦めなかった。

「ええ」彼女は即座に答えた。「思い出すわ。豹は苛立《いらだ》っていて、飼育係が私たちの方へやってきて、檻から離れるように言ったのを」

「ちがう、そうじゃない。飼育係なんて一人もいなかったじゃないか」僕は自分のスプーンを脇へ押しやった。「そうじゃなかった。ヴァイゼル、あのヴァイゼルのことで大騒ぎになって……」

彼女は僕をさえぎった。

「あんたって彼のことばかり聞くのね。ああ、なんて煩わしいのかしら。私たち最後には細かいことでいちいち言い争うんじゃないの？」

「だって、あれは細かいことじゃないだろう！」僕は抗議した。「だって、君は見つかった。どうやってか分からないけれど、君は見つかった。でも、彼は？」

エルカは、メランコリックな微笑を浮かべた。

「あたしは土手から落ちて頭を打ったに違いないわ。そうやって何もかも覚えているんなら、分かるでしょ。あたしは二ヶ月病院で寝ていたのよ。そうじゃない？」

「うん、うん、分かってる。でも、君はそれでもやっぱり築堤から落ちたんじゃない」と僕は興奮して言った。

エルカはウェイターを呼びながらこう説明した。しかしそれは説明というよりは、ますます巧みに話をもつれさせたにすぎなかった。

「まあ、あんたはどうやら、何でもよく知っている種類の人間みたいね。でも、私にどうしろと言うの？」

夜までそんな調子だった。ずっと判で押したように同じだった——僕が空港について話そうとすると、エルカは、ええ、もちろんそこで凧揚げをしたし、ヴァイゼルもいたかもしれないと答え、僕がそうだったと主張するや、でも他の男の子たちもいた、それについては疑いの余地がないと言った。ところが、僕が「兵士」たちとの試合について触れると、世のすべての男の子たちがそうであるように、あなたたちは昼夜問わずサッカーをしていたのだから、どうして自分が一つの試合を正確に覚えていることができようかと言った。古いレンガ工場について言及すると、彼女は何も言わなかった。爆発に関しては、それらが素晴らしかったと白状したからだ。

エルカの考えによれば、ヴァイゼルは空中に吹っ飛んだに違いなく、彼女は翌日僕らがストシジャ川のほとりで遊んでいた時、築堤から落ちたのだった。しかし彼女がそう言ったのは、レストランでなく家で僕らが一緒に夕食を作り、二本目のワインを飲んでいた時のことだった。最初は赤ワインで、二本目は白のベルモットワインだった。その時僕は、自分の中で怒りと攻撃的な感情が膨らむのを感じた。彼女が僕と目隠しごっこをして遊んでいること、そして、僕のマンハイムへの訪問は、僕が究極の真実を明らかにしようと頑固に送り続けていた手紙同様、無駄だったことが分かったからだ。僕はエルカが寝床を用意してくれた二階へ上がり、水色のシーツに身を横たえた。しばらくして、彼女が階下から僕を呼び――どうやら何か忘れたことがあるらしく――謝るのが聞こえた。階段の一番上に立ち、階下を見下ろしたとたん、僕は愕然とした。

エルカが僕を残酷にあざ笑っていた。食堂の窓の下にあったソファーが今は部屋の中央にあり、階段の延長のように見えた。彼女はソファーの上で二つのクッションの間に横たわり、一つのクッションは後頭部に、二つ目は腰のあたりにあって、脚を軽く広げ、赤いワンピースが体全体のリズムにあわせて波打っていた。どんな力も僕が前進するのを、つまり下降するのを――僕は階段のてっぺんにいたから――押しとどめることはできなかった。それはまさにエルカの悪魔のような思いつきだった。僕の足は一歩ごとに、まるで地面から解き放たれたかのように抵抗を感じなくなったからだ。階段の半ばで、僕はようやく自分の体が流れるように下降していることを理解した。それはもう僕の肉体ではなく、陽の光の中できらめく飛行機の機体にすぎず、僕の腕はもう腕ではなく、一本ずつが銀色の翼だった。目に入るのはもうソファーではなく、滑走路の始まりにすぎなかった。僕は町の南端にある丘の上を飛びすぎ、家々の赤い屋根すれすれを飛行して、架道橋わきの線路上できらめき、かるく開かれたエルカの太ももと、彼女のまくれ上がったワンピースと、波のように吹き寄せる風にあおられ、むき出しになった黒く柔らかいものしか見ていなかった。僕はそれに向かって轟音をあげ、身震いしながら接近した。今回は銀色の機体は滑走路のコンクリートにではなく、質量と速度を掛け合わせた衝撃度で、音をたてて風をきりながら、藪に、彼女の無垢で柔らかなものの上に着陸した。彼女はしなやかにうねり、叫び声をあげてひんやりとした機体を受け止めたが、その声は飛行機が空気を切り裂く音に掻き消された。

そう、エルカは飛行機を墜落させた。破壊の狂気に取りつかれた彼女は、僕が二階へ戻りかけると、僕の肉体をきらめく機体へ変え、さらに数回着陸を繰り返すよう強いた。鋼鉄製の鳥の骨組みは、空と地面の間でとめどなく離陸と着地を続けることに堪えられなくなって粉砕し、折れた翼で、アーモンドの香りがするエニシダの藪の中に横たわった。エルカは僕の髪に指をつき立て、僕は大地とその住民の焼失を叫ぶ黄色の翼の男の声を聞き、僕に罪の赦しを与えない時ドゥダク司祭が告解室の格子《こうし》の向こうから吹きかけてくる酸っぱい息を嗅いだような気がした。しかし恐怖と幻覚が競合していた。なぜなら聞こえてきた唯一の声は、僕ではない誰かの名前をささやくエルカの声であり、鼻をつく唯一の香りは、彼女の体から漂う風と塩とアーモンドクリームの混じり合った香りだったからだ。ヴァイゼルをめぐるゲームは終わった。僕は穢《けが》れ、敗北して、彼女の元を去った。

翌日僕はミュンヘンへ行き、そこで再び、今回は叔父とゲームをしたが、それは厳密な意味で政治的なゲームだった。僕が彼の車を洗い家の前の芝を刈っていた時、叔父は僕の正面に座ってこう言ったのだ。

「お前たちはどうしてあっちで暮らせるんだ?」

僕はこう答えた。

「叔父さん、僕の耳をつねってくれよ」叔父はふざけて僕の耳をつねった。僕は言った。「ほらね。まるで叔父さんが正しいように見えるけれど、実は全然正しくないのさ」「そりゃまたどうして?」彼は面白がって尋ねた。僕は言った。今しがた叔父さんが僕をつねることで確認することができたように、僕が本当に存在しているなら、僕は模造品ではなく小道具でもないのだと。そして、僕が全体の一部として存在しているからには、あちらにあるすべてのものも模造品ではなく、ポーランドは模造品ではない。そしてたとえ世界が演劇というよりむしろ売春宿に似ていようとも、あんたは間違っていると。そうだ、親愛なる叔父さん。今日あんたはもう土の下にいて、あの時僕は——何千人ものトルコ人、ユーゴスラヴィア人、ポーランド人とは違って——金を稼ぐためにあんたの所へ行ったのではないということをあんたは知らない。僕は、車や他の素晴らしいものを買うための金を稼ぎに行ったのではなかった。僕の唯一の目的は、エルカに会いヴァイゼルについて尋ねることだった。もっとも僕が機会をとらえて——ある意味あんたの目を盗んで——数マルクちょろまかしでもすれば、あんたはおそらく甥っこを理解し、許してくれただろうけれど。

それからどうなったか？　Mスキが大きな方眼紙を持って校長室から出てきた。彼は二つ折りにされたその用紙を僕たちに渡し、こう言った。今からお前たちは、話したことをすべて、分かりやすい言葉で詳しく書かなければならないと。僕たちはヴァイゼルによる一連の爆発について、最後の爆発を含めて何一つ省かず、いかなる想像も美化も加えずに書き記さなければならなかった。用務員が灯りを増やし、僕たちはまるで筆記試験をするかのように、個別に座らされた。僕たちの書いた作文をレギナ先生が読まないことだけが、僕には残念だった。彼女は、学校で僕たちが損得ぬきに慕っていた唯一の先生だった。レギナ先生は僕たちに国語を教えていて、搾取などということについては一言も触れなかったし、大声を上げることもなかったし、詩をとても美しく朗読した。オルドン[1]が要塞を爆破し、モスクワから攻めてきたロシア人暴徒を自分もろとも吹き飛ばした時、あるいは、ソヴィンスキ将軍[2]が祖国の敵から剣で身を守りながら非業の死を遂げた時、僕たちはいつも固唾《かたず》を呑んで聞き入った。そう、レギナ先生はカリキュラムにあまり配慮していなかったような気がするが、今日僕はそのことを彼女に感謝している。だがそれは別の話だ。当時学校の秘書室で、僕はどう書けばいいのかよく分からなかった。何度か文章を書き始めてはみたが、やがて完全な無力感に襲われ、良い考えを何も思いつかないままそれらの文章を削除した。人生において尋問された経験が一度でもある者なら、そうした心情を理解できるはずだ。なぜなら、彼らが切実に知りたがっていることを口頭で証言することと、自分の手で書き記すことは別のことだからだ。何も言わないために書くということが、どうしたらできるだろう？　あるいは、言ってよいことだけを言うために書くということが、どうしたらできるだろう？　語句の一つ一つ、句読点の一つ一つに注意を払わなければならない。彼らはそれを虫眼鏡で見るのだし、それぞれの文章を二度あるいは三度読み返すだろうから。

僕はMスキの質問に対して「ヴァイゼルを見ました」と答えたが、その直後に「でも、はっきりと見たというわけじゃないんです」と付け足すことができた。そしてMスキが眉をひそめれば、すぐさま「でも、別の機会にはぼんやりと見たんです。先生が質問しておられるその日には、僕は今先生を見るように、はっきりと彼を見たのです」と訂正することが可能だった。しかし今回の方眼紙というのは、まったくの別物だった。こうした状況で僕は何を打ち明けることができるのか？　そして何を隠しておくべきなのか？　述べるべきことはそう多くなかった。それぞれの爆発がいかに見事だったかを書き記すことなど僕にできるわけがないし、ヴァイゼルがどんなアイデアで、どんな風に僕たち

＊1　ユリウシュ・コンスタンティ・オルドン（一八一〇-八六）。ポーランドの軍人。ロシア帝国からの独立をめざして起きた十一月蜂起（一八三〇-三一）で活躍。ワルシャワ・ヴォラ地区における健闘をたたえた、アダム・ミツキェヴィチの詩「オルドンの要塞」が有名。

＊2　ユゼフ・ソヴィンスキ（一七七七-一八三一）。十一月蜂起で戦った名将。ユリウシュ・スウォヴァツキの詩「ヴォラ地区の塹壕におけるソヴィンスキ」が有名。

を魅了したかを語ることも、僕には到底無理だったからだ。たとえできたとしても、彼らはそれに値する人々だろうか?

僕は腫《は》れた鼻と頬の腫れた箇所——今日ひげが生え始めている箇所——をなでた。どちらもめっぽう痛かった。僕は考えた。最後の日ストシジャ川のほとりで起きたことについては触れないにしても、彼らを激昂させないためには何か述べなければならないし、大きな用紙に何か書かなければならない。最初の文章を僕はまだ覚えている。「ダヴィドは僕らと戦争ごっこをしなかった。なぜなら彼の祖父が彼にそうした遊びを許さなかったからだ」ヴァイゼルについての本は、まさにそうした文章から始まるべきではないだろうか? 僕たちが射撃場裏の谷で目にした彼の最初の爆発は、戦争ごっこではなかったからだ。彼がなぜあれらの爆発を起こしたのか、あれらが何のために必要だったのかは、今日まで僕には分からない。しかし、水色をした埃《ほこり》の噴水が空へ舞い上がるのを見た時、僕は、それがどんな戦争とも無関係であるということを予感した。ヴァイゼルは炸薬に着色料を加えたので、爆発が地面を引き裂いた時、色とりどりの川が空を流れた。第一回目は水色の爆発だった。粘土や材木の最後のかけらが地面に落ちた後も、水色の霧がまだ空中に漂っているのが見えた。まるで青色の雲が頭上で渦巻き、視界から消えるまで変形しながらどんどん高みへ上昇していくようだった。僕たちはそれにうっとりと見とれていたが、ヴァイゼルだけが、まるで何か上手くいかないことがあったかのように首を振った。もしかするとヴァイゼルは、僕たちの見ている前で実験をし続けていたのかもしれないと今は思う。僕たちはといえば、化学実験用器具や冶金《やきん》用るつぼやめらめらと燃えるバーナーが所せましと並ぶ、錬金術師の仕事場に通された門外漢のようだった。僕はヴァイゼルが錬金術に興味があったと主張しているのではない。そんなことは分からない。しかし、まさにそんな風に見えたのだ。

僕たちが最初の興奮から冷め、我に返るまでの間、彼は僕たちにその場所で待つよう命じ、新しい炸薬を仕掛け、それを黒い小箱に針金でつないだ。すると再び爆発の轟音が空《くう》を引き裂いた。その効果は僕たちをますます驚かせた。爆発の後空中に漂う雲はくっきり二色に染め分けられており、下の部分は陽の光の中で紫色を帯び、渦巻く円柱の頭は赤い飾り玉となった。ヴァイゼルは今度は満足したようだった。雲はかなり長い間谷の上を漂っていたが、二、三分後ようやくカーキ色の球となり、かき消された。それは、ドゥダク司祭が金色の香炉箱から振りまく灰色をした煙の雲よりも、ずっとわくわくさせるものだった。僕たちは期待ですっかり舞い上がっていたが、ヴァイゼルはそれで仕事じまいとし、発電機の黒い小箱をどこかに隠すと、もう家へ帰ってもよいと言った。

今日の僕は、それらのしかけが全く複雑なものではなかったことを知っている。タタール人でさえその仕掛けを用いてキリスト騎士団へ色とりどりの雲を噴射し、馬はそれに驚いて逃げ出し、人々は恐怖のあまり腰を抜かしたのだった。しかし当時僕たちは、ヴァイゼルが奇術師だと考えた。閉鎖されたレンガ工場を訪れた時――僕たちはエルカの後をつけて、やっとのことでそこにたどり着いたのだが――、ヴァイゼルは本人が望みさえすれば何だってできるという僕たちの確信は、何があろうと揺るがなくなった。

しかし、湿った地下室で僕たちが目にしたものについての話は後にしようと思う。なぜならその話をするには、復活祭の告解の時よりも十分な準備が必要だからだ。告解の時、僕は神の怒りを恐れながら——ドゥダク司祭本人の怒りは言うまでもない——罪を書き記し、まるでリハーサル前の俳優のようにそれらを暗記したものだった。

次の爆発、あるいはヴァイゼルの次の登壇は一週間後のことで、最初の時とは何から何まで違っていた。きらきらと輝く柱が空《くう》にそびえ立ち、地面へゆっくりと落ちてきた。今回最も美しかったのは落下そのものだった。雲は前回のように上空でかき消されるのではなく、ただゆっくりと流れ落ち、谷に密生する草と羊歯《しだ》の茂みに沈殿した。葉の上には灰色の埃が積もり、なぜ上空ではあんなに堂々として見えるのに、ついさっきまできらきらと光っていた破片が、この低い所では、その夏すべてをべとつく汚れの層で覆った平凡な七月の塵に似るのか、僕には分からなかった。

ヴァイゼルは複雑さを欠いた簡素な組み合わせに楽しみを見出さず、回数を重ねるごとにますます繊細な効果をめざすようになった。そうした見解はあれから何年も経てはじめて頭に浮かぶのだが、今の僕はそれを紛れもない事実だと思う。なぜなら爆発で再び地面が揺れた時、僕たちはどんな大胆な予想も上回る光景を目にしたからだ。それはどんなだったか？　もしそれをフランスの国旗だったと主張したとすれば、嘘ではないが真実でもない。もしそれが、隣り合って渦を巻く色とりどりの三本の柱に似ていたと書いたとしても、物事の本質を厳密に、もしくは完全に再現したことにはならないだろう。そもそも物事の本質を再現することなどできるのだろうか？　そんなことはできないのではないかと思う。だからこそ僕は——僕の考えによれば——ずっと昔に書かれるべきだった本を今書くようなことはしないのだ。それと同じようにピョートルについての本は書かないし、町の上空をヘリコプターが飛んでいたあの十二月についての本も書かない。あるいは、給料日になると相当な人数でへべれけになって、神はすべてをご覧になりながら放っておかれると、コルテクさんのように呪いの言葉を吐く、僕らの父親たちについての本は書かない。

当時シメクは谷で僕のわき腹を小突き、こう言った。

「すごい、なんてきれいなんだ！」そしてすぐに付け加えた。「あいつはどうやってこれをやるんだろう？　あのユダヤ小僧は」

だが、今回彼が言ったのは侮蔑的なあだ名ではなく、一種のがさつな誉め言葉だった。シメクは同様に「あの悪党」と言うこともできたし、そう言ったとしても意味するところは同じだっただろう。その時僕は三本の煙の柱、いやむしろ、垂直に伸びた三つの雲がそそり立つ空を見つめながらそう感じた。一つはキャンバスのように白く、二つ目はざくろ色で、三つ目は、闘牛士が荒れ狂った動物を剣の致命的な一撃へとおびき寄せるときに使う、大きな布のような赤い色をしていた。色とりどりに染め分けられた平面は、今回は混じり合わず、ただ上へ上へと伸び、ついに松の頂きを超えて見えなくなった。

その日深い峡谷を通ってブレントヴォへ向かう帰り道——シメクとピョートルは、あれが帽子のリボンだったか、それともフランスの国旗だったかで言い争っていた——、僕たちはMスキに会った。

まず、粘土層の谷の入り口にお馴染みの虫取り網が見え、続いて僕たちは、生物の教師がヒカゲノカズラ科の羊歯に両手でつかまりながら、そこから急になっている斜面を駆け上がろうとしているところを目にした。Mスキが追いかけていた蝶は、地面すれすれを舞っていたので、教師は精一杯首を前方へ伸ばし、その鼻はヒカゲノカズラ科の羊歯に触れんばかりだった。彼が斜面の半ばに差しかかった時、蝶は気を変え、彼の頭上で危なっかしい宙返りをやってのけると、色鮮やかな羽根を震わせながら今度は下へ向かって舞い降りた。Mスキは蝶に飛びかかったが、急斜面を駆け下りたため勢いを止めることができず、僕たちのほとんど足元に墜落し、虫取り網にくくりつけられていた棒がぽきんと音を立てて折れるのが聞こえた。しかしMスキは、僕たちにも折れた棒にも無頓着だった。なぜなら網の中で大きな蝶が羽ばたいていたからだ。

「よしよし、可愛子ちゃん。よしよし」Mスキは囁《ささや》き、腹ばいのまま雑嚢《ざつのう》からガラス製の小さなケースを取り出すと、馴れた手つきで蝶をその中へしまった。「やっとお前を捕まえたぞ」彼は愛情を込めて蝶に話しかけた。「お前には一番きれいなピンをやるからな、可愛いやつ」そして膝をついて立ち上がり、僕たちがいることに気づいたが、全く狼狽せず、ただ勝ち誇ったような笑みを浮かべた。

「おや、君たち」と彼は言った。「これが何か知っているかね？　いいや、残念ながら、これはパルナシウス・ムネモシュネ〔クロホシウスバシロチョウ〕じゃない。もしそうなら奇跡に近いね。だが、これでも何か書くことはあるだろう。これがどういう標本か、君たちは分からないかな？　これはね、親愛なる諸君、パルナシウス・アポロ〔アポロウスバシロチョウ〕、そのものだ。それがこの北部の、氷河期後の氷堆石《モレーン》地帯にいたんだ！　これはズデーテン地方では絶滅し、ピエニィニ山地とタトラ山地に生息している。そう、そう、君たち、アポロウスバシロチョウがここに現れるとは、どんな学者も信じないだろう！　だが私はこれを見つけたんだ！　私は『宇宙万有』にこのことを執筆する！　アポロの幼虫はベンケイソウ属の植物を食べて生きている。君たち、ベンケイソウ属はラテン語で何というか、せめて知っているかね？　スクレンタエ〔多肉植物〕の、セドゥム・アクレ〔オウシュウマンネングサ〕というんだ。覚えておきたまえ。セドゥム・アクレだ。ベンケイソウと訳されている！」

　僕たちは口をぽかんと開け、小さなシリンダーに似たガラス製の小さなケースを見つめながら立っていた。蝶は羽ばたこうとしたが、ガラス製の罠の内部があまりにも狭いため、水槽の中にいる魚のように自分の置かれている状況が飲み込めず、何度もぶち当たっていた。

　すぐに去っていってしまったMスキは、もちろんヴァイゼルによる三色の爆発とは無関係だった。しかし僕は方眼紙に作文の文章をゆっくりと慎重に綴りながら、つらつら考えた。ヴァイゼルは時々、とくに何かが思い通りにいかず苛ついて、狼狽を大げさな身振りで隠す時、その蝶に似ていたと。そうだ、四回目の爆発は成功のうちに入らなかった。それは明らかだった。僕たちが爆発音を耳にした時、僕たちの目の前には普通の灰色の砂埃が現れ、それはすぐに落ちてきて、それでおしまいだったからだ。ヴァイゼルは炸薬を仕掛けた場所へ走っていき、アポロウスバシロチョウのように体を震わせながら、明らかに意気消沈して僕たちの所へ戻ってきた。

「もう一度」彼はエルカに言った。僕たちは再び取っ手がひねられる音とスイッチの乾いた音を聞いたが、今回爆発はまったく起こらなかった。

「もしかして導線が切れているのかな」ピョートルがおずおずと尋ねたが、ヴァイゼルの震えはますます激しくなった。

「そんなことはあり得ない」彼は空を仰いで言った。「そんなことは絶対にあり得ない。もう一度試してみよう」そして再び炸薬の方へ走っていったが、その間ずっと両腕を蝶のようにひらひらさせていた。

今回爆発は起こったが、小さな黄色い雲が砂の噴水の上にわずかの間漂っていただけで、他には何も起こらなかった。その日ヴァイゼルは僕たちと一緒に帰宅し、エルカにさえ一言も話しかけなかったのを僕は覚えている。

僕は、彼と何がしかの蝶の間に共通点があったと主張しているのではない。しかし秘書室の壁時計が十時を打ち、僕が最初のページの最後の一行を書いたまさにその時、その比較がとくに適切であると思われたのだ。今日の僕の想像力では、数年前のあの出来事を表現することは到底できないから。しかし僕は当時、シメクやピョートルがそうしたように、蝶と三色の雲を胸の内にしまっておいた。ヴァイゼルの実験についても、最後の爆発が実際どんな風に見えたかということについても、一文字も書かなかった。革装扉の向こうに座っているあの三人が思いついたとおりに、僕はありふれたことを書いたのだ——ヴァイゼルは毎回、谷の向こう側の発電機の方へ歩いていった。爆発の瞬間、僕たちは頭を地面すれすれまで低く下げていた。実際個々の爆発は、迫力の違いを除けば何一つ変わるところはなかったと。そして用務員がほんの少し席を外した時、シメクが用紙から顔を上げ、囁いた。「あの事は僕が書く」シメクがますます小声で話し続ける前に、僕とピョートルにはそれが何のことだか分かった。「僕らは赤いワンピースの切れ端を見つけ、僕がそれをゴミ箱へ捨てたと、ただそれだけを書く。あるいは……」彼はすぐに訂正した。「僕らはそれを火にくべて燃やしたと」。

それが彼らを満足させることは、シメクやピョートル同様、僕にも分かった。彼らには出来事についての彼らなりのイメージがあって、ただそれを補足することだけを僕たちに求めていたからだ。用務員がトイレから戻ってきたが、僕はストシジャ川での出来事の前日にあった最後の爆発のことをどう描くべきか考えていた。あれはヴァイゼルにとって特別な意味を持っていたに違いない――今日僕はそれを確信している。あの時は色の効果ではなく、もっと手の込んだ何かが追求されていた。

こういう場合、いつものように僕には比較の尺度が思い当たらない。あれは何に似ていただろう? 当時それを描写しなければならなかったとしたら、僕は、母が瓶に木苺のジュースを注ぐのに使う小型の漏斗《ろうと》に似ていた、と言っただろう――爆発の後の砂埃の雲は真っ黒で、下の方は細く、上は広がっており、軸を中心に回っていた。しかしそれは小型の漏斗では全くなかった。もし漏斗だったとしても、黒い粒子からなる竜巻のように旋回する強大な漏斗だったように思われる。それは爆発の後すぐに僕たちの目の前に現れ、回りながら、たっぷり一分間谷の上に浮かんでいたが、ついに大気中へ流れ広がるようにして消えた。数年経ってはじめて、ヴァイゼルの漏斗は竜と戦う大天使に似ているという考えが僕の頭に浮かんだ。見事な折り襞《ひだ》をつけられた聖者の衣、彼の広がった翼、天の軍勢、そのすべてが旋回する黒雲に飲まれたことに疑念の余地はなかった。芸術とは何かを当時の僕たちがよく知らなかったように、ヴァイゼルが実際にその木版画を目にしたことは一度もなかっただろうが。

「ああいう竜巻は何もかも飲み込むことができる」とシメクは確信をもって言った。「人間だって丸飲みさ」

するとエルカがいつもの大袈裟な口調で付け加えた。

「ちょっとあんた、人間だけじゃないわよ。家一軒だって飲み込んで、どこかへ持っていってしまうかもしれないわ」

だから筆記による供述の最後の文章をようやく書き終えた時、僕は思ったのだ。ヴァイゼルなら僕たちの校舎をさらい、ブナの丘《ブコヴァ・グルカ》を越えてどこかへ、古い墓地か、またはあわよくば射撃場裏の小さな谷へ持っていってしまうような、そうした漏斗を突然生じさせることができたかもしれない。そしてその時はじめてMスキと校長と軍服の男は、不発弾によって起こる普通の事故とは違う何かがここで起こった、ということを理解するかもしれないと。しかしヴァイゼルは、彼だけが知っている場所から僕たちを助けに駆けつけたりはしなかった。そこで僕は文に終止符を打って、これから起こることを見守ることにした。

用務員が僕たちの作文を集めた。僕は再び、僕たちに国語を教え美しく詩を朗読するレギナ先生のことを考えた。僕の記憶に残っているのはとくに、自分の夫を殺した犯罪者の女性についての詩だった。レギナ先生の朗読が二人の兄弟の戦いの場面に差しかかり、甲冑に身を固めた霊魂が教会に現れ、地の底から発せられたような声で呼びかけ、教会が轟音を立てて崩れ落ちた時、教室はかつて一度もないほど静まりかえり、おしゃべりする者もインクをこぼす者もいなかった。それはドゥダク司祭が太陽のように丸い聖餅を掲げ、ラテン語で歌う聖体奉挙の時よりずっと厳粛だった。もしレギナ先生が僕たちにヴァイゼルについての作文を書くよう指示していたら、それは僕が用務員に提出したのとはまったく別のものになっていただろう。僕はすべてを書きはしなかったかもしれないが、黒豹の後にはあの素晴らしいサッカーの試合のことを書いていただろうし、湾にたまった魚のスープの前には渦巻く竜巻の話が書かれていただろう――あらゆるゴミをその巨大な漏斗の中へ飲み込み、次の日にも僕たちが、いつもの年と同じように泳ぐことができるようにしてくれる、そんな竜巻についての話が。

僕たちは秘書室の、座ると背もたれが当たって痛い折りたたみ椅子に腰かけており、用務員は扉を開けたまま校長室の深淵へ姿を消した。

「ちょっと待っていなさい」しばらくして戻って来た彼は僕たちに告げた。「すべて問題なければ、お前たちは供述書に署名して、帰宅することができる。だが、まだ話してはならん」彼はピョートルが僕の方に身を乗り出したのを見て、脅すようにそう付け加えた。それで僕たちは、ここに連れてこられて以来何時間もそうしてきたように会話せず、黙って座っていた。僕はシメクのお腹が、僕とピョートルのお腹もだが、ますます大きな音をたてて鳴るのを聞いた。彼らは僕たちに食べ物を一切くれなかったのだ。用務員はラジオのスイッチを入れ、木の箱から民族音楽が静かに流れた。

「もうすぐニュースだ」彼は独り言を言って、次のサンドイッチをむしゃむしゃと頬張《ほおば》った。

　すると本当に音楽が鳴りやみ、番組の進行役が、ヴワディスワフ・ゴムウカ[*1]の演説の一部をお送りしますと言った。ゴムウカの禿げ頭の肖像画は、ちょうどその頃になって全教室にかけられていた。彼のおかしな少し甲高い声が、僕らの共同の家[*2]の秩序について何か言い、僕は大人たちがこの男性の名前を口にする時なぜあれほど敬意を払うのかと不思議に思った。彼の話は退屈で、ドゥダク司祭の日曜日のミサよりずっとひどかった。しかし、混迷した政治の謎を誰が探究しようとするだろう? 今日の僕は、人々がヴワディスワフ・ゴムウカに夢中だった理由を知っているし、少なくとも理解することができるが、同じ大人たちが――ピョートルの墓の表面がまだ乾きもしていない時――彼の後継者による言葉、とくに造船所で語られた言葉[*3]に熱狂したことも思い出す。彼も秩序と共同の家について語ったのだ。そう、今日僕は大人ということになっているが、いまだに政治には興味がないし、共同の家と秩序の話で演説を始める指導者に熱狂したりはしない。

　もう終わりにしよう。こんな話をしたかったわけじゃない。僕が話したいのはヴァイゼルのことだ。彼のことだけなんだ。明らかにしなければならないことがまだとても沢山ある。ゲームはまだ終わっていない。ゲーム? 僕はそれを他の言葉で言い表すことはできない。供述書に署名し尋問が終わることを待ちわびながら三人で座っていたあの頃も、今も、ヴァイゼルは僕とゲームをしていて、あの黒い目で僕のことを観察している。だが、それについてはいずれ述べることにしよう。

「兵士」たちとの記憶に残る試合の後、何が起こったか？　もっとも重要なことは天気だった。太陽は町や湾をじりじりと焦がし、木の葉は初秋のように黄ばみ、鳥はほとんど歌わず、空からの放射熱でぐったりとしていた。ある日僕たちは魚のスープの様子を見るためにイェリトコヴォへ行ったが、

＊1　ポーランドの政治家。一九五六年ポズナンで起きた労働者による暴動の最中、ポーランド統一労働者党の第一書記に就任した。対外的にはソ連との同盟関係を維持し、社会主義陣営の統一を乱さないと約しながら、国内では司法独立の維持に務め、言論の自由を認めた。その結果、ポーランドはしばらくの間「東欧の中で最も自由な国」と呼ばれるようになったが、やがて政治的に硬直化し、相次ぐ経済危機に見舞われた。一九七〇年十二月、政権を追われた。

＊2　一九四八年ポーランド社会党とポーランド労働者党が合併し、「ポーランド統一労働者党」となったことをさす。ゴムウカはこの時「右翼的民族主義者」と弾劾され追放されたが、一九五六年党第一書記として復帰した。

＊3　一九七〇年十二月バルト海沿岸の造船労働者による抗議運動が激化する中、退陣を余儀なくされたゴムウカに代わり、党第一書記に就任したエドヴァルド・ギェレクをさす。ギェレクは造船所の労働者と直接対話して事態を収拾し、外貨導入など思い切った経済改革をすすめた。その結果一時的に所得が伸び、国民が待ち焦がれていた消費生活が実現した。

そこにはどんな予想も上回る光景が広がっていた。よどんだ水にはトゲウオのほか、何百匹ものウナギ、ヒラメ、イワシ、その他の今でも名前の分からない魚の死骸が浮かんでいた。それらは半ば腐乱し、ひどい悪臭を放ち、痙攣《けいれん》しながらうごめいていた。とくに他の魚より強靭《きょうじん》なウナギは死ぬのに時間がかかった。のたうち回るその姿を僕は今も覚えているが、それはあの夏の象徴のようだった。漁師は自分たちの小屋から出てきてベンチに一日中じっと座り、煙草《たばこ》をくゆらせながら己の運命を呪っていた。僕たちが空《から》のケースの間を歩き回っていると、漁師の一人が僕たちを呼び止めた。

「お前たち、ここで何をしている」彼は憂鬱そうに言った。「ここはお前たちの遊び場じゃないぞ」そして僕たちが聞いてもいないのに、しばらく夢中で話し続けた。「これはマスタードガスだ。全部、あの忌々《いまいま》しいマスタードガスのせいだ。いいか、お前たち。プロイセン豚野郎の仕業だよ」そして僕たちが彼の言っていることをよく理解していないことが分かると、こう説明した。「知らないのか、ドイツ軍のUボートから漏れ出たマスタードガスを？　終戦間近にヘル〔バルト海にのびる細長い半島の先端に位置する都市〕の近くでUボートが沈没した。そいつはマスタードガスを、それこそイワシの樽みたいに大量に積んでいたんだ。それで今ここは、湾じゃなく下水溝になっているってわけさ！」

「ほらほら、イグナツィ」窓から声が聞こえた。「子供相手に馬鹿話をするんじゃないよ。これがUボートじゃないことぐらい皆知っているよ。聖ヨハネの祝日にソ連軍の演習があったでしょ。あいつらが水の中に、私たち皆がこの魚みたいにくたばるものを放り込んだのさ！」

漁師は激怒した。

「とっととひっこめ、このアマ！」彼は妻にそう怒鳴ると僕たちの方に向き直り、もう一度言った。「Uボートだ、以上。ボートはすっかり錆びているが、缶からそいつが流れ出したんだ。あの忌々しいナチめ、今でもまだこんなことをするとは。まだ足らんのか！」

そこで僕たちはすぐさまUボート説支持者とソ連軍演習説支持者に分かれ、十字架の立つループ線わきで市電を待ちながら大声で言い争った。僕は熱で白く光る空と丸い太陽を見上げ、このすべての原因は、Uボートでもソ連軍が湾で行った軍事演習でもないと分かっていた。しかし、もしその時誰かが魚のスープの原因を僕に尋ねたとしても、はっきりとした答えを言うことはできなかっただろうし、今でもできないだろう。それはドゥダク司祭が言う人間の罪ではなく、神の怒りでもなかった。僕たちの共同住宅の住人たちの多くは司祭の言葉を信じて、夜な夜な中庭に集まり、もっと恐ろしい不幸の訪れを恐れるかのように小声で話し合っていたが。おしゃべりに混じってますます奇妙な噂話が聞こえてきた。ヘルの漁師が湾の上空に球電〔空中を発光体が浮遊する自然現象〕に似たオレンジ色の球を見たとか、一人の森を通ってブレントヴォへ向かう女性の前にマテムブレヴォの聖母マリア[*1]が姿を現したとか、乗組員もいない帆船が、沖合に停泊する船舶の間を毎晩行き来するところを水夫たちがその目で見

*1　マテムブレヴォは、マリアが懐妊した聖なる場所と言われ、数多くの言い伝えがある。マリア像を祀った祠も多い。

た、といった類の話である。馬の頭の形をした彗星が町の上空を旋回するのを見た者もいれば、彗星が地球を一周した後、猛烈なスピードで落下するのを見たと断言する者もいた。

その間、暑さは日に日に厳しくなった。熱気と、枯れた芝生から舞い上がる肌を刺すような砂埃のせいで、僕たちはプロイセン兵舎のわきでサッカーをすることさえできなくなった。何ができただろう？　僕たちはMスキの脅しにもかかわらず、ブレントヴォの墓地へ通った。ブナの老木の陰は涼しかった。ただし僕たちにはもうヘルメットも錆びついたシュマイザーもなく、黄色の翼の男は跡形もなく姿を消していた。彼はこの付近で捕まり僕たちの武器は没収されたのだと、僕たちは予想した。あれらの小道具なしではドイツ人とパルチザンのごっこ遊びは輝きを失い、僕たちの心はしだいに退屈さで押し潰されそうになった。

もしあの時のようにヴァイゼルがここへ来る気になってくれさえすれば――と僕たちは考えた――、何か面白いこと、つまり戦争ごっこより夢中になることのできる何かがもたらされただろう。しかしヴァイゼルにその気はなかった。サッカーの試合に出場したのは彼が僕たちに与えた最後のサインで、今度は僕たちが彼の所へ赴《おもむ》くのを待っていたのだ。もっともその考えはゆっくりと僕たちの中で熟していったのであり、物事は今度もそうすぐには運ばなかった。ある時、ハシバミの茂みの陰に横たわっていたピョートルがこう言った。

「浜は立ち入り禁止、グラウンドは使えない、僕らは一体ここでどうしたらいいんだ？」

彼が何を言わんとしていたのかは分からない。墓地はもとより、町全体が灼熱の太陽の下で息も絶え絶えだった。しかし、ぞんざいに言われたその意見、僕たちの誰に向けて言われるでもなく宙に浮いたまさにその意見から、僕たちとヴァイゼルの冒険が始まったのだ。しばらくの沈黙の後、シメクがいつものように噛んでいた草の茎を吐き出し、こう言った。

「ヴァイゼルなら何か思いつくのにな」

これには全員が賛成した。ああ、そうだ！　ヴァイゼルならきっと何か思いつく。だって、あいつはそんじょそこらの奴じゃないからな——僕たちはもはやそう確信していた。問題は、自分ではもう何も思いつくことができない馬鹿者と思われずに、どうやって彼に接近するかだ。それさえどうにかなれば、次々とひらめくヴァイゼルなら僕たちに何か提案し、一緒にやってくれるかもしれない。もちろん鬼ごっこやキャッチボールのような平凡で日常的な遊びではなくて。平凡で日常的な遊びに対して僕たちが普段から抱いている嫌悪感は、酷暑のせいで強まる一方だった。そうだ、僕たちは目新しさを熱望していた。事と次第によれば、それは運命に挑もうとする無自覚な欲求、地図を眺め『モンテ・クリスト伯』を読む少年の心にしばしば頭をもたげる、あの欲求だったかもしれない。目新しさへの渇望は、死ぬほど退屈しきった僕たちの魂を焦がした。僕たちは突然理解したのだ、僕たちにそれを与えることができるのはヴァイゼルただ一人であることを。

「何度かあいつらの後をつけなければ」とシメクが決断を下した。

しかしピョートルの報告によれば、ヴァイゼルとエルカはもう空港へ行っておらず、ブレントヴォの裏手をほっつき歩き、半日近く姿を見せないこともたびたびある、ということだった。そこで、翌日の朝早くから共同住宅の角で待ち伏せし、彼らが何をやっているのか、どこへ行くのか、なぜ僕たちとの付き合いを避けているのかを探り出そうということになった。

しかし、それは僕たちが考えていたほど簡単ではなかった。出だしから困難が雨後のキノコのように増えていった。まずシメクがフランス製の双眼鏡を忘れ、ちょうどヴァイゼルがエルカとともに建物の階段部分から出てきた時、それを取りに家へ帰らなければならなかったこと。二番目に、彼らがその日わざと計画を変更し、ブナの丘《ブコヴァ・グルカ》へ続く通りをまっすぐ行くのではなく——僕たちはそう思っていたのだ——、庭先の路地を曲がり、空港の方へ向かったこと。三番目に、その日僕たちは総勢五、六人いて、大勢で尾行するのは困難だったこと。僕たちは絶えず立ち止まっては誰かをなだめなければならず、そのたびに彼らの姿を見失った。市電十二番のループ線の辺りで、シメクが僕たちに追いついた。

「言っただろう?」彼は喜んで言った。「あいつらは空港へ行くって」君はそんなこと全然言わなかった、と彼に指摘する者は誰もいなかった。

僕は一瞬、飛行機とのゲームをもう一度目にすることができるのではないかと期待して身震いしたが、それはほんの一瞬だった。なぜならエルカとヴァイゼルは階段を降りて、当時グダンスク空港と呼ばれていた市電の停留所へ向かったからだ。僕たちが気づく前に、彼らは黄色と空色の車両に乗ってソポトの方へ行ってしまい、それがその日起こったことのすべてだった。

「僕らをからかっているんだ」ピョートルはため息をついた。「僕らも家に帰るとしようか」

僕たちはより良い思いつきが浮かぶのを待つように橋の上に立っていたが、何も思い浮かばなかった。その瞬間、複葉機が耳障《みみざわ》りなエンジン音を響かせながら空を上昇するのが見えた。

「ああ、複葉機だ」ピョートルが言った。

「あれは複葉機なんかじゃない、ただのロシアの農業機じゃないか」シメクは抗議して、フランス製の双眼鏡をケースから取り出した。「ちょっと見ようぜ！」

僕たちは双眼鏡をのぞこうと橋の鉄製の欄干に沿ってずらりと並び、飛行機はますます高度を上げながら湾の方へ遠ざかっていった。シメクはしぶしぶ双眼鏡を回した。十分な高度に達した農業機は町の方へ引き返し、エンジンを切って滑空した。プロペラエンジンの「タ」「タタ」「タララ」「タタ」という緩慢な音だけが絶え間なく聞こえた。茶褐色の機体が、その場所からは生い茂った木立にしか見えないザスパの墓地の上空を通り過ぎた時のことだった。突然、飛行機からパラシュートが現れ、ホコリタケのような傘を開いた。一つ、数秒後にまた一つ、そしてまた一つ、その後にさらに二つ――全部で五つのパラシュートが、空港の草地へ向かってまっすぐ降下した。飛行機は僕たちの頭上を飛びすぎ、向きを変え、飛行コースを修正すると、格納庫の近くに着陸した。

それはいつものことだった。毎年春と夏には、週に一度か二度ここでパラシュートの訓練が行われ、当時僕たちが住んでいた地区の上空では、複葉機のタタタという音が聞こえていたことを、僕は映画のライトモティーフのように覚えている。ただその時僕たちには、それよりましな過ごし方はなく、パラシュートの降下を見るのはとても楽しかった。それで僕たちは橋の上に留まった。複葉機は離陸と着陸を繰り返し、パラシュートの白い傘が空に開き、僕たちの背後では黄色と空色の蛇のような市電が六分ごとに往復していた――その車両は、僕たちの町がベルリンの地下鉄から譲り受けたものだった。

僕は今「譲り受けた」と書いた。これは間違いだろうか⁇　もしこのすべてがヴァイゼルについての本になるのだったら、そうは書かなかっただろう。本になるというのは、つまり出版社に送られ、そうした表現にはアンダーラインが引かれて、「『譲り受けた』とはどういう意味か？」と尋ねられるということだ。ハンス・ユルゲン・フプカ、ゴンショレク、チャヤ[*1]――彼らはそういった言い回しを手ぐすね引いて待っており、両手をこすり合わせながら、「あれは我々のものだ」と言うだろう。「あれは全部、我々の、ドイツ人のものだ」と。そして責任ある編集者はそうした表現を削除する。報復主義者の水車に水を流してやる必要がどこにあろう？　僕の目にはもう、原稿に「他の表現へ書き換える」と書き込む編集者の手が見えるようだ。たとえば、「僕たちの背後では黄色と空色の蛇のような市電が六分ごとに往復していた――その車両が僕たちの美しいピャスト朝[*2]の町にあったのは、勇敢なポーランド軍と無敵のソ連軍が団結して突撃し、ベルリンの野獣を粉砕した時の、あの武装同胞のおかげだった」という具合に。

少し話が長引いた。今日どんな編集者もそんな風には書かないし、「譲り受けた」という表現を削除した後には、「戦争の賠償として手に入れた」と書くだろう。

ただし僕は、ヴァイゼルについての本を書いているのではない。「私は執筆するために生きている。

人はどんな状況にあろうと、混沌と秩序の両方を解き明かすために人生を捧げるべきだ、と考えている」――これが誰の言葉だったかはもう覚えていない。この文章の前半は通俗的だし、僕は執筆のために生きているわけではない。後半のほうはより重要だ。自分に理解できないことを理解し、以前には気づかなかったことに気づき、秩序を混沌から切り離したいと願いながら、あるいは、混沌の中に何か別の全く未知の秩序が現れることを願いながら用紙を埋めている、今のような時には。そう、まさにそれこそが肝心なのだ。だからこそ、その中ではこんなにも多くの糸がもつれたままなのだ。だからこそ、僕はすでに書いた表現を、たとえその方が耳に心地よいとしても、別のものに書き換えたりはしないのだ。

僕たちが橋の上にいたことやパラシュートの降下と、ヴァイゼルの間には何か関係があるのだろうか？　あるとも言えるし、ないとも言える。僕が暑い夏のあの時間を思い出すとすれば、それはひと

＊1　被追放民連盟の代表で、旧ドイツ東方領におけるドイツ人財産補償要求を行った。
＊2　十世紀末、バルト海沿岸からカルパティア山脈に至る広大な領土を治めた部族（ポラニェ族）の王朝。ポーランド史上初の統一国家。ローマ・カトリックを受け入れることで、隣接する神聖ローマ帝国からの干渉を阻止し、一三七〇年まで続いた。第二次世界大戦後のポーランド領がピャスト朝の領土とほぼ重なることから、ポーランド共産主義体制は、プロパガンダにおいて「回復領」という表現を用いた。

えにピョートルとの雑談であの時の話になったからだ。僕は毎年彼の墓参りに行っているのだが、他の人々、つまり、神は信じているが魂は信じない大人たちが帰ってしまい、墓の上に花と花輪と小さな黒い旗とろうそくしか残っていない時、僕は墓碑プレートに腰かけ、彼と話をするのだ。僕たちは時々全く本質的ではない細かいことで、ヴジェシチ北部の学校に通っていた頃のように口論したりもする。ある年のこと、僕が墓碑プレートの隅に座り枯葉を払っていると、だしぬけにピョートルが聞いてきた。

「最近、町の様子はどうだ？」

僕は、特別なことは何もないが、ただ交通機関が大変なことになっていると言った。

「大変って、どういう？」

「列車を交換するんだ」

「どう交換するんだ？」

「つまり」と僕は言った。「ベルリンから来た地下鉄車両をスクラップにして、その代わりに、ワルシャワやウッヂやクラクフの近く、つまりポーランド全域で走っている新しい列車を運行させるんだ。電気で走るのもある。ただし、九百ボルトで走った古い列車とは違って、三千ボルト必要だけどね」

「九百ボルトだって？」ピョートルは驚いた。「あの列車は九百ボルトじゃなく、たった八百ボルトだろう」

「いや」僕はピョートルに言った。「君の記憶違いだ。絶対に八百じゃない、九百だ！」

「八百だ」とピョートル。

「九百だ」と僕。

「絶対に八百だ」とまたピョートル。

「いや、絶対に九百だ」とまた僕。「だって、あの区間をビドゴシチュへ直結させるために、動力装置を全部交換するんだぜ」

ピョートルは言った。「そんなの根拠にならない。あの動力装置はどっちみち交換しなければならないんだ。だけど、古い列車は八百ボルトで走った！」

こんなぐあいに、僕たちは二人の親友のように言い争った。その間も、古い電車の最後の車両はグダンスクとヴェイヘロヴォ間を不規則な間隔で運行していた。運転はその頃も今と同じように、日曜祝日も休みなく行われていた。墓地の曲がりくねった小道を下り、押し寄せる光の洪水の中を何千ものろうそくの香りにつつまれて歩いていると、あの日のことが思い出された。あの日、橋の鉄製の欄干にもたれ、ヴァイゼルのことはほとんど忘れてパラシュートの降下訓練を見守っていた僕たちの背後を、ベルリンの地下鉄の黄色と空色の車両がさっと通り過ぎていった。ちなみにピョートルの記憶のほうが正しかった。あの列車は八百ボルトの動力装置で走っていた。

農業機が草地から最後の離陸をし、パラシュート降下隊員が格納庫の奥へ消えると、ピョートルはヴェルダンから持ち帰られた双眼鏡を革のケースにしまった。シメクは下へ向かって唾《つば》を飛ばした。

「もうここに用はない」彼はきっぱりと言った。「帰ろう」

そして、会話は再びヴァイゼルのことになった。何について、どんな風に話しただろうか？　僕はもう覚えていない。だが確かに彼のことだったし、彼のことしか話さなかった。どんな風に彼の後をつけ驚かせるか、そして、僕たちと何か一緒にやろうとどう提案するかについて、興奮して熱い議論を戦わせたのだ。

そこからさらに恐ろしく退屈で空虚な二日が経った。ヴァイゼルは毎度僕たちの監視をすり抜けた。ある時は復活教会の付近で姿を消し、別の時はブナの丘《ブコヴァ・グルカ》の高台で僕たちは彼を見失った。そこで僕たちは古い築堤の所で彼を待ち伏せすることに決めた。もし彼がエルカを連れてブレントヴォへ通っているという話が本当だとすれば、その道を通るに違いなかったからだ。僕たちは朝から、廃線となった線路に面した墓地の一角に座っていた。

今僕はあの日の流れを再現しようとしているが、多くの空白箇所が残っている。しかし霧の中からは、あの時には存在していなかった列車が、地図を作成できるほど正確な位置に現れる。その路線は、南東の方角に弧を描くように伸びていた。グダンスク空港の停留所のある高台で町の交通動脈から逸《そ》れ、グリュンヴァルド通り、ヴィト・ストフォシュ通り、ポランキ通りと交差し（そこには爆破された三つの橋台があった）、復活教会そばの森のはずれに沿って進み、塹壕《ざんごう》の隘路《あいろ》へ入り、ブレントヴォの墓地のわきを通り、レンビェホヴォへ続く県道を跨《また》ぎ（高架橋の橋台はここでも爆破されていた）、半キロ弱行き、高台に建つ精神病院を見やりながら深い隘路をさらに進むと、ちょうど町を出たところで、築堤下の、天井がアーチ型になった細いトンネルをストシジャ川が流れる地点に出るのだった。そこから先は僕たちには未知の領域で、路線はそのさらに先へと続いていた。僕たちが知っていたのは、路線沿いにはこの先も、ここと同じように、爆破された橋がしつこいほど延々に続く（そのロジックは不可解だった）ということだけだった。なぜ爆破された橋がこれほどある中で、爆破を免れて残ったのが今日では全く役に立たない橋だけなのかは理解しがたかった。その築堤は、ドゥダク司祭の教会とブレントヴォの墓地の間の橋と同じように、驚くような高い地点で、塹壕の、雑草とエニシダと野生の木イチゴに覆われた急斜面をつないでいた。

しかし当時、それは一番重要な問題ではなかった。僕たちは人気《ひとけ》のない地下聖堂に座って、ヴァイゼルを待っていた。そこは生い茂るイラクサと羊歯の陰にあり、絶好の隠れ家だった。シメクは双眼鏡から目を離さず、僕たちは腹ばいになって草の茎を噛んでいた。

時おりスズメバチやマルハナバチの羽音に混じって、誰かが物憂げに話しかけた。蒸し暑さはここ地下聖堂の内部にも徐々に浸透してきて、異臭を放つ湿気と冷たいセメントの匂いが、むせ返るような花の香りと混じり合った。太陽がますます高く昇り昼近くなった頃、シメクが双眼鏡をわきに押しやって言った。実際僕たちは、理由もよく分からずここにいる、ヴァイゼルは今まで姿を現さなかったし、きっともう来ないだろうと。ひょっとして彼は全く別の道を行ったのかもしれない。それともこの場所を迂回し、石切場や、その円錐形とくぼんだ頂上から火山と呼ばれている山を通っていったのだろうか？　それとも、今頃空港のエニシダの茂みで、着陸する飛行機をエルカと一緒に待っているのだろうか？　すべてありうることだった。ありそうもないことなど、一つもなかった。

おそらくだからこそ僕は当時、丘の向こうから鉄輪のガタンガタンという音と、長くのびる汽笛が今にも聞こえてきて、機関車が蒸気をもうもうとあげ、シュウシュウ、ギシギシと音をたてながら、機関士の帽子をかぶったヴァイゼルを操縦席にのせて、僕たちの目の前に現れるところを想像したのだ。彼は機関車を停止させ、傾斜の急な鉄梯子《てつばしご》を跳び降りると、もうすぐ出発するから僕たちも乗るよう手で合図を送ってくる。ピストンの作動音が加速し始め、バルブから蒸気が勢いよく吐き出される音がする。さあ出発だ。ストシジャ川と、最後に爆破された赤レンガの橋を越え、本物の線路と本物の転轍機《ポイント》がある場所へ。当時の僕は、あの築堤がそういう場所に続いているのだと信じていた。そして僕は、自分たちが閉鎖された小さな駅や、錆びた信号機や、雑草に覆われた鉄道工夫小屋のそばを、ヴァイゼルとともに通り過ぎるところを想像した。ヴァイゼルは、船長のように僕を見張りに立たせ、僕は伸びすぎた雑草の間に隠れて見えない、たちの悪い転轍機《ポイント》（紛らわしくも、そこから行き止まりの線路が枝分かれしている）がないかどうか目を光らせる。

僕はそのすべてを声に出して物語った。なぜか分からないが、僕を笑ったり馬鹿馬鹿しいと言ったりするやつは誰もいなかった。ヴァイゼルのもつ可能性の前では、爆破された橋や存在しないレールなど何だというのだ？　彼の機関車は、本当に蒸気をもうもうとあげながらここへやってきて、未知の世界へ向かう旅に僕たちを連れてゆくかもしれない。しかし彼はやってこなかった。そして時間は恐ろしくのろのろと過ぎ始めた。

誰がツィルソンの店にオレンジエードを買いに行き、誰がわずかな白パンや食べ物をとりに帰宅したか、僕はもう覚えていない。オレンジエードの瓶が何本あったかも、炭酸がすべての瓶から小さな気泡となって漏れていなかったかどうかも、思い出すことができない。ヴァイゼルにまつわる、厳密には、ヴァイゼルと機関車にまつわる僕の思いつきは皆の高評価を得たので、僕はすべてを最初からもう一度繰り返さなければならなかった。聴衆は思い思いに何かを付け足した。廃線となった路線を走る機関車についての僕たちの物語は、そんなふうに出来上がった。緑色のべとつくガラス瓶に残った最後の滴《しずく》が乾き、赤蟻が僕たちの目の前で白パンのくずを転がし、僕たちはその物語の細部、僕たちの意見では美しく並外れて崇高な細部を、次々と考え出した。奇妙な運転手を乗せた機関車は、いつも満月の夜に現れる。ヘッドライトで煌々《こうこう》と照らし、火花をシャワーのように散らせながらヴジェシチの方向からやってきて、爆破された橋を飛ぶように軽々と横断する。復活教会わきの小さな橋で、機関車がほんの少し停車する時、丈の短いフロックコートを着た小男が、背を丸めて聖具室から走り出てくる。小男はまだしゅうしゅういっている機関車に歩み寄り、硬貨の入った、ちゃらちゃらいう革袋を運転手に手渡す。機関車は動き出し、汽笛を短く鳴らして小男に挨拶を送り、男は築堤の反対側にある暗いモミの森の中へ小走りで駆けていく。運転手は何に対する報酬を受け取ったのか？すべてには理由がある——深い隘路へ入っていく機関車は速度をかなり上げてアーチ形の石橋の下をすばやく通り抜け、墓地の縁できしみ音をたてながらブレーキをかける（それはちょうど僕たちが座って、このすべてを思い描いている場所だ）。ヴァイゼルはレバーを引き、汽笛を鋭く三回鳴らす。

すると突然月明かりの下、植物で覆われた地下聖堂が開き、ひびの入った銘板がずれ、屍《しかばね》の群れが脛骨《けいこつ》をカタカタいわせながら墓穴から這い出して、機関車の方へ向かうのだ。全員の出発の用意が整うと、運転手は彼らを石炭運搬車両へ乗せ、出発する――爆破された次の橋と見えない転轍機《ポイント》を通って、その先へ。それは季節を問わず毎月一回、満月の晩に起こる。明け方になると運転手は帰っていき、疲れた旅行者たちも地下聖堂へ向かう。そして機関車は、古い築堤が本物の列車の線路に接続する空港の停留所付近で姿を消す。遠く離れた郊外に住む人々の中にはこのすべてを見た者もおり、彼らは恐怖で震えながらそれを信頼できる者に話す。もちろんこの神秘を解き明かしたいと望む勇者もわずかながらいるが、そんな好奇心の代価はべらぼうに高い。ある時教会の下男の弟が石炭運搬車両に飛び乗り、屍とともにストシジャ川の方まで行った。そこで目にしたものを彼は誰にも語らなかった。なぜなら機関車が戻ってきて墓地の横に停車した時、骸骨が彼の腕をつかみ、地下聖堂へ連れていったからだ。風のない夜、そこからは教会の下男の弟の瀕死の叫びが聞こえてくる。「ここから出してくれ！　ここから出してくれ！」しかし屍の群れが彼をどこに隠したのかは分からない。いずれにしてもその叫びがあまりに恐ろしいので、行方不明者をあえて探そうとする者は誰もいないのだ。

ひょっとすると、僕はその物語のすべての細部を繰り返さなかったかもしれない。しかし、学校の秘書室で自分たちの供述書に裁断が下るのを待っていたあの時と同じく、今僕は、自分たちの物語は、国語の時間レギナ先生が朗読した物語に負けず劣らずなかなかの出来だったと思う。結局、朗読された物語でも、夜中に屍が墓穴から起き上がり、生者に話しかけるのだが。

僕たちは墓地をあまり恐れてはおらず、時刻もまだ昼下がりだった。が、物語を想像し、紡ぎ、混声合唱のごとく口々に語り合うと、またその完成形が、人気《ひとけ》のない地下聖堂の静寂の中で色あせてしまうと、突然僕たちは居心地の悪い感覚にとらわれた。まるで語られた内容は、たとえそれが常識や分別に反していたとしても、現実になってしまうかもしれないとでもいうように。

しかしヴァイゼルは、僕たちが監視している間ずっと姿を見せなかった。墓地の向かいの谷では、築堤の反対側でブレントヴォの農夫が鎌で草を刈っていた。荷馬車の馬具を解かれた馬はクローバーを食《は》み、男はしばし作業の手を止め、背中を伸ばし、ポケットから取り出した砥石《といし》で刃を磨いた。焼けつく空気に眠気を誘う金属音が溶けていった。僕たちの人数はますます少なくなっていた。多くの者はただ期待しながら待つことの意味を疑い、一人また一人と、地下聖堂の隠れ家と希望を捨て、ブナの丘《ブコヴァ・グルカ》をこえて帰っていったからだ。

「求めよ、さらば与えられん」シメクがドゥダク司祭の声を真似て、抑揚をつけて言った。

「神さまはお忙しいんだ」ピョートルが驚いて言った。「こんなことにお構いになるものか」

「こんなことって？」僕は尋ねた。

「つまり、僕らが心から願えば、ヴァイゼルは本当に現れるんじゃないかということさ」ピョートルはそう説明したが、シメクは彼の疑いを吹き飛ばした。

「神さまはもっと大事な問題を抱えていらっしゃるとは思わないのか？　そもそも何のためにそんなこと考えるんだよ？　ヴァイゼルはユダヤ人だ。まったく話が違うだろ」

「イエスさまだってユダヤ人だったじゃないか」ピョートルは諦めなかった。「神さまの息子だったということは、神さまもユダヤ人だったってことだろう? お前の父さんがポーランド人なら」彼はシメクに向かって言った。「お前もポーランド人として生まれる。もしドイツ人ならお前はドイツ人として生まれただろう?」

「もし婆さんに髭《ひげ》があれば……」*1 シメクは呟き、もうその話を続けようとはしなかった。

遠く、ニェヂヴィエドニク〔ブレントヴォの一地区〕の丘の向こうから、飛行機のぶうんという音が聞こえてきた。僕たちはもう三人だけで、ずっと押し黙っていた。誰もくだらないおしゃべりをする気になれなかった。他の二人と同じく、僕も、今日はもうヴァイゼルは来ないだろうから家に帰ってもいいだろう、急げばツィルソンの店が閉まる前にオレンジエードの瓶を返せるかもしれない、と考えていた。太陽はもう低く、松の影が小川に渡された板のように築堤を跨いでいた。下から照らされた木の幹は不自然に赤く、まるで街頭画家の絵のようだった。築堤の向こう側では、男が刈った草を集めて小さな束に積み上げ、馬に馬具をつなぎ、建物の方へ乗っていった。干し草と動物の汗の混ざった匂いがした。空気は、魚のスープが湾にたまって以来ずっとそうであるように動かなかった。

「なあ、夜中にここへ来てみようか?」ピョートルが静寂を破った。

「何のために?」とシメクが尋ねた。

するとピョートルは、夜中十二時本当に屍が墓石から起き上がり、少なくとも互いにしゃべるかどうかを確かめる価値はある、と言った。人々はそう噂していたが、どの程度真実が含まれているかは不明だった。彼らは実際に見たからそう言っているのかもしれないが、単に怖いから、そして自分自身で確かめたことがないからそう言っているのかもしれない。だから僕たちで確かめようじゃないか。

「よし、わかった」シメクは賛成した。「だけど誰が行く？　夜の墓地は一人で行かないと。大勢で行くと、屍は動物みたいに気配を察知するだろう。そうしたら台無しだ」

僕たちはくじを引くことにした――当たった奴は墓地の前で他の二人と別れ、その先を一人で行く。墓地の真ん中の、羽が粉々になった天使の石像の横で少なくとも十五分待つ。

しかし、くじ引きは行われなかった。

「見ろよ」地下聖堂から這い出しながらシメクが囁いた。「あそこだ、あいつらだ！」

本当に築堤の上をヴァイゼルが歩いており、半歩おくれて、何か包みを持ったエルカが幼い少女のようにスキップしながら歩いていた。僕たちはすぐに地下聖堂を出て、築堤からせいぜい五メートルしか離れていない、サンザシの茂みの背後に隠れた。彼らは僕たちの前を通り過ぎ、畑の小道へ折れ、射撃場の方へ向かった。彼らが粘土質の隘路へ消えると、僕たちはその後を追った。それは、ずっと後になって僕たちが虫取り網を手にアポロウスバシロチョウを追いかけるMスキと遭遇した、

＊1　現実にありもしないことを仮定し想像してみても意味がない、という格言。

あの沢だった。僕たちは、さんざん待たされたあげくリードから解き放たれた犬、獲物の匂いを嗅ぎつけ、痕跡を見失わないよう猛スピードで駆け出す犬のようだった。隘路が終わる辺りで、道はやや上り坂になった。斜面に沿って上っていくと、彼らが氷堆石《モレーン》地帯の縁を通り、平坦な山頂へよじ登るのが見えた。僕たちはあらゆる戦法を遵守しながら彼らの後をつけたが、彼らのほうが僕たちより高い位置にいることを考えると、それは容易ではなかった。僕たちはエニシダの茂みの後ろで腹ばいになり、彼らの一挙一動を観察した。しかし彼らは落ち着き払っていた。彼らは平らな山頂の一番高いところに座り、海の方角を向き、あまり重要でない事（それはエルカの表情から見てとれた）について話していた。その時僕たちは、エルカとヴァイゼルが何かの兆しを——膠着《こうちゃく》状態から僕たちと彼らを解放する重要な何かを——待っているのだと考えた。しかし、彼らはただ日没を待っていただけだった。なぜならその後に起きたことは、日没後にしか起こりえないことだったからだ。

オレンジ色の球体がついに森の背後に沈み、赤い反照で空が燃え上ると、それを背景に点のような小さな黒い虫が目まぐるしく動き回った。ヴァイゼルは立ち上がり、エルカに手を差し出し、彼らはそのまま射撃場へ向かって歩いていった。僕たちは彼らの背後を幽霊のように——すばやく、ひっそりと——移動した。老木の間をすり抜け、射撃場裏の谷に沿って、ブナとハシバミの暗い森の中をぬうように狭い坂道を上っていくと、レンビェホヴォの県道と交差する地点に出た。その先、道は森の中を僕たちの知らない方角へ向かって伸び、ブレントヴォの建物から遠ざかっていった。暖かい空気は松脂《まつやに》と乾燥した樹皮の匂いがして、それを吹き払う一吹きのそよ風もなかった。月のない暗い夜で、星だけが黙って僕たちを見下《みお》ろしていた。目の前にぬっと現れた操業していないレンガ工場の建物は巨大で、煙突は尖塔に、窓は暗い穴に、急勾配の屋根のむき出しの垂木は、大きな動物のあばら骨に似ていた。

僕たちはびくびくしながら森のはずれに立っていた。とその時、ヴァイゼルのよく響く声が僕たちを現実に引き戻した。彼はエルカに何か言い、彼女は途切れ途切れに答えた。彼らの言葉はどこか奥の方で発せられていたが、がらんとした部屋の壁に何度もぶつかり反響していた。二人が下の地下室にいるのは確かだった。僕たちは爪先立ちで、鉄製の手押し車とレンガ焼き窯《がま》の焚口《たきぐち》のそばを通り過ぎた。声が聞こえてくる場所の床は木製で、おまけに腐っていた。僕たちは脱いだ靴を両手で持ち、できるだけ静かに開かれた跳ねぶたへ向かった。そこから下へ階段が続いていた。突然、僕たちの下でマッチが擦られ、灯されたろうそくがエルカの手で壁際に据えられた。僕たちは顔を羽目板に押しつけた。幸いにも覗くのに十分なすき間が開いていたので、すべては手に取るように分かった。エルカは壁際のろうそくのすぐそばに、あぐらをかいて座っていた。地下室の真ん中にいたヴァイゼルも床に座っていたが、うずくまっており、その姿はまるで祈りを捧げているようだった。彼らは黙っており、僕はごくりとつばを飲んで、これから何か恐ろしいことが起こると予感した。自分の血がナイアガラの滝のような音をたてて、あらゆる血管をめぐるのが聞こえた。

エルカは包みを開いた。ろうそくの瞬《またた》く灯りに照らされて、僕は彼女の手に不思議な楽器が握られているのを見た。それは長さのまちまちな笛を束ねたパンフルートのように見えた。彼女はそれを唇に当て、ヴァイゼルからの合図を待った。ついに彼が頭を上げると、最初の音色が聞こえた。奇妙な程遠くから聞こえたその音色は、まるで誰かがどこかの山のてっぺんで、ゆっくりと切ないメロディーを奏でているかのようだった。その楽器の音質は柔らかく、波のような振動があった。ヴァイゼルは立ち上がった。両腕を上げ、しばらくの間その姿勢を崩さなかった。メロディーが活気にあふれてきて、次々と新しい楽節が奏でられたが、いつも同じテーマに戻ってきた。ヴァイゼル、聖体の祝日、香炉の煙の中から姿を現したあのヴァイゼル、空港やオリヴァの動物園にいたあのヴァイゼル、「兵士」たちとの試合で勝利したあのヴァイゼルが、ろうそくの光に照らされ、奇妙な横笛のメロディーに合わせて踊っていた。彼は踊った——廃屋となったレンガ工場の地下室で、もうもうと埃をたて、両手を上や横へ激しく動かし、頭をあらゆる方向へ傾けながら。彼は踊った——ますます速く激しく、まるで一拍子ごとにスピードの限界へと近づくメロディーに彼自身が操られているかのように。彼は踊った——身震いと跳躍の悪魔が彼にとりついたかのように。彼は踊った——飲み過ぎた婚礼の客のように、目を半ば閉じて。彼は踊った——節度も疲労の限界も分からなくなった狂人のように。そして僕たちの瞳はますます大きく開かれた。なぜならその時僕たちが見たのは、まったく知らない誰かだったからだ。それはもう十三番地の二階に住む僕たちの級友で、仕立屋アブラハム・ヴァイゼルさんの孫である、あのヴァイゼルではなかった。それはぎょっとするほど未知の、不安にさせるよそ者だった。もろもろの事情が重なり、今たまたま人間の姿をしているが、身体という見えざるたががから自由になろうとする動きが阻まれている、そんな何者かだった。

突然音楽がやんだ。パンの笛の音が鳴っている最中に突然オルガンか狩猟の角笛が鳴るよりも、うす気味が悪かった。ヴァイゼルは床に崩れ落ちた。彼の周りに赤みがかった埃が舞い上がり、ろうそくの光の中、同色の砂塵が旋回するのが見えた。その時僕は静けさがこれほど恐ろしく気味の悪いものだという考えには至っていなかったが、ヴァイゼルが息をしようとするように口を開けた時、僕たちは、低い男性の声が理解不能な言葉を途切れ途切れに話すのを聞いた。僕は何者かに肩を叩かれたような気がした。それが恐怖による錯覚だったということは分かっている。なぜならヴァイゼルの咽喉《のど》から出てきたのは全く知らない誰かの厳格な声であり、まるで彼自身が自分でも分からないまま話しているようだったから。彼の眼は閉じられていた。彼の両手の拳は固く握りしめられていたが、言葉を一つ発するたびに解《と》かれていった。彼は大きな苦悩を課せられ、腫れあがった咽喉から意思に逆らって声を絞り出している、疲れ切った人のように見えた。

踊りをやめた彼は今や死んだようだった。僕はエルカに目を向けた。彼女は壁際にぴくりともせず座っていた。正確には、それはもはやエルカではなく木製の人形だった。ヴァイゼルを見つめる彼女の眼は、児童演劇に出てくる人形のガラス玉のようだった。ヴァイゼルがひざまずく格好へと体勢を変え、ろうそくを部屋の中心へ押しやった時でさえ、彼女は動かず、身震いひとつしなかった。

あれが起きたのはその時だった。ヴァイゼルは両足で立ち上がり、飛翔するように両腕を広げ、ろうそくの炎をじっと見つめながらそこに長いこと立っていた。どの瞬間だったか、どのぐらいの時が経ってからのことだったかは分からない。が僕は、彼の足がもう床に触れていないことに気がついた。最初は幻覚だと思ったが、ヴァイゼルの足はますますはっきりと床から浮き上がった。そう、彼の体全体が宙に浮いていた、初めは地面から三十センチ、ひょっとしたら四十センチだったが、目に見えない腕に揺られながら、ゆっくりと、さらに高く浮き上がった。

「神さま！」僕はシメクの囁き声を聞いた。「神さま、彼は何をやっているのですか？」

ヴァイゼルは汚れた床の上を空中浮揚し、その体はもはや強《こわ》ばってはいなかった。ピョートルの指が僕の腕に食い込んだ。

あの時、実際には何が起こっていたのだろうか？　僕たちが閉鎖されたレンガ工場の地下室で見たものは、ただの幻覚でしかありえないのか？　ヴァイゼルが床の上に浮かんでいると僕たちが思っただけなのか、それとも、ろうそくのゆらめく光の下で、彼は本当に空中浮揚したのか？

これと同じ質問を、二十三年後、僕はシメクに投げかけた。日当たりのよいシメクの住居で彼の向かいに座って。つまり、まったく別の場所で——そして、これまた強調しておかなければならないが——まったく別の時代に。窓の下を行進が通り過ぎていた。横断幕には新しい、いや、ほぼ新しいローガンが掲げられていた。それらの一つには「我々は承認されることを要求する」とあり、二つ目には「新聞は嘘つき」とあった。群衆の真ん中あたり、ちょうど一人の若い娘によって担がれた教皇の大きな肖像画のすぐ横には、「グダンスク万歳」と書かれているのが見えた。シメクはもはや、ヴェルダン近郊から持ち帰られた双眼鏡を携帯するあのシメクではなかった。それは当然だったが、にもかかわらず、僕はこれほどまでの変化を予想していなかった――二十三年という時間と、僕たちが暮らす二つの町の間の空間的隔たりよりもずっと大きなその変化を。

彼は目下進行中の出来事に興味があり、僕に絶えずグダンスクの様子をあれこれと尋ねた。僕は彼に、僕たちの暮らしがどんな風かを長々と説明し、あれらの日々の間、造船所の門と木製の十字架がどんな様子だったかを、黒いマドンナの肖像をピンで止め、花をたむける人々の姿をいっそう長々と語った。[*1]

「今回やつらは発砲しなかったんだな！」彼は子供のように喜んだ。「で、これからどうなる？」

これからどうなるかは僕には分からなかったし、それを予測できる者は、タトラ山脈からイェリトコヴォの浜辺までどこを探してもいなかっただろう。僕は、ヴァイゼルについての僕の問いが、世界

＊1　一九八〇年七月、食肉価格値上げに抗議するストライキがグダンスク造船所で起こり、八月末、政府は労働者の要求を大幅に認める協定にサインした。これにより自主労働組合「連帯」が結成され、全国規模の民主化運動に火がついた。造船所の門は人々の希望のシンボルとなった。「連帯」の横断幕のほか、当時のローマ教皇ヨハネ・パウロ二世の写真や、聖地チェンストホヴァにあるヤスナ・グラ修道院の聖母像（黒いマドンナ）が掲げられ、花が飾られた。しかし勝利は束の間に過ぎなかった。一九八一年十二月十三日「戒厳令」が施行され、数千人の「連帯」活動家が逮捕され、民主化運動は再び激しく弾圧された。

のあらゆる新聞の特派員がさんざん頭を悩ましている大きな政治問題と同じように、答えもなく放置されていることに腹を立てていただけだった。

「結局、それはそこまで重要なことなんだろうか」とシメクは言った。「こんなに年月が経った今？　こんなことが起こっている今この時に？」

僕にとってはそれがたしかに何より重要な問題であると彼を説得することは、僕にはどうしてもできなかった。

「実際には何が起こっていたんだい？」僕は諦めなかった。「ヴァイゼルは空中浮揚したのか、それとも、僕らが群集心理に操られたのか？」

シメクはビール瓶の栓を開け――それは南部では格別にうまかった――、疑わし気にかぶりを振った。彼はいつものように穏やかな調子で言った。

「もしも君が本の中で、神が火の柱となって翼をはばたかせながら作者の前に姿を現した、という箇所を読んだとしても、実際にそうだったのか、それとも作者にそう思われたにすぎないのかは、君には分からない。もちろん」彼はグラスを傾けながら付け加えた。「作者が意図的に騙そうとしているケースは除かなければいけないが」

「じゃ、あの地下室でのことは？」僕は尋ねた。「あそこでヴァイゼルは宙に浮いたのか、それとも、そのように見えただけなのか？」

シメクは煙草を吸った。

「分からない」しばらくして彼は答えた。「もしかしたら本当に空中浮揚したのかもしれないし、僕らが群集心理に操られただけかもしれない。結局、そのほうが地上を舞うより頻繁に起こることだけれどね。そう思わないか？」

彼の家にいる間、もっともそれは結局長い年月における唯一の訪問だったのだが、ずっとそんな感じだった。シメクはヴァイゼルに関して自分の立場を明らかにしようとはせず、僕がたてた全ての問いを、毎回同じような調子でいなした。「そうかもしれないし、そうでないかもしれない」「こうも年月が経つと、僕らの記憶は当てにならないからね」と答えたのだ。三年前僕がエルカを訪ねてマンハイムに行ったことを知ると、彼は彼女がどんな車に乗っているか、彼女の暮らしぶりはどうかと尋ねた。彼は、僕が何のために彼女のところへ行ったかを推測することすらしなかったし、エルカがヴァイゼルについて僕に何か言ったかどうか、知ろうともしなかった。ただシメクがとてもよく覚えていたことが一つあった。古いレンガ工場の地下室でヴァイゼルが踊った際、エルカが演奏した楽器である。

「パンの笛、あれは実にかわった響き、奇妙な音楽だった」と、彼は身を乗り出すようにして僕に言った。「彼女はどこからあの楽器を手に入れたのだろう？」

もちろん僕はそれがどんなものか知っていた。ヴァイゼルの通信簿を見た年、音楽の教育熱心な女教師を訪ねた僕は、その問題を詳細に調べたのだ。彼女は、その昔自分が誇りにしていた民族楽器のコレクションからパンの笛がなくなったと証言し、彼女の仕事部屋にあった専用ガラスケース、つまり、木琴の隣にウクレレ、バラライカ、スカンジナビアのバイオリン等が展示された専用ガラスケースの中から、よりによってパンの笛がなくなった理由は、どうしても説明がつかなかったと述べた。「あれを必要としたのは誰だったのかしら？」彼女は、合唱のリハーサルで絶えず回したせいですっかり曲がってしまった肩をすくめた。「誰にあれを演奏することができたのかしら？」しかし、僕はそのすべてをシメクには語らなかった。僕たちが最後のビールを飲み干した時、開けた窓の外から再びいつもと変わらぬ街路の喧騒と鳥のさえずりが聞こえ、シメクの妻がオープンサンドを盛りつけたテーブルクロスぐらいの大きな皿を持って入ってきた時、ついに僕は彼に尋ねた。ヴァイゼルがストシジャ川のほとりで僕たちと最後に言葉を交わしたあの日についてどう思うか。そして、なぜ数日後エルカは見つかって、ヴァイゼルは見つからなかったのか。彼の人柄に関することとなると全く回復しない彼女の記憶喪失は、実際何を意味しうるのかと。テーブルにはビールの代わりに自家製のワインが現れ、シメクはまずグラスを取り換えた。

そう、長い年月を経た今、それを誰にも打ち明けなかったが、シメクもまたそのことについて考えていた。ヴァイゼルが、僕らにはぼんやりと理解することしかできない、なんらかの秘められた催眠誘導能力をもっていたことは確かだ。豹《ひょう》を相手にした彼のショーはその憶測を裏づけるものだったし、人間と接する際にも彼がその能力を発揮しえたということは疑いようがない。じゃあ彼はエルカを何のために必要としたのか？　明らかに——彼は彼女を利用し、彼女の助けを借りて実験をした。なぜなら当時彼は、自分自身もまだ完全に意識していない能力を発見する段階にあったからだ。あそこ、レンガ工場の地下室で、彼は彼女に様々なことを試み、のぞき見ていた僕らさえも彼の異常な暗示力に屈した。つまり、彼はやはり空中浮揚してはいなかったんだ。彼はそうしているように見せかけ、エルカと僕らに、自分が浮いていると信じこませた。心理学ではそういう症例があって、それは暗示力の影響という、かなり単純なメカニズムで説明される。爆発？　あれは説明しにくいけれど、ヴァイゼルは奇人の年寄りのもとで事実上一人っ子として育ったから、他にも色々、普通より百倍ひどい被害妄想をもちえたのかもしれない。ヴァイゼルは放火魔だった。疑いの余地はない。じゃあ、あれらの視覚的効果は何だったのか？　彼は何冊も本を読んでいた——それが彼の知識の謎のすべてだ。彼はなぜ飛行場の滑走路にエルカとあんなにぴったり寄り添い、横たわっていたのか？　あれは恐怖に対する彼女の耐久力を高める練習だった。滑走路へ降下する飛行機の下に一度でも横たわったことがあれば、催眠をかけられたりトランス状態に誘導されたりしても、もはや恐怖を感じないだろう。夏休みの最後の日、エルカはストシジャ川のほとりでただ水にさらわれたのであって、僕らはそれに気づかなかったに違いない。ヴァイゼルは何が起こったかを理解すると、わきに隠れ、僕らが去るのを待ち、その後自分の手で捜索を開始した。彼は自分の能力を過大評価していただけだ。彼は、ストシジャ川が流れ込む近くの池で彼女の体を探した時、よくあるように溺れ、彼の遺体は地下運河を通って街の建設地域へと運ばれた。他の可能性はない。エルカが溺れなかったのは奇跡だったとしても、流れが岸沿いの葦《あし》の中へ彼女を運び、犬を連れた警察が彼女を見つけるまで、彼女は半ば意識不明の状態でそこに横たわっていたんだ。ヴァイゼルは自身の不注意の報いを受けた。彼は泳げなかったし、イェリトコヴァで僕たちと一緒に泳いだことは一度もなかったから。じゃあ、エルカはどんな方法で葦の間に横たわって三日間も生き延びたのか？　それは実に不可解だが、どちらかといえば生物学的領域の問題だ。いずれにしても、こうしたケースは再三記録されてきたし、ほぼ確かなことだ。そう、あの奇人の仕立屋が面倒をみなかったら、いや、親戚に面倒をみる人が一人もいなかったら、ヴァイゼルは今日、一種の舞台芸術家になっていたかもしれないし、ひょっとしたらサーカスにさえ登場して、その才能で割れんばかりの拍手と名声を手にしていたかもしれない。どっちにしても、彼はある意味、戦争の犠牲者で、孤児であることは彼の心理に重要な変化をもたらしたに違いない。彼は自分の両親について考えたことがあっただろうか？　間違いなく考えたことはあっただろうが、じゃあ、どんな風に考えたのだろうか？　ヴァイゼルの祖父がこの件について彼に何を語ったかは分からない。ヴァイゼルの祖父は、その目つきだけで人々が生きていることを咎《とが》めるような、陰気な変人だった。ああいう目つきが良いことをもたらすためしはない。ダヴィドは、ドイツ人に関するすべてに明らかな妄想を抱いていて、彼が見つけ地下室に保管した武器がそれを最も良く示している。彼はドイツ人を殺したいと強く願っていたけれど、彼が武器でやったことはおそらくただの準備だった。のちに僕らが地下室へ行った時、彼は誰を、あるいはむしろ何を標的にしていたのか考えてみろよ。あそこにあった人間の形をした的《まと》が何よりの証拠だ。ふくれ上がった幻想、信じがたいほどの如才なさ、催眠術の能力と結びついた子供らしい素朴さ――結局それらを恐れていたのは、エルカより彼自身だったに違いないけれど――、そのすべてが寄り集まって、ヴァイゼルという人間を形成していたんだ。

三杯目のワインを飲んでいた時、シメクは突然独白を中断した。僕はいくつかの細かい点について彼に質問したいと思っていた。たとえば、ヴァイゼルが泳げないという彼の確信はどこからくるのか？　サッカーの試合の時と同じだったとしたらどうだろう？　あるいは、エルカが水によって運ばれ、僕たちはそれに気づかなかった、という確信はどこからくるのか？　二人は同時に姿を消したのだから、シメクの主張は辻褄《つじつま》が合わない。その上、たとえヴァイゼルが実際に溺れたとしても、彼の体は地下の運河を通ることはできない。なぜなら、池の水が運河に流れ込む入り口には、鉄格子がはまっていたから。

しかし、シメクと彼の妻が聞きたがったのは、グダンスクの最新事情についてだった。とくに彼らが関心を寄せていたのは、造船所の門の隣、つまり、発砲の起きた場所に今建てられているに違いない記念碑だった。彼らは、そこにピョートルの名前が刻まれるかどうかと尋ねた。僕には答えられなかった。彼の両親がどんな目に遭ったか――武装した墓守の一団とともに行われた夜中の葬儀で、プラスチックの袋に入れられ、地面の穴に投げ込まれたピョートルの亡骸のことを思うと、その大きな素晴らしい記念碑が彼らにとってあの冬の埋め合わせになるとは、僕には到底思われなかった。

「そういうことじゃない」シメクは苛々しながら言った。

「そうだ、そういうことじゃない」僕は機械的に言って、ピョートルがあの日町の上を旋回するヘリコプターに我慢できず、何が起こっているのかを見に徒歩でグダンスクへ出かけた（市電はもう走っていなかった)、という彼の母親の話を思い出した。「あいつらはそのヘリコプターからあの子を殺したの」と彼女は頑固に言い張った。ピョートルがたまたま群集と軍隊にはさまれ、左手から飛んできた砲弾で頭を撃ち抜かれるのをこの目で見た、と目撃者が彼女に主張した時、彼女は手を振って否定し、それは真実ではない、あの子は確かにヘリコプターから撃たれたのだと言って、戦争のことを思い出し、ますます腹を立てた。彼女にとっては、息子を撃ったのは警官に扮装した何者かだった。そこで僕は記念碑について話し、シメクと彼の妻は僕の話を注意深く聞いた。

それでヴァイゼルはどうなったのか？　ヴァイゼルはまるで僕たちの話の中に最初からいなかったかのように、蒸発してしまった。そして、まくら木と転轍機《ポイント》の上を均一なリズムで走る車両に揺られていると、僕にはこんな気がしてくるのだった。たった今自分は、もう存在しない鉄道路線に乗って爆破された十《とお》の橋を渡り、樹木に覆われたレンガ造りの小さな教会があるブレントヴォの墓地のわきを通り過ぎている。その機関車を操縦するのは、機関士の帽子をかぶり、かぐわしい香りを永遠に振りまく香煙にすっぽりと包まれたヴァイゼル本人である、というような気が。

今回校長室に呼ばれたのは用務員だった。

僕は「そんなことはありえない」というMスキの声を聞いた。「この鼻たれ小僧たちは我々の鼻面《はなづら》を引き回しているのです！　校長、私は申し上げましたね。ここでは最初から厳しいやり方が必要だと。ああ、私はこいつらを知っています、他のやり方では何も引き出せません！　ところで、あなたは」彼は用務員の方へ向いた。「我々と一緒に座っていなければなりませんね、まだもう少し続きますから！」

用務員は口の中で何かもぐもぐ言い――校長室の深淵から聞こえてくるそれは、はっきりと聞きとれなかったが、僕はこの首をかけてもいい、それは「しなければならんことは、するしかない」という彼の有名な口癖だった――、それから、ピョートルを呼びに校長室へ戻っていった。

筆記による僕たちの供述に何か辻褄の合わないことがあり、それでMスキはあんなに怒っているんだと僕は思った。ああそうだ、もう分かった、あのワンピース、いや、エルカの着ていた赤いワンピース、事を穏便に収めるためシメクが最後の爆発の後で燃やしたと書いた、あのワンピースの切れ端のことだ。そうだ、僕やピョートルの供述書にそうした言及はなかったから、あのワンピースはどうなったかと彼らは尋ねるのだろう。僕たちの同級生が残したその衣服の切れ端を見つけたのは誰で、どこで、いつ燃やしたのかと。僕たちはミスを犯した。秘書室に用務員がいない間に、詳細を取り決めておかなければならなかった。三人が同じことを言えば、彼らは思ったとおりと納得し、取り調べを終えるだろう。しかし、用務員は自分の椅子に気持ちよさげにゆったりと腰かけ、わずかな間でさえ僕たちを三人だけにしようとはしなかった。ラジオではもうとうにヴワディスワフ・ゴムウカの演説が終わり、騒々しい拍手が巻き起こっていた。スピーカーからはオペレッタの音楽が聞こえてきて、女性歌手の耐えがたく甲高い歌声が「ああ、ああ、あいぃしていぃぃぃるぅ」とますます長く伸び、僕は両足のしびれを感じながらも左足の痛みのせいで一刻も安らげなかった。その痛みは、ある意味では今日に至るまでヴァイゼルのせいだ。雨雲が近づいてくると、僕はいつも足首の下の小さな傷跡を眺めたし、今でも湿度が高い時、自分が足を引きずることを知っている。しかし、僕は出来事を先取りするつもりはない。もう一度閉鎖されたレンガ工場に戻ることにしよう。なぜなら、すべてが明らかにされたわけではないからである。

「神さま!」とシメクがささやいた。「彼は何をやっているのですか?」

ピョートルの指が僕の腕に食い込み、その少し後に、僕たちは板が割れる恐ろしい音を耳にした。僕たちは床と木製の支柱もろとも、とどろくような鈍い音をたててヴァイゼルとエルカのいる所へ落下した。ろうそくが消え、僕は彼らが自分たちの間のどこか、とても近くにいるのを感じたが、彼らは何も言わず、僕たちが口を開くのを待っていた。ついに、割れた板の山から真っ先に這い出したピョートルが、おそるおそる言った。

「エルカ、怒らないで。僕らはただ」板の間で何かがごくわずかに動き、彼は声を詰まらせた。

「君たち、何か灯りを持っているか?」ヴァイゼルの声には、怒りや苛立ちのどんな兆候もなかった。「持っているなら、つけてくれよ!」

シメクが夏休みのはじめに兄から盗んだベンジンライターをポケットから取り出すと、ほのかな灯りが地下室の内部を照らし出した。木造の階段が真っ二つに折れており、この地下室から抜け出すには、間に合わせの階段をこしらえ、壁に立てかけなければならなかった。作業を指揮したのはヴァイゼルだったが、僕たちが全員階上に上がると、彼は僕たちを見つめてこう尋ねた。

「君たちは秘密を守れるか？」

僕たちは声を発するかわりに、頷いた。

「よし」しばらく待ってから彼は言った。「そういうことなら、明日六時に来い。ただし君たちだけで。いいな？」

そんな風に、思いがけないやり方で僕たちは目的を達成した。ヴァイゼルが僕たちとの待ち合わせを提案したのだ。奇妙なことだが、僕たちが同じ道を通りブレントヴォの方角へ帰宅する間、閉鎖された地下室で目にしたことについて話そうとする者は誰一人いなかった。今日の僕には、それがありふれた恐怖のせいだったと分かる。それに比べれば、香煙の雲、魚のスープ、着陸する飛行機、黒豹、勝利を収めた試合などはたいしたことではなく、生まれて初めてショーペンハウアーのような人物について耳にしたり、ポーランド郵便局の建物の前でドイツの戦車が停められていた場所を見たりしたあの遠足も、たいしたことではなかった。結局、当時僕たちがヴァイゼルに通じる一連の出来事として結び合わせなかったことすべてが、たいしたものではなかったのだ。地下室の床の上を浮遊するヴァイゼルを見るだけで、僕たちには十分だった。最初は皆の笑い者のダヴィデクだったのに、やがて風変わりな動物の奇術師や天才的なサッカー選手となったあのヴァイゼルは、一見同じようでいて、もはや全く違う人物だということが突然明らかになった。僕は、当時僕たちの心を支配した感情をどう表現したものかと思い悩む。やはりそれは、先ほど述べたありふれた恐怖などではなかった。それはやはり違うものだ。

時々自分が飲みすぎたり不吉な闇に飲み込まれたりしそうになると、僕は奇妙な夢に苦しめられる。自分は母親の住居の台所にいる。窓際に立っている僕の背後で、ピョートルが煤《すす》けたやかんで湯を沸かしている。突然コンロの方を振り返ると、後ろに立っているのはピョートルではなく、全くの別人なのだ。僕は説明を求めて彼に近づくが、その見知らぬ男は何か言うかわりに寛大な笑みを浮かべる。やりきれないことに、僕は彼の微笑に、上唇をゆがめるピョートルと同じものを認めるが、それをどう説明したらよいのか分からない。

当時の僕たちもそれと似た感覚をもっていた。ヴァイゼルは、学校時代や休暇中よりも、つまり、僕たちが彼とかなり特殊な関わりをもつきっかけとなったキリスト聖体の祝日や、宗教の授業の成績表が配られた日よりも、僕たちにとってますます未知の存在となった。彼はヴァイゼルであって同時にそうでなかった。自分であることをやめる瞬間が来た時、彼は何者になったのだろうか？ ひょっとして、その特殊な瞬間はそもそも存在していなかったのだろうか？ 彼はたえず普通の少年のふりをしていただけなのだろうか？ 今日の僕でもこの問いを明らかにすることができないのに、どうして当時の僕たちがこのすべてを知りえただろう？

僕たちはおし黙ったまま歩いた。ヴァイゼルが星明かりの中、森の暗い壁を背景に現れ、僕たちの前に突然立ちはだかるのではないか、レンガ工場の地下室にいた時と同様に、地面から一メートルかそれ以上浮遊するのではないかというあの不安が、僕たちの口を閉ざし、おしゃべりの欲求を奪った。僕たちは氷堆石地帯《モレーン》のはずれから隘路へ入った。そこは開けた場所よりもさらに暗かった。谷間の出口あたりでもう見えてくる、ブレントヴォの教会の黒い尖塔を背景に、金色の小さな点々がぼんやりと浮かんでいた。

「神さま!」とシメクが二度目に言った。「星が落ちてくる!」

しかしそれは星ではなかった。蛍《ほたる》の大群が金色の雨粒のように僕たちの上を舞い、あたりは自分たちの息づかいが聞こえるほど、しんと静まり返っていた。

「蛍が光るのは」シメクが付け加えた。「六月だけだと思っていたよ」

その点々は実に奇妙だった。後にも先にも、僕たちの住んでいた地域で、七月の夜にあれほど沢山の蛍を僕は見たことがない。

「あれは死者の魂なんだ」とピョートルが大真面目に囁いた。「だから光るんだよ」

「飛ぶ虫の中に死者の魂が宿るって?」シメクは憮然として言った。「誰がお前にそんなことを吹き込んだんだ?」

しかしピョートルは、その話の出所を打ち明けようとはしなかった。教会近くの築堤にたどり着いた時、罪を贖《あがな》われた魂は虫の体内に入り込むと光り始めるのだ、という意味のことを言った。しかし、虫はそんなものに長くは耐えられず死ぬので、蛍を見ることができるのは初夏のほんの短い期間だけなのだ、と。

「そういう魂は」ピョートルは説明した。「大きな罪を犯した人の魂にきまっている。だから普通より長く光っているんだ」

シメクは、まるで自分の双眼鏡かサッカーの試合のことのように憤《いきどお》った。

「馬鹿だな！」大声で彼は反論した。「魂は永遠不滅だから目に見えないんだ。宗教の時間ドゥダク司祭は何と言った？　ええ？」

「魂は永遠不滅だ、とは言ったさ」ピョートルは弁解した。「だけど、それが目に見えないとは言わなかったぜ！」

「そんなわけないだろ。司祭は、魂が永遠不滅で目に見えない、と言ったんだ。それはどっちも同じぐらい大切なことだろう？　な、そうだろ」シメクはそう言って、僕を証人とするかのように突然こちらを向いた。

実際のところどうなのか僕には自信がなかったし、結局それは今でも変わらない――魂は目に見えるのだろうか？　もしそうなら、誰かが死んだらその魂は見えるに違いないが、それがどんな形状をしているかなんて、僕がどうして知っていよう？　重要なことは、死後一日か二日たって墓穴に横たえられた死者の肉体を魂が離れる時、その魂は目に見えるということだ。それは白い水蒸気の雲か、あるいは、道端に分散することなく天に消えゆく穏やかな光の形状をしているに違いない。いや、分からない。当時の僕にも分からなかった。最悪なことに、僕は神学者か司祭のごとく、争いを丸く収めなければならなかった。

「ドゥダク司祭も」と僕は言った。「本当は知らなかったけれど、そう言ったんだ。だって」

「だって、何だ?」「そうだよ、なんで司祭はあんなことを言ったんだ?」二人はしびれを切らして僕をさえぎった。

「彼はああ言った」僕は説明を続けた。「だって、神学校でそう習い、司教が司祭にそう命じて、司祭は司教の言うことを何でもきかないといけないからだ。軍隊のように」

「どういうことだ?!」二人は憤った。「司祭がそのことを知らないかもしれないなんて」

「それは誰も絶対に知りえないことなんだ」と僕はきっぱりと言った。「死ぬという時になってはじめて確かめることができるのかも」

僕たちは、ちょうどそのかたわらを通り過ぎようとしていた右手の墓地を見やった。彫像のかけらや壊れた墓碑が、身をかがめて祈りをささげる人のように見えた。

「ぞっとする」シメクがささやいた。「何か確かなことを知るためには、死ななければいけないなんて。なあ?」

僕たちは頷いて同意した。

その瞬間、ブレントヴォの鐘が何者かの手によって激しく揺さぶられ、力強い声が警鐘のごとく真夜中の森を貫いた。

「神さま!」とシメクは言った。いや、三度目の叫び声を発した。「誰かが墓地にいるぞ!」いや、今僕が述べようとしているのは「恐怖で僕たちの心臓は縮み上がった」とか「心臓を鷲掴みにされたようだった」とか、あるいは「僕の心臓は口から飛び出そうだった」などではない。そんなことではない。なぜならそれらは本に書くことであり、そうしたことやそうしたシーンは教育小説にこそふさわしいからだ。

最初の瞬間、僕は思った。僕たちがブナの丘《ブコヴァ・グルカ》を通って逃げ帰るところを見るために、ヴァイゼルが僕たちを試しているんだと。近道をすれば、僕たちより十五分早く着くことができるはずだった。しかし僕の頭にはすぐに、これはヴァイゼルらしくないぞ、という二つ目の、全く醒《さ》めた考えが浮かんだ。きらめく天蓋の下、静寂を突き破り松林の生暖かい空気を切り裂く夜の警鐘。実際それはヴァイゼルの思いつきではなかったし、そもそも鐘楼の朽ちた梁《はり》の間にぶら下がる三本の縄に、彼の手は届かなかった。それは黄色の翼の男だった。ハシバミの木の影にうずくまる彼の姿を認めるやいなや、一刻も早く家に帰るべきだ、という考えが僕たちの頭をよぎった。

「あいつとは前にも一度、面倒な事になった」とシメクが思い出した。「司祭館からここへ誰かがすぐやって来るし、僕たちも見つかってしまう」

僕にはそれほど確信がなかった。

「真夜中に？　今？」

しかしピョートルは、教会のすぐそばの建物を指さした。

「ほら、見ろよ！」

本当に、遠くの窓に一つ、また一つと灯る光が枝のすき間から見えた。そうこうする間に、黄色の翼の男は飛び上がり前後左右に体を揺すってしゃがみこむ、という一連の動きを繰り返し、鐘のリズムはますます喧《やかま》しくなった。彼は縄に括《くく》りつけられたマネキンのように見え、少し滑稽《こっけい》で、少し恐ろしかった。彼はもう病院のガウンをまとってはおらず、その衣服、デニムのズボンと同じ素材のシャツは、どこかで盗んだものに違いなかった。僕たちは彼から目を離すことができなかった。彼は縄を引くたびに何か独り言を言っていたが、その声は金属的な三和音にかき消された。もしかすると、まさにそれらの鐘のせいだったかもしれない。司祭館から二人の男――教会の下男と、僕たちのドゥダク司祭とは似ても似つかない教区司祭――の走ってくる姿が見えた時でさえ、僕たちがその場所から一歩も動かなかったのは。

黄色の翼の男にとって重要だったのは、彼らを司祭館からおびき出し、自分に注意を向けさせることだったのかもしれない。なぜなら彼は、それらの人々がすぐそばまで走ってくるのを待って、縄を手放し、近くの藪《やぶ》へジャンプして、ブレントヴォの方へ逃げたからだ。

「神父さま」下男は鼻息荒く言った。「司祭館へ戻り、電話で警察を呼んでください。私は彼を追いかけますから！」

男たちは二手に分かれた。下男はますます荒い鼻息をたてながら逃亡者の後を追い、司祭は小走りで司祭館へ向かった。僕たちがもう後に引けないのは明らかだった。この話に落ちがつくまで待たなければならなかった。もっとも僕たちの関心は、黄色の翼の男にではなく、追跡がどのように終わるのかにあったのだが。

僕たちは、イラクサと羊歯の生い茂る藪へ通じるもうほとんど見えない小道を通って、下男の後を追った。黄色の翼の男は三十メートル先んじており、土地勘もあった。彼は藪から藪へ飛び移り、墓石の間に隠れた。姿が消えたと思うと突然地面から飛び出して、前方へ走り出すのだ。彼は明らかに下男をからかっていた。ついに墓地のはずれに来ると、彼は割れたプレートの上に立ち、追跡者の方に向かって叫んだ。「えええええ、えええええ、えええええ!」

下男はスピードを上げた。しかし黄色の翼の男はもう遠くにいた。彼はブレントヴォの一番近い住宅街をめざして走っていった。そこでは目を覚ました人々が、開けた窓から夜警の理由を知ろうと外の様子をうかがっていた。

「おーい、あんたたち!」下男は叫んだ。「そいつを捕まえろ! その狂人をひっ捕らえろ。そいつを取っ捕まえてくれ!」

すると、まるで火事か戦争が始まったようにますます多くの窓に灯りがともった。

黄色の翼の男は最初の家に駆け寄り、避雷針をつたって急傾斜の屋根をよじ登った。まもなく彼は屋根の先端に立ち、建物の前に群がり始めた者全員に挨拶するがごとく両腕を広げた。履きつぶしたスリッパか、もしくは裸足《はだし》で飛び出してきた寝巻姿の男たちは——中にはズボン下の者もいた——彼を指さした。

「あんたたち!」下男はついに彼らに駆け寄った。「あいつはあんたらの奥さんや子供たちを墓地で怖がらせたのと同じ男ですぞ！　精神病院を逃げ出して、あんたたちを不安にさせている！　あいつを捕まえにゃならん。すぐに警察が来る。梯子を持ってきてやつを捕まえてくれ、もうさっさとやってくれよ。さもないとまた逃げてしまう。あいつを捕まえてくれ。一体何をぐずぐずしているんだ？」

しかし、男たちは狂人の、つまり屋根の上にいる狂人の捕獲に急いで取りかかろうとはしなかった。彼らはどっちつかずの様子で呆然と佇《たたず》み、足ぶみをし、互いに顔を見合わせた。何人かの妻たちが小走りでやってきた。おしゃべりと囁き声と冷笑が入り乱れ、ますます大きくなった時、黄色の翼の男は突然声を張り上げた。

厳密にいえば、それは声ではなく、ただの響き、音楽的な響きだった、なぜなら続いて起きたことのすべてが音楽であり、わずかな間隔をはさんで増幅、爆発、鎮静へと移り変わる詠唱だったからである。

「災いなるかな、バルト海沿岸の国の住人たちよ！　災いなるかな！　主の言葉は私の耳に届き、私の唇を通して話された。主の大いなる日は近づいている。極めて速やかに近づいている。聞け、主の日にあがる声を。その日には、勇士も苦しみの叫びをあげる」

そう言いながら黄色の翼の男は爪先立ちになり、手を高く差し上げた。彼の長い巻き毛は、ドゥダク司祭が宗教の時間に見せた、紅海を横断する挿絵ではっきりと僕の記憶に残っている、モーセの頬《ほお》ひげのようだった。

「あいつは落ちるね……」「いや落ちないね……」「たぶん落ちるね……」下の方ではそんな囁き声が

していたが、黄色の翼の男による次の呪文で野次馬たちは口をつくんだ。「私は人々を苦しみに遭わせ、目が見えない者のように歩かせる！」今や彼の手は、ひしめき合う人々の頭を差していた。「彼らの血は塵《ちり》のように、はらわたは糞のようにまき散らされる。金も銀も彼らを救い出すことはできない。主の憤りの日に地上はくまなく主の熱情の火に焼き尽くされる。主は恐るべき破滅を地に住むすべての者に臨ませられる」

最後の言葉はとくに耳をつんざくようだった。僕は、幾人かの女たちが恐怖から十字を切り、男たちが空の彗星を見上げるように天を仰ぎながら立ちつくすのを見た。

「わたしが旱魃《かんばつ》を呼び寄せたので、それは大地と山々と穀物の上に、新しいぶどう酒とオリーブ油と土地が産み出す物の上に、また人間と家畜とすべての人の労苦の上に及んだのだ」声はますます力強くなり、ブレントヴォの三つの鐘を全部あわせたよりもけたたましく響き渡った。「災いなるかな、バルト海沿岸の国の住人たちよ！　それゆえ、お前たちの上に天は露を降らさず、地は産物を出さなかった」

途方にくれた下男は総督ピラトのように手を広げてみせたが、悲しげに詠唱されたメロディーの一節がやむと、ついに怒りに燃え、あらん限りの大声で叫んだ。

「あんたたち！　キリスト教徒よ！　あいつの言うことを聞くな！　あれは反キリスト者だ、異端者だ、狂人だ！　いいか、狂人だよ！　あんなことに耳を貸すのは死に値する罪だ！　あいつは捕まえた方がいい。さあ、早く！」

しかし、たった半歩でさえ前に踏み出す者はいなかった。黄色の翼の男は勝ち誇った。「そんなことをしている時であろうか？」彼は人々に向かってますます大きな声で呼びかけた。「今お前たちはこの神殿を廃墟のままにしておきながら、自分たちは板ではった家に住んでいてよいのか。お前たちは多くの収穫を期待したが、それはわずかであった。しかもお前たちが家へ持ち帰る時、私はそれを吹き飛ばした。それはなぜかと万軍の主は言われる。それは私の神殿が廃墟のままであるのに、お前たちがそれぞれ自分の家のために走り回っているからだ」

突然街の方から弱々しいサイレンの音が聞こえ、それに続いて、レンビホヴォの県道に車のヘッドライトがぼんやりと見えた。

「警察が来たぞ！」下男が大喜びで叫んだ。「あいつが逃げないように、あんたら家を囲め！」しかし今度も、それを行動に移したがる者は一人もいなかった。黄色の翼の男は、近づく光の方へ腕を伸ばした。

「災いだ、自分のものでないものを増《ま》し加える者は。心は挫《くじ》け、膝は震え、すべての人の腰はわななき、すべての人の顔はおののきを示した」

車から棍棒《こんぼう》と拳銃で武装した四人の警官が飛び出した。部隊の指揮官は暗い髪色をした陸軍中尉だった。

「分かれろ！」彼は短く断固たる調子で叫んだ。「市民の皆さん、もう結構です！」

この瞬間黄色の翼の男にはまだ逃げ出すチャンスがあったのだが、彼は辺りが暗いことと自分が抜群の土地勘を持っていることを思い出し、新たな精気をみなぎらせた。彼は陸軍中尉の方へ身をかがめ、歌うように叫んだ。

「災いだ、流血によって都を築き、不正によって町を建てる者よ。主のいけにえの日が来れば、私は高官たちと王の子らを、また異邦人の服を着たすべての者を罰する！　災いだ、流血の町は！　町のすべては偽りに覆われ、略奪に満ち、人を餌食にすることをやめない」

警官たちは、命令を下す陸軍中尉の周りを隙間なく取り囲んだ。指揮官が頭を向けた屋根の上では、黄色の翼の男がますます激しく罵詈雑言《ばりぞうごん》を吐いていたが、その言葉は今度はとくに軍服を着た人々へ向けられていた。

「剣《つるぎ》はお前の若獅子《わかじし》を餌食とする。私はお前の獲物をこの地から断つ。お前の使者たちの声はもう聞かれない。わたしは諸国から悪者どもを来させ、彼らの家を奪い取らせる。私は力のある者の誇りを挫く。恐怖が臨む。彼らは平和を求めても、どこにもない。私は彼らの行いに従って報い、彼らの法に従って彼らを裁く！」

「すぐにそこから降りろ！」と陸軍中尉は鋭い声でさえぎった。「降りろ、さもないと実力行使に出ざるを得んぞ！」

「お前を守る部隊は、移住するいなごのように」黄色の翼の男は歌でそれに答えた。「お前の傷を和らげるものはなく、お前の噂をきく者は皆、お前に向かって手をたたく。お前の悪に誰もが常に悩まされてきたからだ。お前は多くの国々を略奪したので、諸国の民の残りの者すべてがお前を略奪する。お前が人々の血を流し、国中で不法を、町とすべての住民に対して行ったからだ！」

僕たちは、二人の警官が男の背後から屋根に上り、陸軍中尉がケースから拳銃を取り出すのを見た。「降りろ！」命令が繰り返された。「降りろ、さもないと撃つぞ！」

「わたしはお前に憎むべきものを投げつけ」黄色の翼の男の返答はこうだった。「お前を辱め、お前を見世物にする。お前を見る者は皆、お前から逃げて言う！　その所で火はお前を焼き尽くし、剣《つるぎ》はお前を断つ。火はいなごが食い尽くすようにお前を食い尽くす！」

最後の言葉は、厳密にいえば、長く響きわたった最後のフレーズは、発砲のうなりと同時だった。陸軍中尉は的《まと》めがけて空中に火を放った。隣接する家屋の門や窓のそばに群がった人々は反射的に頭を抱え、黄色い翼の男に背後から近づいていた二人の警官は欄干《らんかん》に飛びつき、すばやくよじ登った。彼が自由を謳歌する数秒は報われたかのようにみえた。彼は、自分の無実を証明してくれるのは星々だ、とでも言わんばかりにもう一度天に手を差し伸べ、「私の主なる神は、わが力」と叫びながら、すでに屋根の上にいる警官たちと対決するべく移動した。殴打のために振りかざされた彼らの白い警棒が、漆黒の空にくっきりと浮かび上がった。しかし黄色の翼の男はキリストの精神をもち合わせておらず、軍服を着た人々の前に身を投げ出し殴打を大人しく受け入れる代わりに、彼らの一人に肘鉄を食らわせ、屋根から突き落とした。屋根瓦の落ちる音、警官の叫び声、黄色の翼の男による夜の詠唱が溶け合い、一つになった。

「私の主なる神は、わが力。私の足を雌鹿のようにし、聖なる高台を歩ませられる！」

黄色の翼の男はこう言いながら屋根から柔らかい地面へ飛び降り、墓地の方へすばやく逃げていった。打ち身を負った警官たちは彼の後を追った。

「止まれ！」陸軍中尉は言った。「止まれ、さもないと撃つぞ！」

しかし、黄色の翼の男に立ち止まる気は毛頭なかった。さらなる威嚇射撃の鈍い音が、最初の時と同様、空を引き裂いた。

もし狂人と彼を追う警官たちが僕たちの方へまっすぐ走ってこなければ、これで終わっていただろう。僕たちはできるだけ速く走ったが、黄色の翼の男の足は僕たちより速く、やがて僕たちは首筋に彼の息がかかるのを感じた。彼は何も尋ねず、僕たちが彼のように逃げるのを見て、二手に分かれるように手で合図をよこした。しかしそれは不可能だった。向かいの墓地の端から、つまりブナの丘《ブコヴァ・グルカ》の方から、長い白衣を着た人影が僕たちの方に向かって走ってきた。誰が病院の看護士を呼んだのか、とくになぜ彼らが僕たちと黄色の翼の男が引き返すのを阻むようにその方向から現れたのかは、今でも僕には分からない。もしかするとブレントヴォの教会の司祭が警察に通報した時、万一のことを考えて病院にも電話したのかもしれない。ともかく今や僕たちは警察と、狂人と、白い前かけをつけているせいで墓石の間にいると幽霊に見える人々に追い立てられていた。僕は罠に捕えられた鳥獣のような気持ちで狼狽し、混乱し、この事態をどう釈明しようかと途切れ途切れに考えた。僕たちは逮捕されるのだろうか？　もしそうなら、僕たちは黄色の翼の男の共犯とみなされるのだろうか？　捕獲の輪は狭まり、もう絶体絶命と思われた時、ピョートルが僕の腕をつかんだ。

「地下聖堂だ！　あそこなら捕まらないよ！」

もちろんそれは申し分のない考えだった。僕たちは隠れ家がある築堤の方に飛び移り、黄色の翼の男が僕たちに続いた。地下聖堂の入口はいつものように少し開いており、音を立てずに中へ入ることができた。

そう、その夕べ、正確にいえば、その夜中の出来事すべてがこれで終わりというわけではなかった。これだけの年月が経った今でも記憶は僕を放ってはおかない。捕獲が終わった時のこと、黄色の翼の男一人を残してシメクやピョートルとともに地下聖堂を後にした時のこと、ブナの丘《ブコヴァ・グルカ》とクミエツァ通りを通って森から僕たちの共同住宅へ抜けた時のこと、僕が自宅のドアをノックした時のこと、ベルトを手にしたパジャマ姿の父が扉を開け、無言で僕を膝に抱え上げ、僕の尻をしたたかに叩いた時、その数はまさに天文学的なレベルに至ったこと。手が疲れると、父は叩くのを中断してため息をついた。

「お前が家にいなかったから叩いているんじゃない、母さんが四時間前からお前のことで目を腫らしているから叩いているんだ、この鼻たれ小僧！」

それは父が僕に向けて言った中で、おそらく最も愛に満ちた言葉だった、なぜなら、その言葉は今も僕の記憶にはっきり残っているからである。しかし当時の僕は、僕が食らって尻を腫らした数々の殴打と同様、それを重要だとは思わなかった――僕たちにはヴァイゼルがいた。いやむしろ、その夜から僕たちは彼によって掌握された。たとえそれがわずかの間しか続かないことを、当時の僕が知らなかったとしても。それにしても、なぜ僕は黄色の翼の男について書いたのだろうか？

なぜ僕は腐った床が崩壊したところで、あるいは蛍のところで話を終えなかったのだろうか？　僕は、ヴァイゼルと何か関連があると思われることをすべて書いた。というのも、実際はこうだったのだ。僕たち三人が落ち合った翌日――尻に赤いみみずばれを作っていたのは僕だけではなく、愛に満ちた教育者なのは僕の父だけではないということが判明したのだが――、地下聖堂に行って黄色の翼の男がいないかどうか確かめようとピョートルが提案するや、シメクは直ちにこう付け加えた。すべてをヴァイゼルに話さなければと。いやそれどころか、狂人について、とくに、あの狂人についての彼の意見を聞かなければと。

奇妙なことだが、ヴァイゼルが門から出てきた時、僕たちの誰も彼に近づこうとはしなかった。それはまるで彼に指定された六時が、定刻どおりでなければならない謁見の時刻であるかのようだった。僕たちは、彼の後ろを走っていくエルカの後を追いかけることもなかった。前日の出来事により僕たち三人は秘密の共有というきずなで結ばれていた。もっともそれは一方的な共有にすぎなかったが、そうした特殊性を僕たちは自分たちなりに感じていた。結局、僕たちと会う約束を与え給うたのはヴァイゼルであって、その逆ではなかった。そのことは尊重しなければならなかった。閉鎖されたレンガ工場で目にしたものも、同様に慎重な扱いを要する事柄だった。僕たちは、口が裂けても何も言うまいと決心した。

エルカが広告塔の後ろに消えるやいなや、ヤネク・リプスキ――動物園に行った時もサッカーの試合の時も僕たちと一緒にいたあのヤネク――が近づいてきて、こう尋ねた。

「それで、お前たちはあの二人を最後までつけたんだろう？」

ヤネクはヴァイゼルを待ち伏せした時、僕たち三人以外で地下聖堂にいた最後の人物だった。

「ああ、あそこでねぇ」とシメクが誤魔化すように答えた。「なんで？」

短い沈黙が流れ、両者は不信感に満ちたまなざしを交わした。

「お前たち、何を見たんだ？」

「待ち伏せするほどの価値はなかったよ」シメクは涼しい顔で嘘をついた。「あいつら、粘土採掘場で魚を釣っていた」

「うそつき」

「じゃあ、あいつらの後を追いかけたらいいじゃないか、疑い深きトマスよ。[*1]僕らにはもうそのつもりはないから」

この主張は重大な意味をもった。もっとも僕たちはまだ気づいてさえいなかったが、この初めての嘘によって、僕たちはヴァイゼルについての秘密を共有するというきずなで結ばれることになったのだ。しかし、さしあたり他にやるべきことがあった。

＊1　十二使徒の一人。自分自身の目で見るまでキリストの復活を信じず、「疑い深きトマス」と呼ばれる。

僕たちが教会の地下聖堂で出会った黄色の翼の男は、前日のまま隠れ家にとどまっていた。ピョートルが差し出した三日月形のパンを貪《むさぼ》る彼の姿がそれを物語っていた。前日の夜の英雄は恐怖のあまり全身を震わせていた。僕たちは、素晴らしい演説をし警官たちを屋根から一掃したこの稀有《けう》な人間を、どう扱ったらいいものかと思いあぐねた。一体どうしたらあの人間が、十二時間も経たないうちにこうも変わってしまうのか。彼は浅い眠りの中もぞもぞと身体を動かしていたが、自分の上に僕たちが屈みこんでいるのに気づくと、まるで殴られることを察知したかのように顔を覆った。彼は「ええ、ああ、うう」といった短い音節を使って僕たちと意思疎通した。もし前日のスペクタクルがなければ、あるいは、高山ウサギギクを手にしたMスキと遭遇した時、男が腹の底から歌い上げたあの崇高な文章の数々がなければ、誰もがこう思ったことだろう。このすりきれたジーンズを身に着けた無精ひげの男は、僕たちの地下聖堂につかの間の避難所をもとめる、口のきけない浮浪者であると。今日の僕には、彼の秘密が何であったかが薄々《うすうす》わかる。黄色の翼の男は、災害と流血と殺人についての恐ろしい聖句を口にすることしかできなかった。それが彼の病であると同時に、偉大さだった。

ピョートルは、ここにとどまりたいかと彼に尋ねた。彼は頷いた。シメクは十分な食料を持ってこようかと提案した。黄色の翼の男は微笑み、彼の咽喉からは返事や感謝の言葉の代わりに、同意を表す音節化されない響きが発せられた。そこで仕事の分担が行われた。ピョートルは食料を調達することになった。シメクは衣服、僕は——黄色の翼の男が手ぶりで、それがどうしても必要であることを示した——煙草だった。僕たちはブナの丘《ブコヴァ・グルカ》を通ってそれぞれの自宅へ、とはいっても同じ建物だったが、それぞれ別の住居へ向かった。しかしその際、自分たちの行為やこの成り行きのすべてが法に触れるものであるとか、いわば法を犯し処罰に値することであるという考えが頭をよぎることはなかった。僕が言いたいのは、法とドゥダク司祭がよく口にした「キリスト者の魂」を対置したということではない。そんなことは言えない。なぜならそれは真実ではないから。しかしこれだけは明言しておかなければならない。たとえ当時僕たちに考える時間があって、僕たちが助けているのが危険な狂人であるだけでなく、警官に暴力をふるった男だという結論に達したとしても、ピョートルは食料貯蔵庫から一塊のパンと黄色いチーズとひとかけらの豚の背脂をくすねただろうし、シメクは裏返して仕立て直したズボンと格子縞《こうしじま》のフランネルシャツをもってきただろうし、僕は父が愛飲し、僕がツィルソンの店へ――当時、僕たちの地区にチェーン展開のキオスクなどあり得なかった――買いに行かされたのと同じ、「グリュンバルト」という銘柄の煙草を調達しただろう、ということは。

というわけで、パン、豚の背脂、黄色いチーズ、縫い直されたズボン、格子縞のフランネルシャツ、そして、煙草の「グリュンバルト」がそろった。僕たちがそれらを両手に抱えて地下聖堂に戻ると、黄色の翼の男は輝くような笑みを浮かべた。彼は切れ目なく食べ、煙草を吸った。最後にピョートルが麻袋から、オレンジエードを僕たちのために一本ずつ、黄色の翼の男のために二本取り出し、皆で一緒にその炭酸飲料を飲んだ時、僕たちとその奇人との関係は揺るぎないものになったかのようだった。僕は、自分の瓶にだけ赤いオレンジエードが入っていたことを覚えている。そして、この出費にかかるお金をどうやって工面したのかと、ピョートルに尋ねなかったのも覚えている。オレンジエード五本は五ズウォティであり、五ズウォティといえば小さな金額ではない。しかし、当時僕はピョートルにそれだけの硬貨をどこで手に入れたのか一度も尋ねなかったし、同じ学校に通っていた頃も、のちに僕たちが別々の人生を歩むことになった時も、そして、彼の墓参りをしてあれこれ雑談した時でさえ尋ねなかった。なぜなら、あちら側にいる人にそうした事柄についてしつこく尋ねるのはどうかと思うからだ。僕たちはほんのり甘い炭酸を咽喉に流し込み、水滴が口角で音をたててはじけるのを楽しんだ。他方、黄色の翼の男は満足げにぴちゃぴちゃと音を立てながら飲み、まるで僕たちが彼の大親友であるかのように微笑んだ。

いったい何時だったろう？　時計は何時をさしていただろう？　そして取り調べは何時間目にさしかかっていただろう？　校長室の扉の向こうでピョートルがまだ絞られ、僕が地下聖堂で美酒のように飲んだオレンジエードの爽快な味を思い出していた時、壁時計が鳴り出し、すべてはブリキの装置で測られる時間のごとく過ぎ去ることを告げた。しかし僕はあまりに咽喉が渇き空腹で怯《おび》えていたので、時計の針が何時をさしているかを見ることができなかった。要するに、それは重要ではなかった。

窓の外の闇がもうとても遅い時間であることを告げていた。そう、その時まさに僕は思ったのだ。もうとても遅い、あちらの三人も疲れているに違いないと。彼らが何を話したかは分からなかったが、取り調べはまもなく終わると。もし彼らが目的を達成しなかったとしても、もし彼らが組み立てようとしている出来事の絵が完成しなかったとしても、彼らは取り調べを翌日まで延期するだろうと。明日は日曜だ、ということは、延期するのは一日ではなく月曜までということになる。僕たちをここに閉じ込めておけるわけがないから、僕たちは家に帰されるだろう、その時は……その時は本当に細かいところまで打ち合わせ、エルカが残した赤いワンピースの切れ端をどこで燃やしたか、正確に取り決めることにしよう。本当はエルカもヴァイゼルも不発弾によって切り裂かれたわけではないけれど、皆の平安のためそういうことにしよう。皆が満足するだろう、校長先生も軍服を着た人もMスキも検事も、そしてとりわけ、僕たちのごまかしを頷《うなず》きながら見守っているに違いないヴァイゼルが。

薄目を開けていた僕は、その時突然、神の三角形の目が雲間からウィンクするのを見た。それはドゥダク司祭がみせる小さな絵のようだった。「覚えておきなさい」と彼は指で天を差しながら言った。「お前たちが両親に嘘をつく時、学校の友達の鉛筆を盗む時、十字架や礼拝堂の前を十字を切らずに通り過ぎる時、神はすべてを知っておられるし、すべてを見ておられるのだ。神は決してお忘れにならず、すべてを覚えておられる。どんな罪もどんな高潔な振る舞いも。お前たちが神の御前に立つ時、神は地上におけるお前たちの行いを、お前たちに思い出させるだろう」そう、ドゥダク司祭は間違いなく教育的才能をもっていた。僕は些細なことで母に嘘をついたり、お使いのお釣りをごまかしたりするたびに、神の三角形の目に見られているような気がして落ち着かなかったからである。そしてあの時僕は神の存在を一層強く意識せざるを得なかった。なぜなら問題は小さな嘘ではなく、僕たちが構築したシステム、有益と見込んでついた嘘という建造物全体だったからである……しかし一体この嘘で得をするのは誰だったのか？　僕には確信がなく、それが僕を不安にさせた。これは誰のための嘘なのか？　革装扉の向こうに座っている人々のためか？　僕たち自身のためか？　他言無用を僕たちに誓わせたヴァイゼルのためか？　しかし、もしそうだとしても、この嘘がとりわけヴァイゼルのためにつかれたものだとしても、天の高みからあらゆる身振りを見、あらゆる言葉を聞いているあの三角形の目はどうなるのか？　こういう場合、神はどちらの味方なのか？と僕は考えた。もし僕たちの味方なら、それはつまりヴァイゼルの味方ということだけれど、神は僕たちの罪をお許しになるに違いない。しかし、もしあちら側の味方なら？　もしヴァイゼルが狡猾にも僕たちを宣誓によって束縛していたのだとしたら？　冗談でなく、僕の背筋を冷たいものが走った。なぜならその時はじめて、ヴァイゼルが僕たちを誘惑の網で絡めとり、不純な力で試しているのかもしれないという考えが、僕の頭に浮かんだからである。

すぐさま僕は、ドゥダク司祭が悪魔について語ったことを思い出した。「ああ、そうなのだ、彼は恐ろしい姿をしているとは限らない。時たま学校の友達が君に教会へ行くなと言えば、それは君を義務から遠ざけ、偽りの快楽のイメージを与えて惑わす悪魔の耳打ちなのだ。時々君は、こっちの方が面白いよという声にそそのかされて、両親の手伝いをする代わりに海岸へ行っているね。そう……」司祭は説教をする時のようにドラマチックに一息ついた。「悪魔はそういうやり方で、子供さえもそそのかすのだ。しかし可愛い子らよ、覚えておくがよい。神の御前では何一つ隠し事はできないのだということを。そして、罪に対する罰は大きくなりうるということを。さあ、見てごらん」司祭はほとんど叫びながら次の絵を引き出した。「正義の声に耳を傾けず、すぐに心を入れ替えなかった罪人がどんな拷問を受けるか！　ごらん、彼らがどんなに苦しむか。百年、二百年、あるいは五百年間ではない。永遠に苦しむのだ！」そして彼は僕たちの目の前に、芸術家の手によって創造された地獄の深淵の絵を掲げた――そこには、未来永劫の罰を受けた人々が裸にされ、毛むくじゃらの悪魔によって穴へ放り込まれる姿が描かれていた。彼らの体は落下しながらねじ曲がり、熊手で刺し貫かれ、鉤《かぎ》爪《づめ》でひきさかれ、地獄の最も深い底から燃え上がる炎にじりじりと焼かれていた。司祭がそれらの複製画をしまった時、僕たちは、地獄が本当にそのような姿であることを信じて疑わなかった。

だから僕は、シメクの隣で折りたたみ式の椅子に座っていた時も自信が持てなかったのだ。僕たちが神の御前にめいめい立った時、Ｍスキや軍服の男の前でそうしたように一人ずつ立って、もはや隠し立ては何一つできない状態になった時、僕たちがつく嘘は三角形の目によって咎められないのかということに。

今日の僕には、こうした考え自体、僕が精神的に参っていたことを示す確かな証拠だと分かるが、取り調べはこの時点から僕にとってより大きな苦しみとなった。僕はストシジャ川のほとりで過ごした最後の日の出来事を打ち明けるべきかどうかで悩んでいた。彼らが信じなかったとしても構うものか、と僕は考えた。僕たちが言うことを彼らがまるで信じなかったとしても構うものか。結局のところ、それはヴァイゼルとエルカの問題であって他の誰の問題でもなかった。真実は守られるだろう。たとえ誰も認めたがらない真実だとしても。僕たちが共有することを許されたヴァイゼルの秘密のすべてを明かす必要はない。降り注ぐ陽ざしの中僕たちがくるぶしまで水に浸かって立っていた時、ヴァイゼルがしばらく待っていろと言った時、ヴァイゼルとエルカがしていたことを分刻みに順を追って話す――それで十分だった。ひょっとして彼が待っていろと言ったのは、列車の到着や開店や休暇の始まりとは全く異なる、何か別のものだったのだろうか。それを知ることは僕にはできなかった。

校長室の扉は閉まっていたにもかかわらず、Mスキの叫び声と、それに少し遅れて、ピョートルの叫び声が僕たちのいるところまで聞こえてきた。彼らはピョートルに何かとんでもないことをしたに違いなかった。「象の鼻つまみ」と「ガチョウの羽むしり」のダブルパンチとか、あるいはそれとは全く別の、予想することもできないようなことを彼にやったのだろうか？　シメクは椅子の上でもぞもぞと体を動かし、僕は足のしびれがますますひどくなるのを感じた。なぜか分からないが、その時僕は、その年のキリスト聖体の祝日ドゥダク司祭と聖体顕示台の後ろを歩きながら歌った歌を思い出した。「めでたし、乙女マリアより生まれ給いしまことのお体よ」その歌詞は、当時特に重視していなかったが、あの旋律、荘厳でゆるやかな、記憶の中を香煙の筋のように細い流れとなって伸びていく、あの郷愁をそそる旋律が、僕に落ち着きを与えた。

そして、それからどうなったか？

六時までに時間はまだたっぷりあった。黄色の翼の男はとくに不自由していなかったし、付き添いも必要なかった。退屈のあまり僕たちの頭には奇妙な考えばかりが浮かんだが、もちろんすべてヴァイゼルに関するものだった。彼は僕たちに何を見せるのだろう？　彼はひょっとして僕たちと一緒に何かするのだろうか？　僕たちに飛び方を教えるのか？　それとも、蝶をカエルに変えるとか、あるいはその逆か？　なぜ閉鎖されたレンガ工場の地下室で踊っていたのかと彼に尋ねたとしたら？　それは面白いとピョートルは同意したが、それより、錆びだらけのシュマイザーがもう一丁ほしいとねだった方がいいのではないか？　もしオリヴァやその先まで森を知り尽くしているなら、ヴァイゼルは残されたドイツ軍の塹壕の中からいくつか掘り出したかもしれない。もしかして僕たちと本物の戦争ごっこをする気になっているかもしれない。彼は当時ブレントヴォの墓地で、何のために僕たちのごっこ遊びをじっと見つめていたのだろう？

僕たちは、昼食後にはもう洗濯物がぶら下がったロープの間の腐ったベンチに座り、彼の動作や言葉の一つ一つを思い出していた。なぜ彼は僕たちと一緒に宗教の授業に通わなかったのか？　彼は何のためにエルカを必要としたのか？　誰が彼に動物の手なずけ方を教えたのか？

僕たちの考え事は、帰宅したばかりの夫の持ち物を窓から投げ捨てたコロテクの奥さんによって、しばし中断された。

「このごろつき、酔っぱらい！」彼女は叫んだ。「とっとと出てお行き、もう帰ってくるんじゃない！　あんたなんか見たくもない、あんたの言うことなんか聞きたくもない！」

コロテクさんが突然階段出口から出てきた時、地面にはすでにワイシャツと何本かのズボンと靴が落ちていた。彼はふらつく足どりで山積みとなった自分の持ち物に歩み寄り、何事も起こらなかったかのようにそれらを身につけ始めた——彼の妻は怒り狂い、彼をズボン下一枚で裸足のまま家からたき出したのだ。

「おい！」彼は上へ向かって叫んだ。「靴下はどこだ？」

コロテクの奥さんは情けというものを知らず、ぴしゃりと窓を閉めた。僕たちは、コロテクさんが地べたに座り素足に靴を履くのを見たが、右足に左の靴を、左足に右の靴を履こうとしていた。しまいに彼は靴を履き直し、船乗り特有の大股歩きで歌いながら中庭を去っていったが、その歌声は悪くなかった。「アデュー、愛する人よ、アデュー、ムラートの女よ！」コロテクの奥さんはムラートの女ではなかったが、彼女の夫はおそらく気分を高揚させるために、なんとなくそう歌ったのだ。

よろしい。だが、ヴァイゼルはどこでサッカーのやり方を学んだのだろうか？　しかもあれほど上手くなるまで？　僕たちのおしゃべりは堂々巡りするばかりだった。「兵士」たちとの試合で彼はあれほどの上級者であることを示したのに、なぜ僕たちはそれ以前一度も彼をサッカー選手だと思わなかったのか？　なぜスポーツの教師が僕たちのクラスを二つのチームに分け試合するよう命じた時、ヴァイゼルはいつもわきに立って見ていたのか？　彼はどんな目的のために自身の能力を隠していたのか？

彼は他にも何かできたのか？　僕たちには考えもつかない何かを。それは鳥肌がたつような問いだったが、それだけに一層たててみたくなるのだった。

共同住宅の屋根の上を、つばめが、甲高い鳴き声でも笛のようなさえずりでもない特徴的な音を立てながら飛びすぎ、空は、その夏毎日そうだったように色あせた青色の断片と化し、コロテクさんは人間に可能な限界まで飲んだくれ、酒場「リリプット」から帰ってきた。僕たちは相変わらず、仮定法と疑問符がその主要部分を占めるおしゃべりを続けた。七月は残すところあと数日で、夏休みは半ばを過ぎていた。しかしそうした事実も、入り江の魚のスープも、コロテクさんの深酒も、僕たちの注意を根本的な事柄から逸らしはしなかった。

僕たちは六時きっかりに森の外れにいた。かつてそこにはさびれたレンガ工場の倉庫が並んでいた。夜になると古い城を思わせるそれらの建物は、今は、ヴジェシチャやオリヴァの郊外に隙間なく並び立つ陋屋《ろうおく》のごとく、どうということのないものに見えた。入口へは、もう何年もまったくレンガを敷かれたことのない、カモジグザやアカザや雑草の生い茂る広場を横切らなければならなかった。内部には心地よい冷気が満ちていたが、驚いたことにそこには誰もいなかった。錆びついた屑鉄、転倒した手押し車、ほとんど解体されたストーブ――それがすべてだった。床にはペンキの缶、袋の小片、黴臭《かびくさ》い腐ったボール紙の切れ端が散乱していた。五分が経った。五時間よりも長いその間、ピョートルは空き缶を蹴り、シメクはストーブを覗き込み、僕は手押し車の一つを動かそうとしていた。ここで何か興味深いことが待っているのかと、僕が疑いを抱き始めたその時、背後の入り口からヴァイゼルの声が聞こえた。「第一の条件は満たしたな——君たちだけでやってきたってことは。よし。じゃあ、次は第二の条件だ。ついてこい」。

僕たちは、前夜木製の床もろとも崩れ落ちた階段を使って、無言で階下に降りた。しかし惨事の跡を探しても無駄だった。すべてはきれいに片づけられていた。落とし戸、階段、床は修繕されていた。板一枚さえ鉋《かんな》で削った跡は残されておらず、階段にも新しい角材をはめ込まれたところはなかった。僕たちは地下室の床に立っていた。

「君たちは誓いを立てなくちゃいけない。準備はいいか？」

もちろん僕たちの準備はできていたが、ヴァイゼルに逆らうことなどできただろうか？

「何に誓うんだい？」シメクが尋ねた。「だって、十字架のキリスト像にかけて誓うなら、とても大事なことなはずだろ」

「君は大事なことじゃないとでも思うのか？」ヴァイゼルは答え、その問いかけのあとには耐えがたい沈黙が流れた。僕たちは彼が何を目論《もくろ》んでいるのか分からず、追いこまれた。

「で、僕たちは何に誓うんだい？」シメクは繰り返した。

「なぜ君は『何に』と聞くんだ？　『何のために』と聞く方がいいんじゃないのか？」ヴァイゼルは言った。

「そんなことは分かり切っているじゃないか」ピョートルが割って入った。「僕たちが秘密を守るためだろ。誓いってのは、いつもそういう時に立てるんだ」

「よろしい」ヴァイゼルは答えた。「これは君たちが秘密を守るための誓いだ。ところで、君たちは死後の世界を信じるかい？」

僕たちは当惑して立っていた。これまで僕たちにそんなことをあけすけに尋ねる者はいなかった。そういった問いで金縛り状態になると、経験豊かな人でさえ自明のことを疑わしく感じ始めるのかもしれないが、閉鎖されたレンガ工場の地下室で、心と想像力が熱い期待で燃え上がらんばかりとなっていた当時の僕たちにおいては、言わずもがなだった。

「信じてはいるよ」僕は皆を代表して言った。「なぜ君は僕たちがそれを信じないと思うんだい？」

「よし」とヴァイゼル。「じゃあ、死後の世界に誓え。僕がここや別の場所で君たちに見せるものについて、誰にもばらさないこと。それから何か尋ねられても、これから僕が言う事しか話さないこと。もしばらしたら君たちは永久に死ぬ。それが秘密を守らなかった罰だ。分かったか？」

僕たちは神経を集中させて頷いた。ヴァイゼルは僕たちの右手を自分の左手に重ねるよう命じ、僕たちが言うとおりにすると、一人ずつ「誓います！」と言わせた。

それから彼は壁の一つに近づき、軽く押すと、僕たちの目の前に広々とした部屋に通ずる細い通路が現れた。それは三つか四つの貯蔵室とつながった細長い広間だったが、間仕切りは取り除かれていた。壁から突き出たレンガと石のかけらがその名残をとどめていた。入り口付近の左手には櫃《ひつ》が二つあり、そのそばにエルカがいるのが見えた。絶縁電線によって天井からぶら下げられた二つの電球が、部屋を煌々と照らしていた。当時僕はそれに一切注意を払わなかったが、今になってみると、ヴァイゼルがマテンブレヴォへ至る道から導線を引き、そのすべての設備を自ら整えたに違いないこと、そして、それは類まれなる如才なさと器用さを要求したはずだということを確信する。しかし当時エルカが一つ目の櫃を開け、僕たちがその中に本物の武器を見た時、誰がそんな些細なことに注意を払っただろうか。そう、それは正真正銘の本物の武器だった。三丁のドイツ製シュマイザー、ロシア製のＰＰＳ短機関銃、二丁のパラベラム銃、二丁のレボルバー——それらはよく見かけるトカレフと並んでソ連の将校が用いたものだった。シメクは驚嘆して口笛を吹き、ピョートルはパラベラム銃を手にとり弾倉を引き抜こうとした。

「そうやるんじゃないわ」と言って、エルカが彼からピストルを取り上げた。「こうするのよ」と彼女はやってみせた。「こうやってはめて、こうやって外すの」

僕たちはおもちゃ屋の陳列棚の前にいる小さな子供のように立っていた。もっとも僕たちはもうだいぶ大きくなっていたけれど、僕たちの驚嘆と、そのすべてに自分の手で触れたいという思いは、小さな子供が抱くのと同じぐらいもどかしく貪欲だった。僕たちがそれらのお宝に触れ、磨きこまれた銃身とオリーブ色の輝きを放つ銃の床尾《しょうび》に驚嘆し、引き金と撃針を点検している間に、ヴァイゼルはもう一つの櫃から弾薬の入った小箱を取り出し、僕たちがそれまで気にも留めていなかった右の隅から、ボール紙でできた模型を引きずってきた。

エルカは僕に指示を与えた。

「あんたが最初に撃つのよ。それから、あんたたち、パラベラム銃を一丁残して、あとはぼろきれにくるんで櫃にしまって」

僕たちは口答えなしに命令に従った。彼女は銃に弾丸をこめ、全員に僕の背後に立つよう命じた。模型を据えた正面の壁からヴァイゼルが戻ってくると、彼女は僕に安全装置を外したパラベラム銃を手渡した。

「撃ってもいいわ」彼女はまるでそれが一連の命令であるかのように言った。

もし映画館「トラムヴァヤシュ」で戦争映画を見ていなかったら、僕はどんな姿勢をとればよいか、左手は何をすればよいか、銃の照門を通して照星を見つめ、どのように的《まと》を狙えばよいか分からなかっただろう。僕は少なくとも理論的にはそのすべてを知っていたし、見事にやってのけたいと思ったが、銃身を模型の方向に向けると、手足は恐怖で震え出し首筋とこめかみから汗が滴った。映画ではどんな時も的《まと》がはっきりと定められていたからだ。陰謀者はゲシュタポの諜報員を狙い、ナチス親衛隊はユダヤ人を狙い、パルチザンは憲兵を狙い、ソ連の兵士はドイツの兵士を、あるいはその逆を狙った。しかしそこで僕が目にしていたのは、定めることができない、冗談抜きにぞっとさせる何かであり、まるで生きた人間を狙っているかのような感じだった。僕が照門の間から見た模型は、水彩絵の具で描かれたMスキの胸像だった。しかしそれは普段のMスキではなく、つまり、学校やデモ行進やあるいはオリヴァの森の原っぱでみかける彼ではなかった。ボール紙でできたMスキは、なまずのような立派な髭をたくわえていたが、はっきりとしたアーチ形の眉とはめ込まれた目を見れば、それが誰かは一目瞭然だった。そう、その人物の、シーツのごとく大きな肖像画はある時を境に僕たちの町の通りやショーウィンドーから姿を消したが、僕は当時もまだぞっとするような恐怖を感じていた。おまけに僕が撃たなければならない男は、ドイツ国防軍将校の帽子をかぶっていた。こんなことを思いつくのはヴァイゼル以外考えられなかった。

「撃つの、撃たないの?」エルカの言葉があざけるように響いた。それで僕は撃った。弾倉が尽きるまで——一発、二発、三発、四発。すべての弾《たま》は模型の上か横の壁に当たった。最後の一発だけが、底の厚い帽子の鉤十字のついたドイツの鷲がみえる位置ぴったりに穴をあけた。

「命中、命中したぞ!」とピョートルが叫び、ヴァイゼルはまるで疑わしいとでもいうようにMスキに近づき、人さし指を着弾の穴に突っ込んだ。

「君は台座の小さな環に命中させた。鷲には掠《かす》っていない」僕が射撃の間ずっと銃床尾に押し付けていた指を伸ばしていると、彼は僕たちの方を振り返りこう言った。

本物のピストルが常にそうであるように、パラベラム銃は僕たち少年の手には重すぎたので、ピョートルやシメクにしても僕より格段に上手く撃つことができたわけではなかった。ピョートルは額に二度だけ命中させ、シメクは髭の左半分を吹き飛ばし、Mスキの右頬を軽く掠った。

僕は付け加えるべきだろうか? その時ヴァイゼルが上級者ぶりを見せつけたことを。僕は、彼があの完璧さに達するまでに、その場所か、あるいは森のどこかで、どれほど練習したかは知らないし、どれほどの数の薬莢が地面に落ちたかも知らない。ヴァイゼルは六発を放ち、それらの弾は次々と M スキの顔に命中し、ちょうど一種の星を描くように、上下逆に重なる二つの二等辺三角形を描いた。

　エルカは模型を交換した。今回も M スキだったが、第二次世界大戦中のアメリカの司令官の軍服を着ていた。細かい点がたった一つだけ、先ほどの帽子についた鷲に対応していた。シャツの襟《えり》の下、ちょうど兵士がネクタイを結んでいる箇所に、アメリカ人の M スキは、僕たちが多くの戦争映画で目にしたのと同じ、鉄の鉤十字をぶら下げていた。僕たちは順番に撃ったが、今回も最高の出来とはいかず、ヴァイゼルは、先ほどと同様に僕たちとの差を見せつけた。今回、彼は模型の顔、M スキの鼻の両側に、U S という二つの文字を撃ち抜いてみせたのだ。

　その夜のことを記憶から呼び起こすと、僕の口内にはレンガ工場の埃の味がして、耳には射撃の鈍い響きが反響し、薬莢の床に落ちる音が聞こえるが、ヴァイゼルがどんな政治的傾向をもっていたのかは今でもさっぱり分からない。そもそも彼は政治に興味があったのだろうか？　模型以外それを示すものは何もない。一体何が M スキとスターリンとアイゼンハワー司令官を結びつけるというのか？　そこには論理的一貫性が何もないではないか。おそらくそんなものはなかった。もちろん例の鷲と鉄の鉤十字をのぞいては。

*1　ダビデの星を意味する。

しかしこれですべてではない。エルカが模型を動かすと、ヴァイゼルは弾薬用の櫃から切手アルバムを引っ張り出した。そう、それは硬い表紙がついて、ボール紙でできた各頁にセロファンの保護用シートの縞がまるで光の筋のように並ぶ、本物の切手アルバムだった。ピョートルのように、その年ごろ切手を集めていた者なら誰しもそんな宝を見たら目を見張ったものだ。中には、ほとんどすべての頁に二種類のポーランド総督府の切手が均等に並べられていた。一つの列にはヒトラーの切手、二つ目の列には、占領期ハンス・フランクが管理下に置いたバベル城の広場の切手が。それらの切手にはスタンプが押されておらず、ヴァイゼルは、まず深紅、次にカーキ、続いて緑、最後には濃紺という具合に、それらを色別に並べていた。ヒトラーの顔のついたものは明らかに最も数が多く、ほとんどすべての頁にあの髭を生やした陰気な顔がパレードの隊列のごとく平行に並び、僕たちを見つめていた。

「アドルフじゃないか！」ピョートルが囁《ささや》いた。「店じゃ一枚二ズウォティはするぜ！」

実際それらの切手は旧市街の切手専門店が買い占めており、収集家の間では大抵アドルフと呼ばれていた。

もっともヴァイゼルのコレクションは普通の切手コレクションではなかった。僕たちがすべての収集切手を見終わると、彼は深紅色の総統の肖像を五枚取り出し、切手アルバムを閉じて、正面の壁に歩み寄り、一枚ずつ唾をつけてレンガに貼り付けた。

「さすがね」ヴァイゼルがこちらに近づいてくると、エルカが言った。「まだ新しいように糊がくっついたわ」

そうこうする間に彼は弾倉を確かめ、まるで射撃競技をするように開脚姿勢で立った。弾が一発発射されるのに三秒以上はかからなかったので、肖像めがけて行われる射撃を一回ずつ数えたとしても、全工程にかかった時間は二十秒にも満たなかった。僕は思い出す。僕たちが結果を確かめようと壁に近づいた時、第三帝国の総統の貼られた場所がいとも簡単に見つかったことを。銃弾はすべて切手に命中し、切手をずたずたに引き裂いていたので、縁のギザギザやマッチ棒の頭ぐらいの色鮮やかな紙片が所々わずかに残っているだけだった。五枚のアドルフのうち、残っているものは一つもなかった。

「もう、オリンピックに出場することだってできるかもしれないわね」エルカが得意げに言った。

ヴァイゼルはパラベラム銃を櫃にしまい、僕たちに帰宅するよう命じた。

「何日かしたら知らせるから、ここに来いよ。とりあえず、これを持っておけ」そう言って、彼はシメクに小さな本を、僕に別のパラベラム銃を手渡した。

森の手前で僕たちはその本とパラベラム銃を吟味した。印刷物は戦前に書かれた短銃の射撃説明書で、パラベラム銃には弾倉がなく、撃針も欠けていた。そう、ヴァイゼルは「射撃の訓練をしろ。ただし誰にも見られないように」と言ったのではなかった。彼は僕たちに宣誓させ、説明書と安全装置を外した拳銃を与えた。誰がこんなふうに振る舞えるだろう？　学校の秘書室にいた時には分からなかったが、今になって僕は、彼がそういうやり方で自分の本当の活動を偽装していたのだと思う。なぜなら、彼がパンの笛の音色にあわせて踊り、空中に浮いたのを僕たちが目にしたあの日、僕たちが彼のトランスの目撃者となったあの日、彼は僕たちが現れることを予期しておらず、エルカ以外、誰にも見られたくないと思っていたのだから。そういう状況で彼に何ができただろう？　彼はまず僕たちの手に玩具を一つ握らせ、そのあと別の玩具を与え、僕たちがそれらをどう扱うか時々テストしたのだ。

しかし、もし僕たちがやってくるのを彼が待ち構えていたのだとしたら、と僕は思い巡らした。彼が僕たちを待ち伏せしていなかったなどということが、どうしてあり得るだろうか？　ひょっとして、彼は僕たちにあんなに早く居場所をつきとめられるとは予想していなかったのではないか？　すべてはずっと後に、全く別の状況で起こるはずだったのではないか？　そんな風に彼は僕たちの好奇心を掻き立て、それを全く別の軌道に乗せて操作した。実際僕たちは、あの夜のことや狂ったようなダンスのことを、エルカはおろか、彼にも一度だって尋ねなかった。僕たちに拳銃を与え、自分の射撃を見せることで、彼がもっと重要なことから僕たちの気を逸らしているとは、夢にも思われなかった。だって、聞いたこともない声と理解不能な言語によって行われたスピーチや、空中浮揚に比べれば、射撃の腕前を披露することなど、たかが知れているのだから。たしかに、あの時から僕たちはヴァイゼルを指揮官とみなし、彼のパルチザンになろうと考えていたかもしれないし、もしかすると、すべては蜂起とともに終わるとさえ想像していたかもしれないが、地上半メートルの空中浮揚がどうして一人の人間に可能なのかということについては、深く考えてみようとしなかった。ヴァイゼルは――もし比喩を用いてもよいなら――、僕たちを彼自身の神聖さという玄関の間に通し、入り口のカーテンを、つきあたりの壁と偽称したのだ。

しかし、彼は僕たちに何を伝えたかったのか？　いや、何も気づいていない僕たちに、何を納得させたかったのか？　それはシメクとの会話でも、エルカとの会話でも話題にならず、残るは、僕がまだ一度もヴァイゼルについて話したことがない、ピョートルのみだった。ちょうど二年前、正確に言えば、二年と一ヶ月前（というのも、僕がこれを書いている今、十月末になろうとしているからだが）、つまり二十五ヶ月前、僕はそのことについて話そうと決心した。僕はピョートルのところへ行く時はいつも墓碑プレートの縁に座り、しばらく沈黙する。お互いが相手の存在に慣れるのを待つのだ。その九月の午後も、まったく同じだった――僕はまず、セメントの石板から葉っぱや砂や松の葉を取り除き、しばらくしてからようやく話し出した。

「そこにいる？」

「ああ、もう諸聖人の日*1かい？」

「いや」

---

*1　すべての聖人と殉教者を祝福するために定められた、カトリックの祝日。毎年十一月一日、花とろうそくが墓にたむけられる。夜になると墓地全体がろうそくの光に包まれ、幻想的な雰囲気になる。

「どうして来たんだい？　何も話さないのか？」

「シメクが逮捕されたんだ！」

「何があった？」

「ビラを印刷して、今は刑務所の中さ……。なぜ何も答えない？　そんなことはどうでもいいか？」

「政治に関われば、そういう事態は覚悟の上だろうな」

「ピョートル、関係ないヤツの話みたいに言うなよ」

「だって僕は無関係だからね」

「関係のあることは何もない、みたいな口ぶりだな」

「死後の世界の人間に関わりのあることは多くない」

「そんなこと信じられない」

「いつか君にも分かるよ」

「脅かすなよ」

「脅かしてなんていない。当たり前のことを言っているんだ」

「僕にはそんなに当たり前のことじゃないな」

僕たちは黙り込んだ。墓地の上空、はるか上の方で飛行機の滑空音が鳴り、遠くから埋葬の歌のメロディーが聞こえ、並んだ墓石の間を吹きぬける風が乾いた草や葉っぱを運んできた。

「僕らはなぜ黙っているんだろう、ピョートル？」

「ひょっとしてシメクの話でなく、別の理由があってここに来たんじゃないのか」

「そのとおり。彼のことを話すためだけに来たわけじゃない」

「じゃあ、何だ？」

「僕はヴァイゼルのことを聞かないといけないんだ！」

「聞かなくては、ってなぜ？」

「ヴァイゼルは僕を放っておいてくれないんだ。数年前からどんどん酷くなる。彼は僕らを何のために必要としたんだ？　あいつは僕らを何のために巻き込んだんだ？　馬鹿げた憶測や問いを残すだけのためだったのか？　何年もの間、僕らを悩ませ苦しめるためだったのか？　なぜ何にも答えないんだ、ピョートル？　なぜ今になって、そこにいないようなふりをするんだ？」

「君は年に一度だけ来てくれればいい。質問はするな。忘れたのかい？」

「忘れたわけじゃないよ、ピョートル。でも、僕にとっては……」

「例外はなしだ。もう行けよ、僕は疲れた」

そうだ。二十五ヶ月前も、僕がピョートルから聞いたのは「もう行けよ、僕は疲れた」という言葉だった。それは僕がした、いや試みた、ヴァイゼルについての最後の会話だった。のちに僕は、すべてを明らかにするには他の方法がないと知り、書き始めたのだ。

こうして僕たちは、弾倉も撃針もないパラベラム銃と射撃説明書だけでなく、勇ましい計画と良いアイデアも手に入れた。ヴァイゼルは単なる奇術師ではなくなった。若い年齢にありがちな軽率さとのびやかさで僕たちがめぐらしたヴァイゼルについての考えは、カルデアの魔法使い[*1]や大道芸人よりもむしろ、ロビンフッドかフバル少佐[*2]の方へ傾いた。やむを得ないことだった。

　しかし訓練は延期された。翌日、農民の祈禱《きとう》週間——自然界の秩序回復、つまり、雨乞いのための礼拝——が始まったからである。家々では、まず母親が子供たちの身体を洗い、清潔な服を着せた。夫たちは白いワイシャツを身につけ、中には猛暑にもかかわらず、ネクタイを締め、新調した黒い背広を着こむ者もいた。気温三十二度とあっては汗の匂いは誤魔化しようもなかったが、彼らは仕上げに香水をふり、家族を通りに連れ出し、徒歩もしくは市電でオリヴァの大聖堂へ向かった。荘厳な第一回目の礼拝には司教の出席が予告されており、疲弊した人々に向かってどのようなお言葉をかけられるのか、皆興味津々だった。二回目以降の礼拝は、毎日十八時からそれぞれの教区で行われることになっていた。それが、その日朝早くからてんてこ舞いだった母が、僕に言って聞かせたことのすべてだった。とはいえ、母は僕が逃げ出すことを怖れたに違いない。僕がそばから離れることを半時間と許さなかった。

　そろって大聖堂へ入る前、僕は千の声による嘆願の歌を聞いた。中へ入ると、ヴァイキングの船のように細長い内部ではもう、歌、祈り、パイプオルガンの低い音色、人々の汗、香水、炊いたお香のにおいが混じり合い、畑や湾における収穫の回復と降雨を嘆願する切々たる祈りとなっていた。農民と漁民の代表団は一列目に跪《ひざまず》いていた。まるで彼らの祈禱が最大の効力をもつかのように、あらゆる目が彼らに注がれていた。

「異教の時代に」と始めた司教の姿は、遠い説教壇の金色の花輪に埋もれて見えなかった。「旱魃が来て、我々の先祖は、彼らの神の許しと恵みの雨を得るために血なまぐさい生贄《いけにえ》を捧げた！　しかし我々の神は、マリアとその子のお姿を借りて、我々にあふれんばかりの愛と恩恵を与えて下さるのであり、福音書を信仰の拠り所とする我々は、迷信や偽りの信仰に囚われはしないのである。我々のために血を流されたキリストは、最大かつ最後の犠牲を捧げられた。あのキリストは、我々が農民、漁民、そして我々皆のために捧げる謙虚な願いに耳を傾けて下さる！」

パイプオルガンが低く鳴り響いた。「聖なる神よ、神聖で強く不死身の神よ、我々を憐れみたまえ」という声が千の咽喉から発せられた。全員が歌っていた、僕は、壁にかかっている巨大な肖像画の司教や高位聖職者や大貴族が、僕たちと一緒に歌っているに違いないと思った。

＊1　カルデア人とは、紀元前十世紀頃メソポタミアに移住したセム系遊牧民諸部族の総称で、紀元前七世紀、新バビロニアを建国した。天文学・占星術を発達させたことで知られる。

＊2　本名ヘンリク・ドブジャンスキ（一八九七―一九四〇）。別名フバル。第二次世界大戦中ナチスドイツに対する抵抗運動で数々の伝説を残したポーランドの英雄。

「主イエス・キリストを敬愛する人々よ」と司祭は続けた。「罪はしばしば我々を悪い道に導き、神から遠ざける。しかし、神は我々を試しておられるのだ、我々が正気を取り戻して、美徳と寵愛の道へ帰り、偽りの預言者やあらゆる誘惑を退けるように！」

「神よ、飢え、戦争、予期せぬ死から我々をお救い下さい」という声が、空のように高い丸天井の下で反響した。司教は言った。「さあ、ともに考えよう、我々の心にどれほどの悪と罪と不正が巣くっているか。そして、そのことが、我々に試練を課しておられる神のお怒りをどんなに招いているか！お前たちの幾人が、金銭、放蕩《ほうとう》、偽りの神々の信者になったことか。強情で愚かな人々よ、お前たちの幾人が、お前たちが考える安易な暮らしのために信仰と神を棄てたことか！　幾人だ？　答えよ、お前たち！」

大聖堂に静寂が訪れた。頭を垂れた人々は、魂の牧者の厳しい言葉を従順に受け入れた。

「私が答えよう。親愛なる人々よ、お前たちの多くが神の命に背き、悪の道に堕ちていった。彼らが心の中で罪を悔い、償うことを願おう。マリアが我々のために、父なる神と子イエスの赦しを得て下さることを祈ろう。天から豊かな恵みの雨があらんことを。もし天からの恩恵が不足しなければ、地上のそれも不足することはないであろう、アーメン」

魂の牧者の口からこれらの言葉が発せられた後、パイプオルガンがさらに力強く鳴り響き、「イエスよ、我々の願いを聞き給え！　聞き給え、聞き給え、どうか我々に奇跡を！」という声が大聖堂を隅々まで満たした。人々はそっと涙をぬぐい、僕は後方をじっと見つめた。そこでは、天使がサーベルのように長く反《そ》ったトランペットをもって立ち、大きな星々が回転し、天使のようにつややかで愛らしい顔が頬を膨らませて笛を吹き、パイプオルガンのふいごを踏み、鈴とトライアングルとシンバルを鳴らしており、金銀、大理石、木でできたすべてのものが鳴り、動き、永遠の栄光を称える音楽を奏でていた[*1]。

夜になると、その夏はじめての嵐が街の上を通り過ぎ、人々は皆、それを神の御印であるとともに、「司教枢機卿の特別な神聖さのあらわれであるとみなした。「司教がいらっしゃらなかったら、雨は一滴も降らなかっただろう」と人々は言った。しかし雨は半時間も続かず、空は再び晴れわたり、何もかも元通りとなった。湾内の悪臭を放つ魚のスープ、窒息させるような蒸し暑さ、地上の旱魃。

翌朝僕が母に頼まれてジャガイモを買いにツィルソンの店へ行くと、列に並んだ女たちのおしゃべりが聞こえてきた。

「そうなのよ、あなた」と一人が言った。「もし皆が聖餐式に行っていたら、三日三晩雨が降ったでしょうよ」

「まったく、人なんて当てになりゃしない」二人目が突然怒り出した。「皆教会に行くことは行くのよ。聖母の祝日に祈りにいく人だっている。でも、家や職場では何もかもさっぱり忘れてしまうんだ

＊1　オリヴァの大聖堂のパイプオルガンはヨーロッパ屈指の装飾で知られる。

わ。給料日には豚みたいにがぶ飲みするし、党書記に聞かれたらすぐに、信じているのはマルクスだけだと答える。労働者にしてみたら、福音書よりもマルクスのほうが信頼できる信仰だとでも言うのかね！」

「それでもカトリック教徒なのかしらね？」三人目の女が割り込んだ。「そんな人が天国に来たら……まったく冗談じゃない！」

「ねえご覧よ、小麦粉と卵とジャガイモが値上がりしてる」最初の女が言った。「この日照りときたら、お手上げだ！」

「戦争になるよ」二人目が身震いしながら言った。「値段が上がると、いつもきまって戦争になるんだから」

僕はそんな退屈な話をもうそれ以上聞いていなかった。なぜなら僕の頭にはすぐに、大聖堂の説教壇で金色の花輪に囲まれて立つのは司教ではなく、黄色の翼の男であるべきだ、そして信者たちは希望や愛の言葉より恐ろしい狂気の予言を聴いた方がよい、という考えが浮かんだからだ。もし司教が黄色の翼の男のように、荒廃と主の怒りという恐ろしいイメージを群衆に示していたら、もし彼が血や死体や背信に対する罰について話していたら――と僕は考えた――、もっと多くの人々が跪き、胸を叩いて「私の罪、私の大罪！」と告白しただろう。司教は一体誰に代わって話したのだろう？　そして黄色の翼の男は？　こうした質問に答える代わりに、その後起きたことを述べることにしよう。

前日ピョートルはパラベラム銃を自宅の地下室に隠したが、その南京錠を家の玄関のクローゼットに置いた。不運なことに、彼の父親が出勤する際うっかりそれを持っていってしまった。というわけで、僕たちは家を囲む枯れた庭の一角で、死ぬほど退屈しながらピョートルの父親の帰りを待たなければならなくなった。

二時頃だったろうか、僕は、コロテクの奥さんが洗濯物で一杯のかごを抱え、通り過ぎるのを見た。

「やれやれ」と彼女は言った。「男ときたら、まったく！」そう言って彼女はかごを地面に下ろし、懐《ふところ》から木製の洗濯バサミを取り出して、下着、ワイシャツ、布巾をロープに吊るした。「苦労の種だね」と彼女は繰り返した。「また雄豚みたいに飲んだくれて、給料をもってこないんだから」

突然僕たちは生まれてはじめて、コロテクの奥さんや、僕たちの共同住宅に暮らしているすべての母親や妻に親近感をもった。なぜなら、その日は給料日だったからだ。

「父さんは四時になっても帰らないよ」とピョートルは言った。「もし鍵を失くしたら？　この間なんかさ」と彼は説明した。「身分証明書の入った財布ごと失くしたんだ！」

「合鍵はないのかい？」シメクが尋ねた。

「馬鹿やろう、もし地下室の合鍵があったら朝からこんな所に座っているかよ」ピョートルが憤慨して言った。

こうなってはもうお手上げだった。僕の父やコロテクさんもそうだが、ピョートルの父親の帰宅が六時であればいいほうで、夜中十二時になるかもしれないことを僕たちは知っていた。

「丸一日が無駄だよ」と僕は言った。「これからどうする？」

その時思いがけずコロテクの奥さんがやってきて、僕たちに救いの手を差し伸べた。空《から》の洗濯かごを抱えた彼女は僕たちのそばで立ち止まり、こう言ったのだ。

「あんたたち、ここで何をしているんだい？」

「いえ、何も。ただ座っているだけです」

「昼はもう食べたのかい？」

「ええ！」

「やることはないのかい？」

「何もありません！」

「この後は？」

「後というと、いつのことですか？」

「そうね、三時とか三時半？」

「いえ、とくに何もありません」

「じゃあ、ちょっと手を貸してくれるかい？」

「いいですよ！　何をしましょうか？」

「いや、大したことじゃないんだよ。『リリプット』へ行ってきてほしいのさ。ほら、ビールを売っている所、知っているだろう？　あたしの旦那、いつもあそこに座っているからさ、あの人を見つけて、そっと伝えてほしいんだよ。あたしが病気で、病院に連れていくために救急車が来たって。いいかい？　あんたたち、やってくれるかい？」

「分かりました」

「私の旦那に何て言うか、言ってごらん！」

「おばさんが病気で、救急車が来て、おばさんを病院へ連れていく。コロテクおじさんはすぐ家に帰らないといけない」

「そう、いい子たちだね！」彼女は満面の笑みを浮かべた。「忘れないでよ、分かった？」

「忘れません。行きます」そう言いながら、もう僕たちは頭の中で、ピョートルの父親から怪しまれることなく地下室の鍵を手に入れる計画を練っていた。ピョートルの父親がコロテクさんと一緒にいることは間違いなかったから。

　酒場「リリプット」はプロイセン兵舎の真向かいにあり、それらにかつて隣接していた駐屯部隊の礼拝堂は戦後プロテスタント教会の礼拝堂となったが、それもその夏閉鎖され、今は新しい大きな映画館に改築されていた。暑い日は、毎日朝からその建物や小さな庭に酔っぱらった男たちがひしめき、そんな日には喧騒が遠くからでも聞こえた。酒場「リリプット」は、普段は女性が出入りしない施設の一つだった。「リリプット」ではウォッカは販売されず、客は書類鞄や上着のポケット、ズボンのベルトの間に忍ばせて入店し、泡立ったビールをジョッキ何杯か頼むと、それを透明な蒸留酒でいいあんばいに強めて飲んだ。僕たちの共同住宅のあったヴジェシチ北部に暮らす男たちは皆、少なくとも月に一度は仕事あがりにそこへやってきて、日々の生活の悩みや、将来への不安、忌まわしい思い出から、つかの間解放されるのだった。港で働く男たちは「リリプット」に行き着く頃にはすでに何杯かひっかけていた。というのも、向かう途中、裏門のすぐそばには酒場「マロニエの木」があり、彼らはそこから市電の二番か電車でそこへやってきたからだ。

僕たちが酒場の色あせた黄色の看板を目にしたのは三時二十分のことだった。酒場の中は、手振り身振りを交え大声で騒ぐ男たちでごった返し、金網フェンスは樽の内壁のようにたわんでいた。コロテクさんは隅にあるライラックの茂みのすぐ脇に立っており、その隣にはピョートルと僕の父、さらに二人の男がいて、皆ビールのジョッキを手にしていた。

「クソッタレが」コロテクさんが叫んだ。「あいつらのすることはクソだ。作業班長は会議じゃなく、ボーナスの分配をやるべきだ！」

「そうだ」知らない男の一人が相槌をうった。「まさにそのとおり！」

全員がジョッキをあわせ、飲んだ。僕の父は書類鞄から瓶を取り出し、それぞれのジョッキにウォッカを少しずつ注いだ。

「皆が酔っぱらう前に」とシメクが提案した。「話していることを盗み聞きしようぜ」

僕たちは通りの側からライラックの茂みに近づき、葉陰に身を隠して彼らの会話に耳をそばだてた。しかし、彼らは論じ尽くしたようだった。コロテクさんは僕たちの方に向きを変え、ズボンの前ボタンを外し、ライラックの茂みめがけて黄色い液体を勢いよく飛ばした。その後再び仲間の方へ向き直ったが、ボタンは留め忘れていた。僕たちには見えなかったが、その後に起こったことは、身なりや礼儀作法に構わないとどうなるかを学ぶに十分だった。プロテスタント教会の礼拝堂の映画館改築工事に携わったレンガ職人の一人が、コロテクさんに向かって叫んだ。

「ボタンを留めろ。さもないと、お前のカナリアが飛んでいくぞ！」

彼を囲んで立つ男たちがゲラゲラと笑った。

コロテクさんはジョッキの中身を飲み干し、ワイシャツの袖で口元をぬぐうと言い返した。

「で、お前の手は干からびるっていうわけだ、この馬鹿が！」

「なんで？」

「聖なる場所から十字架を取り外した腕は、いずれ干からびるのさ」

やりとりは、他の人々の声も加わることでますます加速した。

「あれはルター派の、ドイツの礼拝堂じゃないか！」

「ルター派であろうがなかろうが、十字架は十字架だろう！」

「お前だって命令されたことをやっているだろう！」

「おい、皆、ここに賢人ぶったやつがいるぞ！」

「金が払われればお前もやるだろう！」

「お前は金のためなら自分の糞でも食うもんな。十字架を外すのなんか、大したことじゃないよな！」

「はっはっ。まぁ、せいぜい気をつけろよ」

「何だよ?」

「同志よ、せいぜいチンチンをちゃんとしまっとけよ。さもないとちょん切られるぞ」

「失礼、こちらにいらしたのは同志でしたか。おい、皆聞けよ、同志がお話になるぞ!」

「お気に召しませんかな?!」

「党では年長者との話し方も教えないのか?」

「お前は党に何か文句でもあるのか?」

「文句があろうがなかろうが、礼儀作法ぐらいはお前に教えてやるぞ!」

「やってみろよ!」

「その気になれば、やってやるさ!」

「はっはっはっ、ここに小便たらしの信仰擁護者さまがいたとはな!」

「もう一回言ってみろ!」

「何を?」

「お前は自分のおふくろの名前も忘れるんだろう、このまぬけ。聖母マリア様はお前をお助けにならないだろうよ!」

「この小便たらしの、マリア様の擁護者め……」しかし、レンガ職人はそれを最後まで言うことができなかった。なぜなら、コロテクさんが彼に向かって投げつけた空《から》のビールジョッキが、彼の頭を飛び越え、別の誰かに命中したから。

一瞬、辺りは静まり返った。そして突然、蜂の巣をつついたような騒ぎとなった。ジョッキをぶつけられた男の仲間はレンガ職人らに飛びかかったが、それはただ彼らが最も近くにいたからだった。レンガ職人らは同僚を助けようとして、本来殴るべきではない相手を殴った。拳は拳と、胸は胸とぶつかり合い、ビールジョッキは頭に当たって割れ、足は足を蹴飛ばした。付近の兵舎から出てきた兵士たちは、重いベルトを外すと辺りかまわず殴りつけた。やがて喧嘩《けんか》は酒場の中でも激しくなり、それは、窓ガラスや窓枠もろとも叩き割られた机の断片が宙を飛ぶのを見れば明らかだった。通行人は歩調を緩め、いぶかしげに中を覗き込んだが、喧嘩をしている当人たちでさえ、なぜ、何のために殴り合っているのかを説明することはできなかった。群衆の身体が垣根に押し付けられ、錆びついた金網フェンスは紙の糸のように破れた。十数名の男たちが舗道に倒れ込んだ。

「警察だ、警察がくるぞ！」誰かが大声で警告した。「逃げろ！」

グリュンヴァルド通りの方からサイレンの音が近づいてきた時、僕たちは、折り重なった酔っぱらいの身体の下からコロテクさんと僕の父とピョートルの父が這い出し、その場所でその直後に行われる一斉検挙から逃れるべく、大急ぎで家の方へ走っていくのを見た。

こうしてズボンの前あきボタンを留め忘れたおかげで、コロテクさんは——目を腫《は》らしワイシャツを血で汚してはいたが——十八時前に帰宅し、僕たちはその半時間後パラベラム銃を手にし、訓練を始めることができたのだ。

話の始まりはそもそも何だったか？　香煙がたちこめ、その雲の中から思いがけずヴァイゼルが現れたこと。それにしても、なぜ僕は話し続ける代わりに引き返し、回帰し、繰り返すのか。一見単純明快に見えるのに、少し考えると突然こんぐらがって不明瞭となり、最終的には意味不明となる文章がある——様々な人が口にし、予期せぬ時に思い出され、我々の心の平安を乱す文章が。

たとえば、「私の国はこの世に属してはいない」*1とはどういう意味なのだろうか。ドゥダク司祭は僕たちにこの言葉の意味を再三説明したし、のちに僕は彼より賢い人々がこの言葉を引用するのを一度ならず聞いた。しかし、賢明な注釈を沢山つけたからどうだというのか？　それが含意することをすべて説明できたからどうだというのか？　口をそっと開き、大声もしくは小声でそれを音読する時、その意味をもう一度考える時、僕は不安と恐怖に、最終的には絶望に圧倒される。その文章は単純明快ではなく、考えれば考えるほど不確かさが大きくなり、底なしの黒い穴が目の前に現れるからだ。

ヴァイゼルに関しても同様だった。ほんの短い間姿を現し、すぐにいなくなってしまった彼という人物は、そうした一見分かりやすい文章に譬《たと》えることしかできない。もちろんそれは単純な類比《アナロジー》ではない。ヴァイゼルは僕たちのいる前で宗教的なテーマについて意見を述べることは一度もなかったし、精神生活——どうやらそこには誰も近づけないようだったが——については、なおさら皆無だった。しかし、もし彼をそうした文章に譬えようと思うなら、僕はそれを何度も繰り返さなければならない。理解不能なものでも百回も繰り返していれば、いつかは唖然とするほど単純明快であることが分かるのではないかと願いながら。

僕はどこまで話しただろうか？　そう、半時間後、僕たちはパラベラム銃を手にし、訓練を始めることができた。しかし僕たちの意思とは裏腹に、その日僕たちは射撃説明書をめくることも、拳銃の構え方を練習することも、照門と照星を合わせることもできなかった。五時を数分すぎてブナの丘《ブコヴァ・グルカ》の方へ向かおうとしていた時、三階の窓からピョートルの母親が僕たちを呼び止めた。

「あんたたち、どこへ行くの？　家に帰って、シャワーを浴びて、着替えなさい。六時には礼拝があるのよ。忘れたの？」

仕方がなかった。彼女が僕たち三人の母親を代表してそう言ったのは明らかだったので、僕たちは従うしかなかった。そう、当時は——今も存在するが——母親たちの国際連盟のようなものがあったのだ。ちょうど給料日に飲んだくれる父親たちの国際連盟があったように。

僕はドゥダク司祭の礼拝について事細かに話すつもりはない。この世のすべてには原型があるらしく、司祭はその日、司教枢機卿の身代わりに過ぎなかった。祈りと歌が終わり、古い足踏みオルガンの最後の音色が演奏者のかすれた裏声とともに消えると、僕たちは教会から表へ出て、森からまっすぐに伸びた砂まじりの道に集まった。人ごみの中からエルカが現れ、僕たちの方へやってきた。

「調子どう？」彼女は尋ねた。「楽しんでる？」

＊1　ヨハネ福音書十八章三十六節。捕らえられたイエスが、尋問する総督ピラトに対して言う言葉。

僕たちは彼女が言いたいことが分からなかった。まだ一度も実現していない射撃訓練のことなのか、それとも、今しがた終わった礼拝のことなのか。

「何の用？」

「あんたたちに話があるの」彼女はいたずらっぽく微笑んだ。

「用があるならさっさと言って、あっち行けよ。忙しいんだ」ピョートルは投げやりに言った。

エルカはきらりと光る白い前歯をむきだして笑った。

「馬鹿ね！　伝言があるのよ」

「ヴァイゼルから？」

彼女は頷いた。

「明日五時、谷の射撃場の裏に来なさいよ。その時には、あれを」と彼女は指でピストルの形を作ってみせた。「忘れないで。分かった？」

その時すべては明らかだった。ヴァイゼルが僕たちに見せようとしている物、あるいは僕たちに命じようとしていることが何なのか、という点を除いては。僕たちに分かっていたのは、夏休みの最初の一ヶ月が過ぎてしまったということだけで、ヴァイゼルとの付き合いがまもなく終わるという予想は誰もしていなかった。

翌日僕たちは、墓地で黄色の翼の男を見かけなかった。

「どこかへ行ってしまったんだ……」「それとも捕まったか……」「いずれにしても、ここにはいない。だって何の痕跡もないよ」僕たちは気づいたことを言い合った。

「じゃ、始めようぜ」とシメクが音頭をとった。

まもなく専門的な指摘が飛んだ。「ちゃんと立て！　そうじゃない！　腕をもっと高く！　肘がついているって言ってるじゃないか！　今度は照準器だ！　引き金を引いて！　そうだ。もう一度！　すぐに撃つんだ。標的を捉えたら、すぐに引き金を引くんだ。そうだ、いいぞ。今度は僕の番だ！」

太陽はもうとうにてっぺんを越えていたが、僕たちは——正しい姿勢で発射の構えをし、安全装置を外したパラベラム銃の動かない引き金を引くという——同じ訓練を、飽きるほど繰り返した。シメクは定期的に地下聖堂のてっぺんに立ち、フランス製の双眼鏡で辺りを見渡した。僕たちがやっていることはすべて地下活動であり、本物の戦闘に向けた準備だったからだ。のちに僕たちは、戦前に書かれた説明書の指示どおり、跪いた姿勢での射撃、拳銃を腰につけた状態からの射撃、横になったままでの射撃を練習した。

「本物の拳銃さえあれば」ピョートルがきっぱりと言った。「僕らはもう銀行襲撃だってできるな」

しかしシメクは別の意見だった。

「パルチザンも蜂起参加者も銀行襲撃なんてしない」

しかし僕は、抵抗運動活動家が金庫を襲い、武器もろとも組織の活動資金を入手する映画を見たことがあると言った。「占領下時代だったから、すべてはドイツ人から分捕られたわけだけど、今は……」

シメクは負けを認めようとしなかった。「今はどうなんだよ?」

彼の問いは答えのないまま残された。結局それを決められるのはヴァイゼルただ一人であり、僕たちはそれを彼に委ねることにしたのだ。

昼食後、五時までまだかなり時間があったので、僕たちは再び墓地へ行った。しかし訓練はそう長く続かなかった。ブレントヴォへ続く鉄道の築堤を、Mスキが虫取り網も植物採集箱も持たずに歩いていた。彼がお馴染みの持ち物を携帯していたら、僕たちはその後をつけたりはしなかっただろうが、彼が手ぶらで足早にいく姿は僕たちの好奇心を掻き立てた。Mスキは築堤を通って爆破された橋まで行ったが、そこは廃線となった線路がレンビェホヴォ幹線道路と交差する場所だった。舗装道路を横切った彼は、その場所から見上げる位置にある築堤へは戻らず、緩やかに傾斜する小道を下っていった。ついにストシジャ川が鉄道の築堤の下の細いトンネルを通って流れる場所にたどり着くと、一度も振り返らずに沢の上流をめざした。

「あっ!」とシメクが指さした。「誰かが待ってるぞ!」

三百メートルほど先だろうか。その人物は、谷川べりに生い茂るハシバミやハンノキに囲まれた小さな空き地にいた。Mスキはそのそばで立ち止まった。僕たちは腹ばいになって最後の二十メートルを進み、二人に接近した。

Mスキは芝生の上で黒髪の女性の隣に座っていた。彼女は料理かアイロンがけを中断してやってきたばかりの主婦のように見え、教師の手は彼女のエプロンの下をまさぐっていた。

「だめよ」と女性は言った。「今はだめ。もうここへ来ちゃだめって言ったでしょ！　私たち、どこか別の場所で会わなくちゃ」

「じゃあ君は何しに来たんだ？」Mスキはエプロンをはぎとり、その手で女性の太ももを、まるで雨の日の車のワイパーのように撫でまわした。「もう一度」彼は懇願した。「もう一度だけ」

「だめよ、だめよ」と彼女は言いながら、Mスキのズボンのボタンを外した。「いつもみたいにする？」彼女は小声で彼に尋ねた。

「ああ、いつもみたいに頼む」と彼は答えた。

彼女とMスキは立ち上がり、彼女はワンピースを、Mスキは滑稽な白いズボン下を脱いだ。そして彼女は一回、二回と、渾身の力を込めてMスキの顔を殴った。

「ああ！」僕たちは彼の叫び声を聞いた。「もっと！」

すると彼女はたてつづけにMスキの顔を殴り、僕たちは彼のほくろだらけの両肩が、殴打に合わせて上下するのを見た。

「もっと、あと少しだけ」Mスキは荒い息で言い、彼女は殴る手を変えて、彼の顔をさらに叩いた。突然Mスキはぴんと張った弦のように直立し、身体を震わせた。僕たちの目には彼の震える臀部が見えた。

「ああ！」と教師はため息まじりに言った。

「おしまいよ」女性は言い、ワンピースとエプロンを身につけた。Mスキは立ったまま脱げ落ちたズボン下とズボンを引き上げ、丸まった紙幣を取り出すと、それを彼女に、まるで車掌に列車の切符を渡すように手渡した。

「次の時は」彼女は言った。「ここには探しにこないで」

「じゃあ、どこで？」

「前回と同じ場所で」

「わかった。じゃあ来てくれるんだね？」

彼女は「行くわ、行くわ」と言うと、もと来た谷の上流へ向かい、Mスキはズボンとワイシャツを整え、別れの挨拶もなしに帰途についた。

「変なの！」ブレントヴォの方へ速足で向かいながらシメクが言った。「あいつは普通のやり方で彼女に触ることができないのかな？　彼女の上に乗っかりもしなかったぜ！」

「乗っかろうが乗っかるまいが」ピョートルは憤慨して言った。「なんて卑猥なんだ！」

「馬鹿馬鹿しい」シメクは続けた。「ヤネクの姉さんが、家の屋根裏部屋で彼氏とやっているところを見れば、本当はどうやるのか分かるぜ！」

「その二人はなんで森へ行かないんだい？」と僕は尋ねた。「屋根裏でしかやらないのかい？」

「冬だったんだよ、このまぬけ！」シメクは僕のわき腹をつついた。「さあ、もうすぐ五時だ、急ごう！」

僕たちは氷堆石地帯《モレーン》の斜面を斜めに駆け上った。走る僕たちを阻むのは、膝丈までのびた草だけだった。左手の遠く下の方に射撃場がぼんやりと見え、右手の森のはるか向こうに絵に描いたような青い海が広がっていた。

「あんたたちときたら。すごい音をたてて。象の大群かと思ったわ」僕たちを迎えたエルカは文句を言った。「十五分遅刻よ」

しかし、遅刻の理由を説明できる者は誰もいなかった。

「さあ」とエルカは言った。「あんたたちが参ったと思うようなものを見せてあげる！」

誰に対して、何に対して参ったと思うのか。彼女はただ「参ったと思うようなもの」と言っただけで、それ以上何の説明もしなかった。

ヴァイゼルは発電機のつまみをひねった。すると、谷の端で腹ばいになっていた僕たちの目に最初の爆発が見えた。それはもう述べたように、垂直に渦巻く空色の雲の柱だった。そう、それはヴァイゼルが射撃場裏の谷でやってみせた最初の爆発だった。約束の場所に速足で向かっていた時、僕たちのうちの誰がこんなものを予測できただろうか。僕たちは射撃テストに備えて準備していたのだ。今回ヴァイゼルは、またもや魅惑的かつ予測不能なもので僕たちを驚かせた。彼が次の炸薬をセットすると、爆発の轟音が再び空を引き裂き、上空では二色の雲が渦巻いたが、まもなくそれは朝霧のように溶けて消えた。彼が何を望もうと、僕たちは彼にならい一回どころか十回でも宣誓をし、彼が欲することは何でもやる覚悟だったが、彼は落ち着き払って何も言わなかった。

エルカは、射撃説明書と使い古しの拳銃を僕たちから取り上げ、次の会合は翌日の午後早い時間に地下室で行う、とだけ言った。僕たちはその続きを待つように、そわそわと落ち着きなく立っていた。

「帰っていいよ」とヴァイゼルが言った。「今日はこれで十分だ」

「明日は射撃をするんだろう？」シメクがおそるおそる尋ねた。

ヴァイゼルは何とも答えなかった。代わってエルカが言った。

「くだらないことで彼を悩ませないで！」それはまるでシメクが無作法な振る舞いをしたかのようだった。「彼にはあんたたちの射撃より重要な仕事があるの！　あんたたちは何も聞かず、ただ彼に従ってちょうだい。分かった？」

それ以上、何を言うことができただろうか。夕方になると、やることがなくなった僕たちはゴミ箱の上に置いた空き缶をパチンコ銃で撃ち落としながら、こんな風に話し合った。

「だから言っただろう？　あいつは何かすごいことを計画しているって」

「たとえば何？」

「それは分からないけど。街中がその話題でもちきりになって、僕らが新聞に載るようなことさ」

「馬鹿だなぁ。僕らのことなんか新聞に載るかよ！」

「載るさ！」

「だけど、あいつ、本当に何をやるつもりなんだろう？」

「僕らは捕まったら刑務所行きだな」

「何の罪で？」

「拳銃所持？　あるいは発電機か、爆発か？」

「だって、あれは僕らのものじゃないよ！」

「そんなこと関係ないよ。僕らは一緒にいたんだから」

「で、あいつは何を計画しているんだと思う？」

「蜂起！」

「はぁ？　蜂起は街中でやるもんだろう、バリケード作ってさ」

「パルチザンの闘いだ！」

「僕らだけで？　たった五人だぜ」

「僕らだけって、どうして分かるんだよ。ひょっとしたら僕らみたいなグループをいくつも従えていて、秘密を守るために互いの存在を知らせないようにしているのかもしれないじゃないか」

「なるほど！」

「もしかしたら、動物園の門とすべての檻《おり》を爆破して、猛獣を解放するつもりなのかな？」

「もしそうなったら、ライオンがグリュンヴァルド通りを歩くんだぜ！」

「歩くんじゃないよ。子連れのお母さんに襲いかかる。で、僕らが飛んでいく。ばきっ！　ライオンはやっつけた……ばきっ！　虎はやっつけた……ばきっ！　黒豹はやっつけた！」

「黒豹はあいつの担当だろう！」

「それもそうだ。で、僕らがそれらの猛獣を全部やっつけると、新聞記者が僕らの写真をとるんだ。想像できるかい？　第六十六小学校の生徒、猛獣から通行人を助く！」

「肝心なのは船だと僕は思うな」

「どんな船だい？」

「訓練が終わったら、港の船を拿捕《だほ》しようぜ！」

「港じゃなくて停泊地だろ！」

「ああ、停泊地でもいいよ。あいつは橋を見張り、僕らはキャビンと船倉を見張る。それから出発だ——カナダへ！」

「アフリカへ！」

「アフリカじゃない。カナダだってば」

僕たちは、パルチザンの闘いとカナダ行船舶拿捕の間を行きつ戻りつしながら会話を進め、錆びた空き缶めがけてパチンコ銃を発射した。自転車チューブでできたパチンコ銃を勢いよく引けば引くほどゴミ捨て場には石がたまり、気づくと辺りは薄暗く、帰宅する時間になっていた。

ただ一つ——僕たちはなぜMスキの話をしなかったのか？　彼と黒髪の女性が沢で密会していたことについて、ズボンとズボン下を脱ぎ顔を殴られていた教師の姿について、僕たちはなぜ思考をめぐらせなかったのか？　あの男は、生物の授業中や授業の合間に細い通路を行ったり来たりして僕たちを震え上がらせるMスキと同一人物なのだろうか？　もしかしてヴァイゼルの方がMスキの秘密より僕たちにとって身近な存在だったのか？　それとも、悪癖というものを僕たちがまだ知らなかっただけなのか？

その夜みた夢を僕は今でも覚えている。それはディズニー映画のように色鮮やかで、かつ心をかき乱す夢だった。おそらく夜明けだろう、僕は海辺に立っており、動物が水中から次々と現れた。それらは動物園にもいなければ、海外の夢魔《ファウヌス》*1について書かれた書物にも出てこない野獣だった。まず水を滴らせながら姿を現したのは翼のはえたライオンで、それに続いて砂浜を歩くのは、死体を咥《くわ》え低いうなり声を上げる熊だった。そして、緑色をした海の淵からは、四つの頭をもち背中に鳥の翼を生やした黒豹が現れた。行列の最後尾にいた、犀《さい》と虎をかけ合わせたような風変りな怪物には、大きな鋼《はがね》の牙と奇形の雄鹿を思わせる角が十数本あった。何本の角が恐ろしい頭部から生えていたか、十本かそれとも十二本かは覚えていないが、いずれにしてもそれはとくに重要でなかった。獣たちは近隣の漁師小屋に襲いかかり、前足でドアや鎧戸《よろいど》を打ち破り、叩き起こされた男たちを引き裂き、鉤爪で女たちの髪を引き抜き、逃げ遅れた子供たちを漆喰《しっくい》を塗られた白壁に叩きつけた。それは長いこと続いた。恐怖は僕に覚醒を、その悪夢からの逃亡を許さなかった。突然僕は、東の方角から射す陽の光の中に白い服を着た少年を見た。疑いの余地はなかった。ヴァイゼルは手の平を伸ばし、何かあるい

＊1　古代ローマ神話に登場する半人半神の姿をした存在。ギリシア神話のパンと同一視される。

は誰かを指さしていたが、痙攣《けいれん》する身体とねじれた死体が入り乱れる中、それは見えなかった。

ヴァイゼルはまずライオンに近づき、その鷲の翼をもぎ取った。獣は地面に何度も尾を打ちつけながら息を切らして崩れ落ちた。次に彼は片手で熊を押さえ込んだ――すると熊は砂地にへなへなと倒れ込んだ。今度は角の生えた怪物の番だった。ヴァイゼルが角を植物の茎のように引き抜くと、その怪物は膝を折り腹ばいになった。鋼の牙はその口から抜け落ち、丸い十ズウォティ硬貨に変わった。最後にヴァイゼルは、四つの頭をもち背中に鳥の翼を生やした黒豹と対決したが、それは奇妙であると同時に途方もなく恐ろしい光景だった。四組の目と鼻と耳は、すべてMスキのそれだった。つまり野獣の四つの頭にあったのは、Mスキの顔だったのだ。それがどんなに恐ろしい光景だったか、僕は決して忘れない。それはあの動物園の時と同じだった――ヴァイゼルはあの時黒豹を睨《にら》みつけ、彼だけが知っている方法で、それを怯えた子猫、猛獣使いにじゃれつきその手をなめる子猫に変えたのだ。まだ息のある漁師とその家族にヴァイゼルが何と話しかけたのかは聞こえなかった。市電四番がイェリトコヴォのループ線でたてる耳をつんざくような軋み音も、何もかもが波の音でかき消された。ヴァイゼルはすばやく市電に飛び乗り、浜辺から街へ帰っていく旅行客のように去っていった。第二車両の窓ガラスに反射する太陽の光で僕の目はくらんだ。そして突然、汗で湿った寝具の感触がして、僕は自分がベッドにいること、すべてがごく平凡な夢であったことを悟った。いや、本当にごく平凡な夢だったのか？

カーテンの隙間から陽が差し込み、僕をくすぐった。閉じた台所のドアの向こうでは、父が出勤しようとしていた。僕の隣では、昨日一日中アイロンがけをやって疲れ果てた母が、寝息をたてていた。ベッドの上にはビーダーマイヤー調の額縁に入ったチェンストホヴァの黒い聖母像が掛かっており、開いた窓からはオリヴァの市場へ向かう荷馬車のがたがたという音が聞こえてきた。海も、そこから這い出る獣も、白い衣をまとったヴァイゼルも、引き裂かれた漁師たちもいなかった。それらの代わりに、足を引きずりながら廊下を通って洗面所へと向かう隣人の足音が聞こえた。薄い壁で小さな部屋に仕切られたドイツ風の住居では、多くの音が筒抜けだった――隣人が今かみそりを均一に動かしながら髭を剃っているとか、昨日飲みすぎたせいで下痢をしているといった音が。

しかしあの夢はどうなったのか。僕は何も見落とさなかったし、何も付け加えなかった。ゴミ捨て場で話さなかったMスキのことが僕の脳裏をよぎったのだろうか？　その夢はあまりに恐ろしく、僕は最後に懺悔室の格子の前に跪いた時でさえ、ドゥダク司祭がローマ教皇や教理聖省と同じぐらい重要な存在に思われた時でさえ、永遠に脳裏を離れないあの夢の光景について話すことはできなかった。

僕がピョートルの身に起こったことや彼の埋葬がどのように執り行われたかを正確に知ったのは、一九七一年一月のことだった。その時僕は懺悔をしに行ったわけではなかったが、いつものように謙遜と改悛の心で司祭の前に跪いた。

「案ずるな、息子よ。神意は計り知れないものだ。その意味や真義を我々は探求することができないのだ」と司祭は言った。年取った彼のすえた匂いのする息を吸っているうちに、やり場のない怒りと絶望が僕の中に湧き起こった。

「どういうことですか、神父さま」僕は尋ねた。「神が彼の死を望んだということでしょうか」

「そんなことを言ってはいけない、決して！」彼は一息に言った。しかし僕は問い続けた。

「でも神父さま。すべては神のご意思なのでしょう？ ということは、あの死も神にとって何らかの必要性があったということではないのですか？」

「剣で戦うものは剣で死ぬ」格子の向こうから司祭の声が飛んできた。

僕はもう悲しみをこらえることができなかった。咽喉の奥から絞り出された、ほとんど叫ぶような僕の声に驚いて、聞き耳をたてていた敬虔《けいけん》ぶった女たちが皆飛び出した。

「そんなはずはありません、神父さま！ ピョートルは誰とも争わなかったし、投げられた石を拾い上げもしなかった。何が起こったかご存知でしょう、あれは偶然だった！」

「お前はどうしたいのだ？」司祭は僕をさえぎった。「神のおられるところに偶然はない。お前は何を望んでいる？ 神の僕《しもべ》である私が、お前のように吹けば飛ぶような者に向かって神の秘密を説き明かすとでも？ いったいどんな理由で神がお前にご自身の真意を明らかになさるだろうか！ 息子よ、お前は傲慢という罪を犯している。それは重い罪だよ。お前より尊い者が問うても神はお答えにならなかったのだ。知っているだろう、ヨブ記を？ ヨブと比べてお前はどれほど苦しんだか？ こんなふうに問い、さらに怒りで我を忘れるほどか？ ここで必要なのは謙遜の心なのだ、息子よ！ 我々すべてに謙遜と忍耐強さが求められている！ そういうことだ！」

「謙遜を欠いているわけではありません、神父さま」僕は小声で言い返した。「しかし、なぜ公正でない人々が敬虔な人々の実直さを嘲り、名声を得るのですか？　それを変えることはできないのですか？」

「天においてあなたがたが受ける報いは大きい。そして政治には関わらないことだ」

「ピョートルは政治に関わったわけではありません！」

「何が正当かをお決めになるのは神であって、お前ではない、息子よ。他にお前は何の罪を犯したのか？」

「いいえ、神父さま。私は自分の信仰心がだんだん失われていく理由を伺いたくて、ここへ来ました」

「つまりお前は罪を犯したのだ」彼は再び僕をさえぎり、椅子の上で身動きした。「傲慢だけでなく懐疑という罪を！　もう友人のことを考えるのはやめて、祈りなさい！」

「できません！」と今度は僕が彼をさえぎった。「できないんです、神父さま。考えれば考えるほど僕の信仰心は失われていくんです！」

「己の罪を悔いなさい！」

「できません！」

「神に許しを請うのだ！」

「僕は自分の罪を悔いてはいません、神父さま！」

「息子よ、お前には悪魔がとり憑いているのだ。許しを請いなさい！」

「できません、できません、できません！」

僕はそう叫びながら教会を飛び出した。イェリトコヴォの海岸で野獣を調教する少年という夢の光景が、またもやありありと目に浮かんだからだ。

こうしてヴァイゼルは再び帰ってきた――懺悔室の格子の中へ。もしかしたらあれは、注意をそらすためのもう一つの策略だったのかもしれない。それは生の深層への予想外の侵入だった。しかし僕はもう一度そこに帰らざるを得ない。

悪夢から目覚めた僕は、折りたたみ式寝台に横たわっていた。隣では昨日のアイロンがけで疲れ果てた母が寝息をたてており、洗面所からは水の流れる音が聞こえてきた。僕は、今日ヴァイゼルは難易度の高い射撃技の訓練をした僕たちの上達ぶりを間違いなくチェックするだろうと考え、閉鎖されたレンガ工場へ行くことになるかもしれないと思って、喜んだ。


そうこうするうちに……そうこうするうちに、だって？　まぁ、いいだろう。そうこうするうちに校長室の扉が開き――今となってはもう、それが何度目だったかは分からないが――、光と煙草《たばこ》の煙を吐き出すレビアタン[*1]の大口から憔悴《しょうすい》したピョートルが突き出された。彼は叫んだことで狼狽《うろた》えていた――僕たちの前では涙さえ認めたがらない彼のことだ。しかし機転を失ってはいなかった。軍服の男がシメクを呼んだ時、ピョートルは僕たちに見えるようマッチを擦る手つきをしてみせたのだから。それは尋問で、この案件にけりをつけたがっているあの三人と検察官を満足させるため、彼が僕たちとの申し合わせどおり、エルカのワンピースの切れ端を火にくべて燃やしたと供述したことを意味していた。僕たちはわずかに頷いた。問題は、そのみじめな切れ端がどこにあったのか、そして、僕たちがそれをどこで見つけたのかということだけだ。彼らは地図を広げ、それがどこだったかを、何メートルかというところまで正確に示すよう命じるに違いない。そして、たき火をしたのはどこかを。僕たちはそれを取り決めていなかったし、残念ながら僕たちの誰一人としてテレパシーの能力を持った者はいなかった。軍服を着た男はシメクの背後で扉をぴしゃりと閉め、静寂に包まれた秘書室で、僕は床の羽目木を縦、横、あるいは対角線とあらゆる方向に沿って数え上げており、時計のチクタクという規則正しい音だけが響いていた。

僕は寝入るのが怖かった。あの恐ろしい夢をみて以来、瞼《まぶた》を閉じたら最後、悪い考えを遠ざけておくことはできないという恐怖心を抱いていた。夏休みの終わりまで僕はずっと怖がっていたが、学校の秘書室にいた時その恐怖心はいっそう増していた。なぜ僕は当時あの夢のことをピョートルやシメクに話さなかったのだろう？　イェリトコヴォの浜辺で海から這い出てくるあの奇妙な野獣たちの光

＊1　旧約聖書にでてくる蛇か、わにのような姿をした海の怪物。宇宙創世以前の混沌のシンボル。

景を、なぜ隠していたのだろう？　なぜ僕は黄色の翼の男のように立ち上がり、自分にとっての真実を吐露しなかったのだろう？　用務員のテーブルにぽつんと灯るランプに照らされ、折りたたみ式の椅子に座っていた時、がっくりと首を垂れるピョートルの手に鞭の跡を見た時、僕はようやくあの夢の後、僕たちが射撃場裏の谷でシュマイザーによる射撃訓練をした際に起こった事件のことを、よりはっきりと理解し始めていた。しかし順を追って話すことにしよう。

　約束の時間に僕たちはレンガ工場にいた。ヴァイゼルは切手アルバムからカーキ色のアドルフを十二枚無言で取り出し、工場の壁に貼り付けると、装填した自動小銃を手に取り、こう言った。

「一人四枚ずつ、当たるまで撃て！」

　消費された薬莢を数え、弾倉に弾を充填するのはエルカの仕事だった。僕はよく覚えている。もっとも上手かったのはピョートルで、四枚の宰相を撃つのに使った弾はたった六発だった。第二位は八つの薬莢を残したシメク、第三位は、四枚の宰相を撃つのになんと十一発も弾を使った僕だった。僕の耳の中では銃声の音が反響していた。

「悪くない」とヴァイゼルは言い、僕に向かってこう付け加えた。「君はもっと練習しないとだめだ」

　それから彼は、君たちはよく頑張ったから、これから皆で谷へ行こうと言った。そう、彼は文字通りそう言ったのだ。羊歯とイラクサとエニシダがうっそうと生い茂る細い道を通って、昼間でも暗いトウヒの木立を抜けた時、僕は彼が後ろから来るのを待って、他の皆とは少し離れたところで、最大の秘密である自分の夢について話した。海から這い出てきた野獣のことや、彼がそれらを手なずけ不運な漁師たちを救ったことを話したのだ。僕は当時の自分が、射撃が最下位だったにもかかわらず、彼に気に入られようとしていたのだとは思わない。いや、彼はそんな風には受け取らなかった。彼は僕の話を途中でさえぎることなく聞き、こう言ったのだ。僕ははっきり覚えている。

「分かった、その話は誰にもするな」それは脅しのようには聞こえなかった。少し間をおいて彼は付け加えた。「的《まと》の交換を君にやってもらおう。とても大事な仕事だ」

僕は有頂天になって歩き続けた、なぜなら射撃の成績は最悪だったのにもかかわらず、彼に特別に目をかけられたような気がしたからだ。

そう、もし今日僕がヴァイゼルは他の誰とも違っていたと書くとすれば、そこにはしかるべき根拠がある。しかしそれは、彼が当時僕たちの司令官ではなかったとか、指揮官ではなかったという意味ではない。指揮官以外の誰が思いつくだろうか。本物の兵士が目と鼻の先にいる射撃場のすぐ隣で射撃訓練をするなどという考えを？　レンガ工場の地下室は自動小銃で遊ぶには狭すぎた。しかし反響する射撃音は、遅かれ早かれ近隣住民や森で木イチゴ狩りをする人々の耳に入り、注意を引くわけで、それを避けて射撃できる場所がどこにあっただろうか？　彼の思いつきは単純だった。射撃場で射撃の訓練が行われているのなら、僕たちも自分たちの訓練を同じ時間帯にその近くでやればよいのだ。射撃場の高い土手のすぐ裏には谷が広がっており、うっそうとした木立、背の高い草、密集した灌木《かんぼく》があり、いざという時の逃げ道は確保されていた。谷は松林に覆われた二キロの峡谷へ続いており、その閉ざされた空間を封鎖するとなれば兵士がゆうに五十名は必要だっただろう。ヴァイゼルはそのすべてを見越し詳細な計画を立てた。僕たちは、彼が僕たち各々に持ち場につくよう指示し、自動小銃に充填し、土手の向こう側からの射撃音を待つ様子を驚嘆の目で見つめていた。「さあ、これから君たちに」引き金を引く用意ができると彼は言った。「どうやるのか、やってみせる」

そして土手の向こうで行われる一連の一斉射撃の音が森の壁に沿って鳴り響くと、ヴァイゼルは自動小銃を構え、まるであちら側の反響であるかのように短い間隔で、たて続けに発射した。「絶対に気づかれない」と彼は言った。「あちら側ではこだまのように聞こえるから。ただし同じタイミングで撃たないといけない」

それは天才的な技だった——僕たちは毎回射撃の準備をして、壁の向こうの本物の射撃場で次の兵士が引き金を引くのを待っていればよかった。つまり、僕たちは同じ草に覆われた土手の両側で、同時に撃っていたのだ。唯一の違いは、彼らの銃がカラシニコフで、僕たちのが、ヴァイゼルが見つけて保管していたドイツ製シュマイザーだということだけだった。

もっとも難しかったのは、あちら側のリズムに合わせることだった。彼らの連続射撃は短く、大抵は三回で一続きだったが、同じパターンになることはめったになかった。「タ、タタ、タタタ」一番多いのはこれだった。短い間隔で、一回、二回、三回。しかし別のバージョンもあった。たとえば、三回、二回、二回、一回。あるいは、二回、三回、二回。あるいは、一回、一回、三回、そして思いがけず、もう一回。

「あいつら、まるで弾薬が十分ないみたいな撃ち方だよな」とシメクが言った。「さっぱり分からない」

しかし、ヴァイゼルは彼らしい、ほとんど見えないほどのかすかな笑みを浮かべて弾倉を取り換えながら、ぼそりと言った。

「その通りだ。兵士は弾薬が不足しているみたいに撃たないといけないんだ」

ピョートルはそのわけを知りたがった。

「戦場で兵士がどれだけの弾薬を運ばなければいけないと思う?」エルカはまるで何もかも分かっているかのように、したり顔で言った。「百? 二百? 九百?」

答えようのないこの質問の後、ヴァイゼルが何かもっと大きなことを計画していると確信した僕たちは、突然自分たちが、一年前の十二月二日オリエンテ州に上陸し、帝国主義の僕《しもべ》である憎きバティスタと闘ったフィデル・カストロ[*1]の腹心の友であるような気持ちになった。その闘いについては、Mスキが生物の授業を丸一回つぶして熱っぽく語ったのだ。

＊1　カストロ率いるキューバの革命部隊がゲリラ戦の訓練を行った後、一九五六年十二月二日、中古の小型ヨット「グランマ号」でキューバに上陸し、バティスタ政府軍と武力衝突した事件をさす。キューバ革命の発端となった。

「残念だよな」土手の反対側が休憩時間に入り、僕たちが羊歯で覆われたくぼ地に横たわった時、シメクはため息まじりにこう言った。「僕らにもバティスタみたいな存在がいたらなぁ！」

「何？」とエルカが尋ねた。

「お前には分からないよ」ピョートルは言った。「できるものなら、そいつに見せつけてやるんだけど！　海から浜辺に上陸して、兵舎に攻撃を仕掛け、国中を革命に巻き込むんだ。本物のゲリラ戦の革命にだぜ！」

エルカがあまりに大きな声で笑ったので、ヴァイゼルさえ咎めるような目つきで彼女を見た。

「あんたたちって馬鹿ねえ」彼女は笑いをこらえながら言った。「どうやって革命を二回もやるのよ？」

しかし、エルカが僕たちの願望をどれほど誤解しているかを説明する暇はなかった。ヴァイゼルが僕に土手へ行くよう命じ、エルカと彼は、次の連続射撃の準備に取り掛からなければならなかったからだ。

僕たちが的《まと》に使った大きな立て看板は、あいにくバティスタを描いたものではなかった。厚紙の上に黒いペンキで描かれていたのは口髭をたくわえたMスキで、それは、前回レンガ工場の地下室で見た時そうだったように、僕たちが早くも二年生にしてメーデーの行進でかついだ、大きな――いや、あれよりはやや小さかったかもしれないが、とはいえ大きな――肖像画を思い出させた。その時起こったことは当時の僕にはよく理解できなかったが、学校の秘書室に座っていた時どういうわけか明らかになり、あれは偶然ではなかったと思われた。

僕が大きな厚紙の隅に最後の重しの石を置いた時、射撃場の反対側で再び射撃が始まった。「タ、タタ、タタタ」という音が森に跳ねかえってこだました。一回、二回、三回のパターンの連続射撃だった。

「早く！」エルカが僕に向かって叫んだ。「そこから離れて！　もう始めるわ！」

僕は、次の連続射撃が始まるまでに的《まと》のそばから離れろという意味だと理解した。次はヴァイゼルの番だったし、遅くとも十秒後には反対側で始まるであろう次の連続射撃を、彼は今か今かと待っていたからだ。つまり僕には十秒という時間があった。それだけあれば土手から降り、細い道沿いに土手の端まで行き、谷のはずれにあるその地点から弾丸に身をさらすことなく彼らのいる所へ戻ることができた。僕は全力疾走したが、道の半分も行かないうちに、土手の向こうからは再び射撃音が聞こえ始めた。ヴァイゼルは僕がもう十分遠く離れたとみなし、僕たちの中で一番腕のよい自分ならもう撃っても構わないと思ったのだろうか？　十数秒後、左のくるぶしの下、かかとのすぐ上あたりに、ひきつるような小さな痛みを感じたその時、僕は野アザミか石で皮膚を傷つけたと思ったのだ。しかしその直後僕は草の上に倒れ、痛みのせいで起き上がることも歩くこともできなくなった。他の者たちは羊歯のくぼ地に自動小銃を置き、こちらへ走ってきた。

「跳弾！」ヴァイゼルは叫んだ。「跳弾だ。動いてはいけない、動かすな！」彼らはすぐ僕を丸くとり囲んだ。

エルカは僕のサンダルを脱がせ、ヴァイゼルは足を持ち上げて、何が起こったのかを確かめた。事実それは跳弾だった。足にあたった弾丸は肉片を引きちぎっていたが、中へめり込んではいなかった。

「よし」とヴァイゼルは言った。「骨は傷ついていないな。化膿するから気をつけないと」

「家までは遠すぎるわ」エルカが言った。「ここには消毒液もないのよ！」

僕は、流れた血が乾いた砂地に黒々とした泥の塊を作るのを見つめていた。シメクとピョートルが両側から肩を貸してくれなければ、僕は二歩さえも歩けなかった。

「レンガ工場へ！」ヴァイゼルがそう命じると、僕たち全員は突然まるで戦場にいるような気持ちになった。

土手の反対側から連射の音が聞こえた。標的を貫通し砂地にもぐる弾丸のひゅうという音がここまで届き、紛れもなく負傷をした僕は、足の激痛を味わっていた。縦一列に並んだ僕たちの隊には、先頭にヴァイゼルが、その後に足を引きずった僕たち三人が、そして最後尾には、少し遅れてエルカがいた。彼女はヴァイゼルから、使用済みの立て看板と、古い麻袋にくるんだ自動小銃を運ぶよう指示されていたのだ。

地下室は涼しく痛みはほんの少し軽減したが、それも一瞬のことだった。エルカが僕のかかとに触れた時、僕はあらん限りの声を張り上げた。「何するんだよ、この馬鹿やろう」

彼女はややぎょっとしたのと同時に、まだ出血している傷に配慮して手を引っこめた。僕は大きな櫃の上に横たえられた。

「砂がついている」とヴァイゼルは言った。「まずいな」

もちろんそれは櫃のことではなく、足の傷口のことだった。「水を持ってきてくれ」彼はそうエルカに命じ、彼女がいなくなると、二つ目の櫃を開けて、そこから小型の石油コンロを取り出した。「水は最初に必要なだけだ」彼が誰に向かってそう言ったのかは不明だった。「その後は焼かないといけない」

石油コンロに続き、彼はどこかで見つけてきたに違いない、壊れたドイツ製の銃剣を櫃から取り出した。エルカは使用済みの空き缶に水をくんできて、ハンカチで傷口のまわりをざっと洗った。

彼女は尋ねた。「痛い？」

僕は答えなかった。僕はヴァイゼルがすることをひたすら見ていた。彼は二つのレンガの上に石油コンロを据え、バーナーに火をつけ、銃剣を何度も返しながらその先端を青白い炎であぶっていた。

「これが」彼はバーナーから片時も目を離さずそう言った。「壊疽《えそ》にならないようにするための唯一の方法なんだ。ここにはこれ以外、何もないからね」

シメクは僕のあばら骨のあたりに体重をかけて、櫃に押し付け、ピョートルは怪我をしていない方の右足を摑んでそれが動かないよう押さえ、ヴァイゼルは本物の軍医のように僕の左足のふくらはぎを脇の下に挟み、銃剣のあぶった先端で手術を行った。彼が僕の足を持ち上げて、電灯の光で照らしながら銃剣の先で傷口をえぐる間、僕は彼の手の平をじっと見ていた。

「このシュマイザーは」と彼は切っ先で傷口をえぐりながら静かに言った。「もうお払い箱だ。弾着のばらつきが多少あることは知っていたが、これ程となると容認するわけにはいかない」そう、彼はたしかにそう言ったのだ。「容認するわけにはいかない」と。そして銃剣の先を傷の中へ一層深く差し込み、こう付け足した。「スクラップにしよう。遊底と弾倉と撃針は取り外して」彼は誰に向かってそう言ったのだろうか。僕も含めた全員が押し黙り、地下室には皮膚の焦げる匂いだけが充満していた。「よし」そう言って彼は銃剣をわきに置いた。「彼に包帯をしてやってくれ。そうしたら、すぐに連れて帰っていいよ」

その指示どおりエルカは湿った布切れを足の周りにそっと巻きつけたが、そんなに丁寧に扱う必要はまったくなかった。なぜならヴァイゼルが傷口から銃剣の先端を引き抜いた時、僕はもう自分に足がないか、あるいはそれが自分の足ではなく、木の棒であるかのように何も感じなかったから。「僕はここに残る」とヴァイゼルは言い放った。そしてエルカの方へ向き、「君は彼らと一緒に行け」と言った。

僕たちがきしむ階段を上がったところで、彼は僕たちを呼び止めこう言った。「君はしばらく家から出られないだろう」これは僕に向けられた言葉だった。「もし何があったのかと家で聞かれたら、錆びついた有刺鉄線にぶつかったと言うんだ。そう、錆びついた有刺鉄線だ」彼は静かに繰り返した。「さあ、もう行け」

僕たちがどの道を通って家に帰ったのかは詳しく覚えていない。ひょっとしたら、いつものように射撃場北にある丘を通ったのかもしれないし、氷河によって運ばれた大きな岩が堆積している「石切場」と名づけられた平野を通ったのかもしれない。その時にはもう、僕はヴァイゼルの言葉に違和感を抱いていた。僕たちが使用した自動小銃に弾着のばらつきはなかった。順番に撃った時には、僕でさえMスキに五回も命中させたのだ。それにもし弾着のばらつきがあったとしても、拳銃製造技術の原則に照らして考えれば、弾が的《まと》の上や下に逸《そ》れることはあっても、横には決して逸れないのではないか。

「君はしばらく家から出られないだろう」学校の秘書室でこの言葉を思い出した時、僕は突然悟ったのだ。彼のねらいがまさにそれであったことを。つまり、来たる数日間僕を彼らから切り離し、シメクかピョートルの報告からすべてを聞き知るようにすることを。ヴァイゼルは意図的に僕を遠ざけた。が、それは僕の射撃が下手だったからではない。もしかして彼は僕に警告しようとしたのだろうか？　たとえそうだとしても、一体何を？

いずれにせよ、僕の足は夏休みが終わるまでこれでもかというほど面倒を引き起こした。これを書いている今でも靴下へ目を向けると、くるぶしの二センチ下に、ヴァイゼルの跳弾と焼灼《しょうしゃく》によってできた傷跡が見える。また湾から吹いてくる風の向きが変わると、ほとんどそれと分からない程の、まるで小さな流れのようなかすかな痛みを左足に感じる。僕には分かる。自分は決して忘れることができないと。射撃場裏の谷で起こったこと、ヴァイゼルのこと、あのうだるように暑い日々のこと。旱魃が畑を荒廃させ、悪臭を放つスープが湾にたまり、司教と司祭と信者たちが神に天候の変化を懇願し、人々が馬の頭の形をした彗星を目撃したと言い、精神病院から逃げ出した黄色の翼の男が警察に追跡され、レンガ積み職人がプロテスタント教会の礼拝堂を、酒場「リリプット」の向かいの新しい映画館に改築し、僕たちの共同住宅に住む男たちがヴワディスワフ・ゴムウカの演説に心酔し、こんなに素晴らしい労働者のリーダーはかつていなかったし、これからもいないであろうと口々に言った、あの日々のことを。

僕が当時この目で見てこの手で触れたすべては、この足のかかとの、長さ一センチ強、幅半センチの傷跡の中にある。自分が脈絡を見失いそうな時や、すべてが本当に起きた事だったのかと考え込んでしまう時、あるいは、あのすべては、子供時代や、自然科学の恐ろしい教師Mスキや、仕立屋アブラハム・ヴァイゼルの妄想癖のある風変わりな孫についての、僕という少年がみた夢ではないのかと疑わしく思った時、僕は指先でその傷跡を触ってみる。それが、僕たちのサッカー場の近くにあった舗装された石畳や、ツィルソン雑貨店や、湯気の立ちのぼる畜殺場や、兵舎のように、現実に存在したものであることを確かめるために。

そう、まさにそういう時、僕は左足の上にかがみ込み、右手の指先で傷跡に触れる。そうするとヴァイゼルは本当に存在し、谷の爆発は本物の爆発であり、この物語に作り事は一つもないし、あの夏やあの取り調べに本当でない瞬間など一瞬たりともないということが分かるのだ。僕はまるで自分が再びあの場所にいるかのように、金色の吊り香炉を手にしたドゥダク司祭の姿を見、琥珀《こはく》の燃える匂いを嗅ぎ、「めでたし、乙女マリアより生まれ給いしまことのお体よ」という歌声を聞く。永遠と慈愛を思わせるその灰色の煙からヴァイゼルが忽然と姿を現し、その動かぬ目ですべてを眺めている。そして「ダヴィッド、ダヴィデクは宗教の授業にこない！」という冷やかしの声が聞こえる。彼の格子縞のシャツが宙に舞い、エルカが怒り狂ったライオンのように飛びかかり、僕たちだけが何も分からないまま取り残されている。

そもそも人はどういう時に「私はそれを理解する」と言うのだろうか？　一般的には何についてそう言えるのか？　ましてや、この物語において？　たとえば、ヴァイゼルがしばらくの間僕を遠ざけた理由を、僕は理解することができるのか？　あるいは、地中に横たわるピョートルが僕と会話する方法を僕は理解するのか？　どんな理論もこれに関しては何も解明できない。僕にできるのはただ語り続けることだけだ。

そうだ。もしヴァイゼルが、彼だけが知る理由で僕を長い間家に閉じ込めておこうとしたのだとすれば、彼はその目的を十二分に達成した。真皮感染には至らなかったものの、僕の足は翌日風船のように腫れ上がり、傷跡には膿《うみ》がたまった。母は僕を医者へ連れていき、医者は傷口を洗い湿布をして、できるだけ動かないようにと指示した。そういうわけで、僕は一日中ジャガイモの皮むきをしたり、火にかけたパスタの番をしたり、母が父あるいは男全般についてこぼす愚痴を聞いたりしなければならなかった——僕の母は善良で愚痴っぽいタイプの女性だった。彼女によれば、僕の足の怪我は、僕が言いつけを守らず一日中外をほっつき歩いていたことの罰だった。おまけに家のラジオのスピーカーからは一日中音楽が鳴っていた。ジャガイモの皮むきやパスタ作りといった老婆がやるような耐えがたい仕事をしている間、台所ではいつもオポチュノかウォヴィチ民族合唱団の曲が代わる代わる響いていた。それがやむと今度はすぐ『ボリス・ゴドゥノフ』か『椿姫』といったオペラのアリアが始まり、それは時折何かの序曲を断片的にはさみながら、味気なく長々と重々しく続いた。僕は、コロテクさんが持っているような、様々な周波数に合わせられるラジオが我が家にないことを残念に思った。僕たちのラジオからは一つの番組の放送しか聞くことができず、エボナイト製の小さなつまみを回して、喧《やかま》しい民族合唱団やロシアのオペラ歌手のボリュームを下げるぐらいが関の山だったからだ。とはいえ、時にはダンスミュージックやまれにアメリカンジャズのワンフレーズが流れたので、母はラジオを切ることを許さなかった。そういう時彼女はボリュームを目いっぱい上げ、僕の手からパスタ生地を伸ばす延《の》し棒やジャガイモの皮をむくナイフを取り上げ、足で拍子をとり、鼻歌を歌い、見たことのないような笑みを浮かべながら僕の仕事を全て引き受けてくれた。僕は母が大のダンス好きであることを知っていたが、僕の覚えている限り、父が母をダンスに連れていったことはなかった。父はいつも疲れ切って帰宅し、食事の後は大抵顔に新聞をのせたまま居眠りをしていたし、日曜日は教会から戻るとベッドに横になり、同僚か友人が酒場「リリプット」へ行こうと誘いに来なければ、そのまま一日中でもまどろんでいた。

　そんなわけで僕は死ぬほど退屈していた。僕たちの家の料理本の隣にあった唯一の本は、なぜかプルスの『人形』[*1]だったが、その第一章を読んだ僕は、その後を読みたいとは露と思わず放り投げてしまった。僕は友人たちが今何をやっているのか知りたくてたまらなかったが、窓際に張り付いていることを母が許さなかったので、中庭を横切るシメクやピョートルを呼びつけることもできなかった。彼らは僕を訪ねることをヴァイゼルに禁じられたかのように、丸二日間、姿を見せなかった。三日目の朝になってようやくピョートルが玄関のドアをたたいた。僕の家には台所以外に部屋が一つしかなく、母がちょうどその間を定期的に行き来して料理とアイロンがけを同時にやっていたので、僕たちは小声で話さなければならなかった。

「昨日あいつは僕らに新しい手品をみせた」とピョートルは物憂げに言った。

「どんな?」僕は好奇心ではちきれそうになって尋ねた。「あいつは何をやった?」

「どうってことないよ。炎を使ったやつ」

「どんな炎?」

「焚火をしたんだ」

「どこで?」僕はたたみかけた。

「レンガ工場の近く。ハシバミの森の中にある空き地で」ピョートルはのろのろと続けた。

「それでどんな手品だった?」

ピョートルはたたみかけられる質問に促され、こう話した。まず彼らはいつものようにレンガ工場

＊1　十九世紀のポーランド文学を代表する古典的名著。作者ボレスワフ・プルス（一八四七−一九一二）。

の地下室で回転式拳銃を使った射撃をしていたが、その銃はおそろしく跳ね返り、弾があちこちへ逸れるので――とピョートルは説明した――自動装填銃やシュマイザーより扱いが困難だった。それからヴァイゼルは焚火の話をし、夜になったら指定した場所へ来るように言った。そしてヴァイゼルはこう言った。レンガ工場の地下室で自分が踊り宙に浮くのを君たちが見た時、自分のことを狂人だと思ったに違いないが、そのことで君たちに腹を立てたりはしていない。なぜなら同じ状況にあれば自分もそう思ったに違いないからと。だが、ヴァイゼルが言うには――とピョートルは続けた――、自分は気が狂っていたわけではない。自分はサーカスの奇術師になりたいと思っているのだと。

僕は耳を疑った。

「サーカスの奇術師だってさ」ピョートルは、母が磁器製の小皿に入れて持ってきたサクランボを頬《ほお》張《ば》りながら繰り返した。「あいつなら素晴らしい演目をいくつか完成させれば、すぐに学校をやめたとしても、たとえ卒業証書がなくても、サーカス団からは引っ張りだこだろうさ。で、エルカは彼の助手になるんだろう」

「じゃあ、射撃は？　爆発は？　武器は？　船の拿捕は？　蜂起は？　パルチザンは？　全部なし？」

「落ち着けよ」ピョートルは丸めた手の平に種を吐き出しながら言った。「僕らもあいつにそう聞いたんだけど。あいつが言うには、射撃は何となく遊びでやっているだけだけれど、もしかしたら何かの演目に役立つかもしれない。自分にも分からないから、とりあえず様子を見よう、だってさ。で、あいつは僕たちに」とピョートルは続けた。「火を使った手品をみせた。焚火から燃える石炭を取り出して地面に置いて、その上に裸足で立って、それからあっちへ行ったりこっちへ来たりした。でも何も起こらないんだ。悲鳴を上げるでもないしさ。足の裏を見せてくれたけど、火傷《やけど》の跡もなかった。ところでサクランボはまだあるかい？」

僕はその年採れた最後のサクランボを、水切りかごに山盛り一杯、台所から持ってきた。

「で、エルカはそれに合わせて伴奏したの？」

「いや」再びサクランボを頬張ばったピョートルはすぐに話すことができなかった。「エルカはその間中スズメみたいにぺちゃぺちゃ話していたよ。あれは絶対に、もう見たことがあるな」

「で、あいつはそれ以上何も言わなかったのかい？」

「ああ。僕たちが口をあんぐり開けて見ているのに、それ以上何を言う必要があるんだい？　あんな技を成功させられるのはイスラム教の行者だけだけれど、あいつにはできるんだなぁ」

「なぜすぐにサーカスに入らないいんだろう？　あんなに色々できれば、すぐサーカス団に雇われるよ。動物園の豹《ひょう》のことを覚えているだろう？」

「うーん」ピョートルは種を一つずつ、今度は小皿の上に吐き出した。

「ひょっとして、あいつには他にもまだ用意している手品があるのかな」

彼は肩をすくめた。「そんなこと知るかよ。奇術師が何を思いつくかなんて分かりっこない」

「そんなこと、お前がどうして言えるんだ？」

彼は最後の種を吐き出した。

「常識だろ。じゃあな」

そう言うと、彼は明日の予定も告げずにいなくなってしまった。

そのあと僕は一晩中そこに座り、燕尾服を着て鞭を手にしたヴァイゼルが、ライオン、いや、黒豹を手なずけ、スポットライトの下《もと》で観客から嵐のような拍手を浴びてお辞儀をする様子を思い浮かべた。それは素晴らしいだろう。エルカもスパンコールがダイヤモンドのように光る衣装を着て、燃えさかる輪を持ち、もっとも危険なライオンの頭をその深淵へ突っ込む。すると観客は恐怖のあまり心臓が止まりそうになって、老婦人たちは気を失うかもしれない。もちろんその演目が終わるまでの話だが。しかしあの時僕たちは、ヴァイゼルにまんまと一杯食わされたのだ。僕たちは彼の計画を鵜呑みにし、火の上を裸足で歩くという最後の手品を見た者たちは皆、それをもって彼の言葉が真実であるとみなした。あれがよくできたペテンであると誰に予想することができただろう？　僕は、燃える石炭に触れた彼のむき出しの足裏のことを言っているのではない。それは本当だったに違いない。僕が言っているのは、あの時僕たちの注意が、他にいかなる憶測も生まれないような、まったく別の方向に向いてしまったということなのだ。


秘書室の壁時計が十一時を打った。僕は時間感覚を取り戻した。校長室の扉が突然開き、僕の名前を呼ぶMスキの声が聞こえた。

「座れ」軍服の男はぶっきらぼうに言い、シメクの方を向いてこう付け加えた。「お前は自分の場所へ戻れ」

「で、どうなんだ？」Ｍスキはすぐさま本題に入った。「なぜコロレフスキだけが、赤いワンピースの切れ端を焚火で燃やしたと供述書に書いたのか？　なぜお前もお前の二番目の級友も、そのことについて書かなかった？」

「怖かったんです」

「怖かった、だと？」

「そうです」

「じゃあ言ってみろ。お前たちはそのみじめな切れ端をどこで見つけた？」

「射撃場裏の谷、ヴァイゼルが爆発をやった場所です」

「それは分かっている」校長が穏やかな声色で言った。「我々は正確な位置が知りたいのだ。思い出してほしい。そうすれば万事うまくいく」そう言いながら校長はネクタイの結び目を弄《もてあそ》んだので、それは今やジャコバン派の胸襞飾《むねひだかざ》りでも湿ったぼろ雑巾でもなく、上下に動かすことのできる灰色の紐《ひも》の結び目と化していた。

「さあ、思い出すんだ」と軍服の男がこだまのように繰り返した。

「羊歯の生えている辺りです」

Ｍスキは乾いた笑い声をあげた。

ないか！」

「お前は誰に向かって話しているつもりだ？　羊歯なんて、ここら辺りじゃ樹木よりも沢山あるじゃないか！」

軍服の男は事務机の上に谷の地図を広げた。

「こっちへ来い」彼は言った。「どこだったか正確に指し示せ！」

僕はどうすればよかったのだろう？　ピョートルやシメクが彼らにどの場所を指したのか思いつかなかった僕は、ヴァイゼルが炸薬を設置した場所を示すバツ印から最も近くにある十字路を指差した。

「嘘つきめ！」とMスキはわめいた。「お前はまた嘘をついている。お前の二人の級友もだ。お前たちは皆こぞって嘘をついている。そういうやつらはこの私が……」と彼は僕の耳を摑もうと手を伸ばしたが、校長がすばやく手を上げ彼を制した。

「ちょっとお待ち下さい、先生。その洋服の小さな切れ端を燃やした焚火がどこにあったか、彼に聞きましょう」

「あれは小さな切れ端なんかではありません」僕が口を挟むと彼らは驚いて息をのみ、僕の続ける言葉を待った。「あれは全然小さな切れ端ではありませんでした。ワンピースのちゃんとした一片でした！」

「コロレフスキは『洋服の小さな切れ端』と書いている。もしそれが小さな切れ端でなかったのだとすれば、どういうことか？」そう言いながら軍服の男は僕にそっと近づいたので、僕には彼の汗がこめかみを伝ってゆっくりと流れ落ちるのが見えた。

「お前はそれがワンピースの形をしていた、と言いたいのか？」

「いえ、ワンピースの形をしていたわけではありません。そうではないんです。でも、この地図ぐらいの大きさの断片で」と僕は言って空中にその断片の大きさを描いて見せたが、実際エルカは空中へ吹き飛んだわけではなかったので、その大きさを知る者などいるはずもなかった。

軍服の男はさらに近くまでやってきた。

「もしそうなら、どこかに身体の断片が残っているということになるが、それについてはコロレフスキもお前たちも誰も書いていない」

「身体はあったのか、なかったのか？」とMスキは唸るように言った。「もう絶対にはぐらかすんじゃないぞ！」

「ワンピースの断片だけです」僕は彼らを混乱させたことに満足して答えた。

しかし彼らは騙されたわけではなく、すぐに同じ質問へ戻ってきた。

「大きいか小さいかはさておき」と校長は主張した。「お前はまだ肝心なことを我々に言っていない。お前たちはそれをどこで燃やしたのか？」

「鉄道の築堤のそばです」

「どんな築堤だ？」

「もう列車が走っていない線路の、です」

「どの場所の？」

「爆破された橋の横です」

「ごまかしているな」Mスキはもう危険ゾーンまで近づいていた。「爆破された橋はあそこにいくつもある。どれのことだ、正確に言え！」

「ブレントヴォの教会の裏手、レンビェホヴォへ至る道と築堤が交差する場所です」

「もうたくさんだ！」Mスキが叫んだ。「そんな嘘はもうたくさんだ！　お前の級友たちは別の供述をしている」彼は僕の両耳を同時に掴んで上へ引っ張り、まるで僕は、閉鎖されたレンガ工場の地下室で空中浮揚した時のヴァイゼルのように宙に浮いた。「お前たちはどれだけ嘘をつけば気が済むんだ？　そこにはワンピース以外に何かあっただろう？　お前たちは女友達の亡骸《なきがら》をどこに埋めた？」

彼は僕を引っ張り上げたり床に下ろしたりしながらこう尋ねたが、僕は何と答えればよいか分からず、ただこう叫んだ。「離してください、離してください！」

いよいよ腕が痛くなった彼は僕を離し、壁の方へ突き飛ばしたので、僕はようやく一息つくことができた。

「手を出せ！」とMスキは息を切らして言った。「これで思い出すかもしれん！」僕は、彼が生物の授業で秩序を保つために使うのと同じゴムホースを箪笥から取り出すのを見た。「ここまで来い」と彼は言ったが、僕はその場所から動かなかった。「さあ、こっちへ来い！」彼は、校長と軍服の男を見ながら言った。「怖いのか？」

僕は依然、壁際に立っていた。

「じゃあ」、軍服の男が尋ねた。「言うか？　それとも言わないか？」

「もう全部言いました」涙が勝手に出てきて僕はしゃくり上げたが、その姿はMスキを苛立《いだ》たせただけだった。彼は僕に近づき拳を手にとると、まるで小さな子供の手を開くようにそれを広げ、馬のひずめがアスファルトを蹴るような音をたてながら五回叩いた。

「言え！」

「僕らがストシジャ川のほとりで先生を見たのと同じ場所です」

「どこだって？」校長が尋ねた。

「ストシジャ川のほとりです。そこではあの沢が鉄道用築堤の下を流れているんです」

Mスキは動きを止めたが、それはほんの一瞬だった。彼の頬は赤くなった。

「私は時々あそこで蝶を採集するので」彼は他の二人の方へ向き直り言った。「しかし、そのことはこの件と何の関係もない！」彼は再び僕の手の平を摑んだが、僕は先手を打った。

「あの時先生は虫取り網を持っていませんでした」僕は言った。「植物用採集箱も」

ゴムホースは空中で止まり、広げた手の平には落ちてこなかった。

「確かか？」

「はい」僕は大胆不敵な笑みを浮かべた。なぜなら、軍服の男と校長は何も気づいていなかったが、その時、部分的であるにせよカードは裏返り、形勢が逆転したからだ。

「よろしい」と彼は言った。「それについてはよく考えてみることにしよう。さて」彼は他の二人に向かって言った。「お茶にしましょう」

僕が、生まれて初めての、涙が入り混じった吐き気をもよおす恐喝の味をかみしめながら秘書室へ入っていくと、用務員が椅子から勢いよく立ち上がった。

「お済みですか?」彼は軍服の男に問うた。「もう全部?」

「いや」軍服の男は言った。「水差しに水を入れて持ってきて下さい。それからお前たちは一言もしゃべるな!」

用務員が水差しを持っていなくなり、彼の足を引きずる音が無人の廊下に響くのが聞こえた。彼らは、僕たちが互いに言葉を交わさないよう校長室の扉をわずかに開けた。耳をすませば彼らの話をすべて聞くことができたが、僕たちはその機会を別の目的のために利用した。

「古い——ブナの——横で——見つけた」とシメクは囁いた。「石切場で——同じ日の夜——それを燃やした。夜の七時——僕らは怯えながら——その場所を探した——今も——怯えながら——話している」

静寂と床用ワックスの匂いがする廊下を通って用務員が帰ってくる前に、もっとも重要なことは取り決められた。そう、シメクには話すべきことが分かっており、彼は細かいところまでよく考えていた。そして——これはきわめて肝心なことだが——それはもっともらしく聞こえた。古いブナの木は谷にあり、見落としようがなかった。もしエルカが爆発でバラバラになったとすれば、ワンピースの断片は実際その辺りへ吹き飛ぶかもしれない。僕たちはその後それをどうしたらいいのか分からなかった。氷河期に運ばれた岩塊の散乱する空き地、つまり、谷から歩いて四十分ほどの所にある石切場には、本当に森林官が焚火用に指定した場所があった。だから僕たちはそこへ行った。これは変だろうか？ そして炎は赤い切れ端を飲み込んだ。

用務員が水を満々とたたえた水差しを手に戻ってきて、一瞬校長室に姿を消した。「僕が木の根元にそれを見つけた」とシメクが囁いた。「お前が」これは僕のことだった。「それをポケットに入れて運び、ピョートルがそれを炎に投げ込んだ。それから僕らは家に帰った」

用務員はもう僕たちのそばに戻り、校長室の扉は閉じられた。この場面を思い出すと、僕は今でも、それがかつて耳にした中で最も美しく演出された内緒話だったと思う。驚くべきことは、ただ一つだった。なぜあの時水を運んでくるように言われたのが用務員であって、僕たちのうちの誰かではなかったのか。たとえ校長室の扉は開いていたにせよ、その間僕たちは監視ぬきで放置され、必要事項を難なく取り決めることができたのだし、扉の向こう側にいる人々はそれに関して疑念を差し挟むことができなかった。彼らは何が何でも取り調べを終わらせたかったのだろうか？ あれはもしかしてMスキのたくらみだったのか？ いずれにせよ、彼らがお茶を飲み、僕たちが秘書室でお尻がものすごく痛くなる折りたたみ式の椅子に座っていた長い休憩時間の間、僕はずっとMスキのことを考えていた。

Mスキは今や面倒な課題に直面していた。何が起こったかを彼は確かに理解していた。僕たちの取り調べのゲームは、いつの間にか僕とMスキのゲームになっていた。僕は自分が人生で初めて行った恐喝のことを他の少年たちに決して話さなかったが、それにもかかわらず、そのゲームはその後も生涯にわたって続いた。学校卒業後も、ピョートルの死後も、そして——今思えば——まったく異なる時空間にある今日まで。

僕が学校を卒業した時Mスキはまだ生物を教えていて、依然として教育委員会会長代理だった。その後、つまり一九七〇年、二人の首相が国家間協定を締結し[*1]、多くの人がゲオルグ・ヴィルヘルム・フリードリヒ・ヘーゲルの国へ永住目的で移住し、ドイツとポーランドの新聞が歴史的事件と書きたてた後、僕はその人々の中にMスキがいたことを知った。当時僕はただ肩をすくめただけだったが、それは間違いだった——ということが後になって分かった。なぜなら僕がエルカを訪問し——すでに書いたように、あれもまたヴァイゼルをめぐるゲームだったのだが——、その訪問がほとんど終わりにさしかかった時、Mスキが、まるで彼ぬきには何も始まらないかのように、ふいに再び姿を現したのだ。

僕はエルカが横たわっていた建物一階の大きな部屋を出て、寝室へ向かった。僕の両手はもうイリューシン十四の翼ではなく、残りの肢体も、赤いワンピースを翻《ひるがえ》す銀色の機体とは似ても似つかなかった。ベッドのそばに小さな携帯用のテレビがあった。僕はそのスイッチを入れ、ホルストのパジャマを羽織ったが、すっかり打ちひしがれており、番組には注意を払わなかった。その時画面に映ったのは、微笑みながら記者の質問に答える丸々としたMスキの顔だった。

「なぜあなたは、こんなに時が経つまで祖国への帰還を決断されなかったのでしょうか?」と記者が尋ねていた。

「ああ、それはそんなに簡単な話ではありません」と顔は答えた。「一般的な言い方をするならば、政治的理由ということになるでしょう」

「ポーランドでは何をしておられたのですか?」

「学術研究です」顔は言った。「やむにやまれぬ事情で学校でも教えていました」

「なぜ、やむにやまれぬ事情なんです?」

「私はグダンスク近郊の森に生息する動植物の例外的特性について研究していたのですが」と、ここで顔はしかめられた。「この研究には、いかなる名声も与えられず評価もされなかったのです」

「ドイツ帰還後、ご自身の研究成果を公表されましたか?」

「残念ながら」顔には、かすかな苛立ちの色が現れた。「タイプ原稿は国境で没収されました」

「なぜです?」

＊1　ヴィリー・ブラント首相の東方外交政策の一環として、一九七〇年ドイツ連邦共和国とポーランド人民共和国の間で締結された、国交正常化条約（通称ワルシャワ条約）をさす。ブラント政権は外交交渉を進める中で「残留ドイツ人」の問題を取り上げ、条約締結後、ポーランドから西独へ移住したドイツ系移民の数は約五倍になった。

「それも政治的理由だと思います」と顔は瞬きもせず答えた。

「現在は何をしておられるのですか？」

「現在は……」顔はしばらく考えてこう言った。「現在は造園学校で職業訓練科目を教えています」

「今は妨害されることなく、学術研究を続けておられるのですか？」

「そうなんです！」顔にはコカ・コーラのＣＭのような笑みが浮かんだ。「どんな妨害もありません！」

「もしよろしければ、どんな研究をしておられるのか教えていただけますか？」

「観察です」顔は偉そうな表情を浮かべた。「バイエルン地方北部に生息する蝶の絶滅種の」

「あなたの研究成果は公表されるでしょうか？」

「ええ」と顔は答えた。「まもなく」

もうテレビを消し、少なくとも今夜だけはその顔を見るまいと僕が思った時、画面にヴィリー・ブラント首相が現れた。彼は連邦議会で演説しており、緑の党の綱領に反対していた。「あなたはご存知ではありませんか！」部屋に誰もいなかったので、僕は大声でそう言った。「首相、あなたはご存知ではありません！　今彼らの『同盟者』がどんな人々であるのかさえ！」[*1]そして僕は、何年も前ヴァイゼルが口ひげを描き加えたあの顔が突然画面から飛び出してくるような気がして怖くなり、テレビを消した。

　Ｍスキがドイツにいるという発見は僕を打ちのめした。翌日僕は、美しい家と芝生と車以外に何も持っていない伯父の暮らすミュンヘンへ戻ったが、その道すがら、主婦にみえたあの女性はなぜＭスキの顔を殴ったのだろうかと再び考えた。あの光景は今になっても僕の中に混乱した感情を引き起こす。なぜなら、もしMスキが夏にバイエルン地方南部あるいは北部で蝶を採集しているならば、彼は必ずそこでバイエルンの主婦と密会し、ストシジャ川のほとりにいた時と同じように、ドイツ女の力強い殴打の音をかき消す山の沢辺に立っているに違いないのだから。

それからどうなった？　僕たちはヴァイゼルの作り話を信じた。たとえ僕たちが期待した司令官や海賊になりたがらなかったとしても、どうして彼がサーカスの奇術師になってまずいわけがあろう。僕がみた夢は、彼が生まれながらの調教師だったという推測の裏づけに過ぎない——と当時の僕は理解していた。ヴァイゼルは野生動物を手なずけることに関して、他とは比べ者にならないほどの才能を持っていた。しかし爆発の演出効果や、閉鎖されたレンガ工場の地下室に集められた武器は、何の

＊1　「緑の党」は、旧西ドイツで一九七〇年代後半から環境保護運動を中心に、反原発、反戦、女性解放、少数者（高齢者、定住外国人、ロマ、同性愛者など）の権利の保護といった社会運動を展開した。一九八〇年結党し、一九八三年以降連邦議会に議席を得ている。この台詞は、自然科学の研究にいそしむMスキの表の顔（「緑の党」を支持）と裏の顔（サドマゾヒズム、暴力性）とのギャップを揶揄したものと思われる。

ために必要だったのか？　両者の間にはあまりにも共通点がなかったので、僕にはそれが分からなかった。つまり僕は彼の言うことを信じてはいたが、完全に信じていたわけではなかった。彼を信頼していたが、完全に信頼していたというわけではなかった。だから僕は自分の疑念を誰にも打ち明けず、射撃場裏の谷で行われる爆発に幾度も足を運んだ。催しの後には毎回足の傷跡が再び化膿し、母は恐ろしい叫び声をあげて、僕がどこへも行かないよう、ますます目を光らせた。

爆発の詳細については、もう一度語ろうとは思わない。すでに書いたとおりだ。その話題に関して付け足すことはない。隠し事は何もしていないし省略もしてないだろうから。それではヴァイゼルは何をしていたか？　爆発を指揮する以外、彼は――以前と同じように――レンガ工場の地下室か谷でシメクとピョートルに射撃を教えていた。僕は彼らが結構いい遊びをしていると知りながら、死ぬほど退屈していた。しかし僕は出かけたいとは思わなかった。母が怖かったからではなく、足が悪くなれば、シメクやピョートルがいつも前日に知らせてくれる次の爆発を見に抜け出すことができなくなるのではないか、と考えたからだ。

時は過ぎ、ある日のこと、僕は空に初めての雲を見た。空高くたなびく羽毛は天候の変化を告げるものではなかったが、頬杖をついて窓にかじりついていた僕は、マリンブルーの丸天井を背景に雲の形状がゆっくりと変化するのを見守った。シメクとピョートルがもたらす報せはいつもどおりだった――湾では魚のスープが少し薄まり、浜辺はもう悪臭を放つ魚の死骸で埋め尽くされてはいなかったが、海水浴は叶わぬ夢だった。爪先を水につける勇気があった者も、嫌悪感のあまり、たちまちそれを引っ込めた。カモメも大量に死んでおり、清掃係によってうず高く積み上げられたその死骸は、遠くから見ると、まるで雪山のようだった。それらは魚と一緒に街から運び出され、共同ゴミ捨て場で燃やされた。イェリトコヴォの漁師たちは行政当局に損害賠償を求めたが、確実なことが言える者は誰もいなかった。ブレントヴォでは黄色の翼の男が再び現れ、ある時など——話によれば——彼は僕たちの錆びついたヘルメットをかぶり、それをみせびらかすように家々のそばを歩き、人々の不安をかきたてたそうだ。しかし彼は捕まらなかった。いずれにしても彼はもう僕たちの地下聖堂で寝泊まりはしておらず、どこか別の隠れ家を見つけたに違いなかった。その上、築堤の反対側にある谷、つまり墓地のすぐ裏手には竿をもった人々が現れ、土地を測量し、個人の園芸農園用に敷地を鉄条網で囲んだ。もうすでに囲い込まれた敷地には板材や古いベニヤ板や段ボールをもった人々がやって来て、小屋や小さな家を建て、よそ者が付近をうろつくことを好まなかった。もしかすると、それは彼らがそれらの小屋にスコップや鍬《くわ》や熊手をしまっていたからかもしれないし、あるいは、単に彼らが——これはピョートルの意見だったが——生まれつき不親切で、嫌な奴らだったからかもしれない。

　グダンスクの長い市場《ドゥーギ・タルク》と呼ばれる広場には車両を二頭の馬にひかせる歴史的な乗り物があり、一回分の乗車券はきっかり五十グロシュだった。ピョートルとシメクは二人でそれに乗りに出かけたが、それは、エルカとヴァイゼルがその日何の報せもなしにどこかへ行ってしまったからだった。僕は彼らが行く可能性のある場所を尋ねたが——空港だろうか、それともレンガ工場だろうか——、その日の朝エルカがヴァイゼルの舞踏にあわせて演奏する楽器を持っていたということ以外、答えはなかった。ヴァイゼルは何か新しい演目を用意していて、まもなく僕たちにも見せてくれるに違いない、とシメクは推測した。今日の僕は知っている。ヴァイゼルがしていたのはそんなことではないと。なぜなら、サーカスの奇術師になるつもりなど彼には毛頭なかったのだから。だが当時の僕たちはそれを信じることもできたし、彼の兵器庫を見て素直に感嘆することもできた。その日のピョートルとシメクのように、一巡五十グロシュ払って歴史的な乗り物に乗り、長い市場《ドゥーギ・タルク》という名の広場を走り回ることだってできた。ネプチューンという名の泉からは水が一滴も流れず、コロテクさんは、町で初めての信号機が設置されたばかりの交差点をいつものように斜めに横断したかどで、罰金を科せられた。おまけに彼は警官に「この青二才」と悪態をついたので、あやうく警察署へ連れていかれるところだった。他に何かあっただろうか？　そうだ、コルウォヴィチという名の隣の通りに街灯が取り付けられ、古いガス灯は廃棄処分となった。酒場「リリプット」は、レンガ職人と近隣の兵舎から通行証無しに介入した兵士との先《さき》の乱闘騒ぎの後、丸三日間営業停止となった。新しい映画館には「聖火」という名前がつけられ、僕たちの学校近くの車庫の隣にあった映画館「トラムヴァヤシュ」にはなかった、パノラマスクリーンによる上映が約束された。

ヴァイゼルは僕が家で過ごしていた間一度も会いに来なかったし、僕が彼の爆発を見に行っても、足の傷跡や当時起きたことについて一言もしゃべらなかった。あのうだるように暑い夏、六月の埃《ほこり》、七月の砂塵、八月の汚れを洗い流す雨は、あれほど熱望されたにもかかわらず、葉っぱから一滴も落ちてこず、僕の時間は、僕たちの共同住宅の全員の時間がそうだったように、ゆっくりと穏やかに流れていった。やることがないので、僕は頭に思い浮かぶものをノートに次々と落書きした。ある時それは、旧市街の共同住宅の屋根に立つ黄色の翼の男だった。彼の背後にはほっそりとした松の木が生えており、町と歩道に集まった人々の頭上を、飛行機がまるで鶴のようにV字列で飛んでいた。別の時描いたのは、黒豹の背にまたがり湾の上を滑空するヴァイゼルの絵だった。漁師たちは跪き、彼らの妻は恐怖のあまり頭を抱えていた。ビール樽ほどの巨大な瓶に入ったウォッカを転がしながら中庭を横切るコロテクさんと、それを避けて近くのゴミ捨て場へ逃げ込むネズミたちを描いたこともあった。ドゥダク司祭とMスキを一緒に描いた時、僕はわざわざ司祭に蝶の羽をつけ、まるで展示品のように、生物の教師の虫取り網の中に据えた。風景、いや、鳥瞰図であることもあった。丘から空港の方へ向かって香炉の形をした飛行機が飛び、僕たちは全員それに乗っていて、町や湾や墓地の上空には、太陽の代わりに大きな三角形の目があり、すべての方角へ光線を放っていた。

僕が背中を丸めノートに屈みこんでいるのを母は好まなかった。なぜなら僕の絵には花や樹木でなく、彼女曰く、醜悪なものばかりが描かれていたからだ。彼女は僕に描くのを中断させては、ジャガイモやマカロニの番をさせた。

ある日——僕の足はもうほとんど良くなっていたから、あれは多分、五回目の爆発の後だったと思う——玄関の扉をシメクが叩いた。彼の手には丸めた紙きれが握られていた。

「これが何だと思う?」と彼は扉のところから尋ねた。「当ててみろよ、早く!」

「旗?　指名手配の公示?　広告?」

「近い」彼はニンマリとした。「これはポスターだ！」

「なるほど」釈然としないまま僕は言った。「で、それがどうかした？」

シメクは折りたたみ式寝台の上に色鮮やかなポスターを広げながら、まくし立てた。

「広告柱に張り紙をしていた男の人からもらったんだ。古い自転車に乗っているあの人さ。ほら、見てみろよ。すごいだろ！」

実際そこにはライオンの大きな口と並んで色鮮やかな衣装を着た女性が描かれており、その下には「サーカス『アリーナ』へ、ようこそ!!」という謳い文句があった。

「悪くないね」僕は言った。「それで？」

「それで、だって？　明日僕らはサーカスを観に行くんだ！」彼の口から突然嬉しいニュースが飛び出した。「分からないのか？」

「チケットは？」

「エルカがもう買いに行った。君の分もね」

「お金は？」

「金のことは心配するな。もし持っているなら払えよ」

「いくら？」

「大人用は十ズウォティ、子供用は五ズウォティ」

「そんなに沢山のお金、どこから手に入れたんだい？」

「今、全部説明するよ」シメクはポスターをどけ、寝台に腰を下ろした。部屋のすべての椅子には、これからアイロンをかける洗濯物が掛かっていた。「今朝ピョートルが、金物屋で釘を買ってくるよう父さんに言われてグダンスクへ行ったんだ。その時集会広場でサーカスの幌馬車《ほろばしゃ》を見かけた。で、あいつは店には行かず、そばの停留所で市電から飛び降りて、隅から隅までくまなく見た。道化師が住んでいる幌馬車、野獣のいる檻、馬、曲芸師。奇術師のシルクハットもだぜ。ちょうど荷物が運ばれていた時シルクハットが落ちて地面を転がったので、それを見ていたぱっとしない感じの奇術師が運搬人を大声で怒鳴ったんだって。ピョートルはそのすべてを見たし、聞きもしたんだ。サーカスの男たちが巨大なテントのワイヤーを引っ張り、大きなハンマーで太い杭を地面に打ち込んで、その端を固定するのも見たんだ。それから父さんに頼まれた釘のことを思い出して、必要なものを買って、このニュースを届けに僕たちの所へやってきた。三十分、いや一時間後には、僕たちの所の広告柱にもこれが貼り出された」シメクはそう言って手を伸ばし、けばけばしい色のポスターを引き寄せた。

「で、お金は？　どこから手に入れたの？」

「それが変なんだ」とシメクは続けた。「僕らは広告柱のそばに立って、張り紙貼りの男が紙に糊を塗っては柱に貼りつけ、柱全体を同じポスターで埋めていくのを見ていた。僕らは何となくそこに立って、お金があってサーカスに行けたらいいのになぁと話していたんだ。僕の持ち合わせは自分のチケット分しかなかったし、ピョートルもそうだった。エルカにはたぶん持ち金がなかったし、ヴァイゼルはどうだか分からないけど、君もたぶん……。その時コロテクさんが完全なしらふで僕らの方へ近づいてきて、たぶん僕らの会話が聞こえたんだな。で、聞いてきたんだ、『何枚必要なんだ？』って。『五枚です』と僕らは答えた。だって君の分も合わせて五枚だろ。そしたら彼はポケットから財布を取り出し、僕らに三十ズウォティそっくり渡した。『とっとけ』と彼は言って、『空き瓶を売って稼いだら返してくれればいい。でも返さなくてもいい』って。エルカは明日用のチケットを買いにいった。今日はまだ公演がないんだ。な、悪くないだろ？」話し終えたシメクはポスターを細長く丸めた。「ベッドの上に貼るんだ」と彼は言った。「母さんが捨てない限りはね。だってこの女、ほとんど裸だもの！」

シメクはとても満足気に出ていき、僕たちのおしゃべりを小耳に挟んだ僕の母は、チケットが一枚五ズウォティなら、コロテクさんの厚意に甘える必要なんてなかった（と母は言った）、そのぐらい私が喜んで出したのに、と言った。

僕たちが購入したのは十六時開演用のチケットで、翌日、時間は朝からやりきれないほどのろのろと過ぎていった。早朝にはもう、僕はコンクリートの円柱にべたべたと貼られたポスターを見るために家の外へ出た。柱の姿は圧巻だった。大口を開けたライオンと美しい衣装をまとった女性が、柱の根元からてっぺんまで円柱をぐるりと囲むように貼られていた。ふだん見慣れていたのは、古いポスターの残骸、卑猥な落書き、昨年の徴兵登録に関する官公庁の通達が入り混じり、数ヶ月前から何も変わらない無味乾燥とした柱だったので、僕は魔法をかけられたようにそのそばに立ちつくし、考えた。サーカスで目にするライオンは、このポスターと同じように恐ろしいのだろうか。大口を開け、輝く大きな二列の牙をのぞかせているのだろうか。すると不意に、わき腹を軽くつつかれた。

「もう歩けるのか?」そう、それはヴァイゼルの声だった。「足は腫れていないか?」

「うん」と僕は嘘偽りなく答えた。「もう全然痛くないし、腫れてもいない。で、どうかした?」

この「で、どうかした?」という言葉の中には、もちろん何か新しいことへの期待が込められていた。ヴァイゼルが背後から僕に近づき尋ねるということは、何か考えがあってのことに違いないのだから。

「一緒に来いよ」彼は言った。「ヨーロッパヤマカガシの捕まえ方を見せてやるよ」

「何のために捕まえるんだい?」と僕は尋ねた。「調教するのかい?」

ヴァイゼルは肩をすくめた。「気が進まないならいいよ。どうやるのか見たがるかと思ったんだ」

彼はゆっくりと諦めたような調子でそう言った。

僕は彼がヨーロッパヤマカガシを捕らえるのを見たかったが、同時に、それらが何のために必要なのかも知りたかった。そこで、坂を上《のぼ》っていた時、僕はもう一度尋ねた。

「でも、なぜ必要なんだい?」

「見てろ。今に全部分かる」彼は言った。「これは捕まえたやつを入れる袋だ」そう彼は説明した。

「棒は森で見つけよう」

僕たちは、互いにほとんど見分けがつかないほどよく似た小さな家々のそばを通り過ぎた。屋根の斜面には半月型をした屋根裏部屋の小窓があり、それらは日中消される車のライトに見えた。ヴァイゼルは道中ずっと黙り込んでいて、カラマツ林をぬける細い坂道を上った時も、一言も発さなかった。十分後、僕たちは息を切らして丘の頂上に立っていた。そこからは、ある方向には空港と湾が見え、南の方には、遠く眼下に広がる谷の中にブレントヴォと射撃場のある丘がぼんやりと浮かんでいた。

「あそこへ行こう」彼が指さした南の方には、個人用園芸庭園になるはずの敷地が垣根で囲われていた。

僕たちはスキーで滑降するように斜面を下った——必要以上に速度が上がらないよう、左、右と鋭いジグザグを描いていった。様々な匂いが空中を筋状に流れ、漂っていた。咲き終わったルピナスの芳香がクローバーと混ざり合い、すがすがしいミントの香りが鼻を刺すような野生のタイムの香気と混ざり合った。

「ねえ、君はヨーロッパヤマカガシを売るつもりなのかい？　それともMスキの所へ持っていくの？　彼が一匹では足りないと言うなら何匹も必要だよね」僕がそう尋ねた時、僕たちはもう谷のはずれまで来ていた。そこからは見えはしなかったが、谷と墓地と廃線になった線路の築堤とが接する場所だった。

しかしヴァイゼルは答えなかった。彼はまず、ビエシチャダのまむしを捕獲する時に使うような、一メートルほどの長さの先が枝分かれした棒を探し、それから僕の方を向いてこう言った。

「あそこに藪《やぶ》があるのが見えるかい？」

僕はうなずいた。

「あそこには一番沢山いるんだ。あそこへ行って、あいつらが出てくるよう低木を揺すってくれ。ただし、ゆっくり、そっとだよ」と彼は付け加えた。「全部が一度に逃げ出さないように。分かったかい？」

それは難しい仕事ではなかった。僕は藪に沿って縦方向にゆっくりと歩いていき、丈の伸びた草、イラクサ、ヘビイチゴ、黒いエニシダ、羊歯からなる茂みを棒で揺すった。ヨーロッパヤマカガシは最初はゆっくりと、そしてだんだん早く僕の足の間をすり抜け、ヴァイゼルのいる方へ音もなく逃げていった。彼はそれらを枝分かれした棒で器用に押さえ込み、指でそっとつまみ、麻袋の中へ放り込んだ。

「もう一度」僕が狩りを終えると、彼は言った。「一度で全部は飛び出さないんだ」

僕がまったく同じようにやると、驚いたことに、一度目と大して変わらない数のヨーロッパヤマカガシが飛び出した。ヴァイゼルは袋に大きな固い結び目を作った。

「よし」と彼は言った。「さあ、これからあの忌々《いまいま》しい園芸庭園を通って、これを反対側に持っていこう」

「忌々しい園芸庭園」と彼が言ったことを僕はよく覚えている。ヴァイゼルは必要以上に話すということがなかったので、彼の言葉はすべてとても正確に覚えておくことができた。

「忌々しい園芸庭園め」――僕たちがそこで働く人々のそばを通った時、彼はもう一度そう言った。

彼らはいつからかそこに姿を現し、砂漠のように乾いた地面を執拗に掘り返し、さらなる執念深さで板材や穴だらけのベニヤ板で小屋をこしらえて、それを家と呼び、理由はよく分からないが、そこにペンキで滑稽な小人か迷子になった小鹿か少女の顔をしたヒナギクを描いた――それは醜悪でひどく下品だった。

「お前たち、一体何を運んでいるんだ?」太った汗だくの男が鋤から顔を上げて、僕たちに声をかけた。「ここで何をしている?」

「いえ……何も」最初に答えたのは僕だった。「飼っているウサギ用の草を集めているんです。ここに一番沢山生えているので」

ヴァイゼルは歩くペースを少し緩めただけで立ち止まらず、その太っちょに一瞥《いちべつ》もくれなかった。僕は規則正しい歩調に合わせて揺れる袋を見ながら、彼の後ろについていった。

「次からは」と太っちょは大声で言った。「別の場所を当たれ! お前らなんてもう見たくない。分かったな? この土地にはもうちゃんとした所有者がいるんだ!」太っちょはさらに何か喚《わめ》いていたが、その声はもう僕たちに届かなかった。

僕たちは細い坂道を下り築堤へたどり着いた。

「君の思いつきは悪くなかった」ヴァイゼルは言った。「頼りになるな」

僕の心は誇らしさのあまりはち切れそうになった。いつの間にか墓地のところまで来ていた。その北端にたどり着いた時、ヴァイゼルは手を上げて僕を引き止めた。

「ここで放そう」彼はそう言って袋の口を開けた。「こいつらを脅かすものはここには何もない」

僕は開いた袋からヨーロッパヤマカガシが這い出てくるのを見た。何匹かはすばやく飛び出したが、他はどうやら怯えているらしく、ヴァイゼルが手でつついてやらないと、なかなか出てこなかった。蛇は墓石の間を散り散りに這っていった。彼らの茶褐色の体は羊歯とブタクサの生い茂る藪の中へジグザグを描きながらもぐり込み、瞬《またた》く間に一匹残らずいなくなった。

今僕は「一匹残らず」と書いたが、それは真実ではなかった。なぜなら、その時墓碑プレートに横たわる一匹の蛇の長い体が、ブナの葉の丸天井から注ぐ光の中で——まるでそれは僕たちの教会で行われるミサの最中、モザイク画の緑色のステンドグラスを通してみえる光のようだった——、木漏れ日を反射してきらめいているのを見たからだ。そのヨーロッパヤマカガシは体長が一メートル以上あり、ほとんど動かず、まるで光を探すように頭部をもたげたが、すぐに墓碑プレートの上へ戻した。頭上からプレートに光が届く度、蛇の頭頂部にある左右対称の黄色い斑紋《はんもん》がきらりと光った。

「見ろよ」と僕はヴァイゼルに囁《ささや》いた。「僕らを全然怖がっていないじゃないか」

実際蛇の方へ手を伸ばすと、僕の指先には、平たい頭部のひんやりとした、ちょうど犬の鼻に触れた時のような手触りが感じられた。ヨーロッパヤマカガシは逃げ出すことなく、ただわずかに身を引いただけだった。ほどなくして蛇は僕たちに背を向け、近くの羊歯の中へ消え、後にはかすかに揺れる茂みだけが残った。

「何か書いてある」と僕はヴァイゼルに言った。「読めるかい?」彼は墓碑に身を屈めると、読み上げた。

「ホルスト・メラー、ここに永眠す《ヒア ルート イン ゴット ホルスト・メラー》。生年、一九二五年六月八日。没年、一九三六年一月十五日」そして続けて音節ごとに発音した。「『汝は常に我らの愛とともにあり、永遠にそうあり続ける《ヴァルスト ウンザー リーベ アレ ツァイト ブライプスト エス アオホ イン エーヴィヒカイト》＊1』。僕はドイツ語を知らないけど」と彼は言った。「でも最初の文には、ここにホルスト・メラーが眠ると書かれていて、二番目の文は何かの詩だ。韻を踏んでいるからね。ほら」と言って、彼はゴシック体で刻まれた文字を指でなぞった。「時間《ツァイト》、二番目の文にも永遠《エーヴィヒカイト》。アイト、カイトで韻を踏んでいるだろ。これはきっと何かの詩だ」

「死んだ時、十一歳だったんだね」僕は言った。「僕らと同い年じゃないか」

「いや、彼は一九二五年に生まれたわけじゃない。一九二九年だ」ヴァイゼルは刻まれた文字に顔を近づけた。「見ろよ、これは五じゃなくて九だ！」

「まるでこの子を知っているみたいな言い方だな」僕は初めてヴァイゼルの意見に逆らった。「これは九じゃなくて五だろ。つまり、この子は一九二五年に生まれて、十一歳で死んだということじゃないか！」

「どっちにしろ、僕らには彼が何者だったのかは分からないさ」ヴァイゼルは僕の話をさえぎった。

帰り道、彼はさらに言った。園芸庭園の人々はヨーロッパヤマカガシとマムシの区別をつけることができないので、何か地を這うものを見ると鋤や熊手をつかみ、寄ってたかって殴りつけ、殺してしまうのだ。だから、あいつらを古い墓地か氷河期に運ばれた大きな岩のある平野へ運んでやらなければならない。そうすれば一部だけでも助けることができるかもしれない、と。

そう、ヴァイゼルの言うとおりだった。翌年にはもう、園芸庭園は築堤の反対側の、墓地の裏手にある谷のほぼ全域を覆い、伸びきった草のかわりに、ニンジンやエンドウ豆やカリフラワーが列をなして植わっていた。ヨーロッパヤマカガシを見かけることはめったになくなり、見かけたとしても死骸で、周りには働き蟻が群がっていた。三、四年も経つと、彼らはもうどこにもいなくなっていた——そこにも、ヴァイゼルが麻袋に入れて運んだ古い墓地や、石切場と名づけられた平野にも。

彼がどうしてそんなことをしたのか僕は一度も聞かなかった。Mスキに気に入られようとしてやったのでないことだけは確かだったが、彼の説明に今でも完全に納得しているわけではない。一九三六年に埋葬され、その墓石の上で僕がヨーロッパヤマカガシに触れた、あのホルスト・メラーにしても、あれから聞いたことがない。一つだけ言えるのは、ヴァイゼルがヨーロッパヤマカガシの救出作戦においてピョートルやシメクの手を借りようとはしなかったということ、そして皆でサーカスに行くことになっていたあの日、彼はむしろ偶然に、おそらく衝動的な判断で僕を連れていったということだった。それとも、ヨーロッパヤマカガシの捕獲は誰にでもできることではない、と考えていたのだろうか。

＊1　キリスト教聖歌の歌詞。

校長室から出てきたMスキは、開け放した扉の前でまず僕をじっと見つめ、それからシメクとピョートルを見て、最後に壁時計に目を移すとこう言った。

「もうたくさんだ！」彼は、僕たちの考えを読み取ろうとするかのように僕たちの顔を見つめた。「もうたくさんだ」長い沈黙の後、彼は繰り返した。「もうたくさんだ。お前たちに最後のチャンスをやる。もしこれで白状しないなら、検事と警察がお前たちを取り調べることになるぞ！　分かったか」

答えはなかった。

「コロレフスキ！」シメクの名前が呼ばれた。「お前からだ」

僕は、僕たちが行ったことにしたあの「埋葬」の詳細を頭の中で繰り返したが、シメクの背後で扉が閉まると、すべてをちゃんと覚えているかどうか自信がなくなった。Mスキの脅しは本物だろうか？　僕は今でもそれを疑っているが、たとえそれが本物だったとしても怖くはなかった。ということは、僕たちにはもっと恐ろしいものがあったのだろうか？　壁時計が十一時半を告げた。窓の外は暗く、雨粒がブリキの窓枠をたたいていた。扉の向こう側にいる人々は、もううんざりしているに違いなかった。人は同じことを、どのぐらい長く問い続けることができるのだろう？

サーカスの幕開けは見事だった。吹奏楽器と大太鼓《おおだいこ》からなるオーケストラがファンファーレを奏でたとたん、緑の燕尾服をまとい、前身《まえみ》ごろとカフスにたっぷりレースをあしらった白いシャツを着た司会者が、舞台に飛び出してきた。彼は最初の演目を告げた。だが、それを言い終わらないうちに、とんがり帽子をかぶった皺だらけの小人がその背後に忍び寄り、燕尾服の片方の前身ごろを引っ張った。すると燕尾服の下から鳩が飛び立ち、司会者は前を向いたまま小人をまるで馬でも蹴るように蹴飛ばし、小人は大声をあげながら曲芸師のように宙返りで舞台裏へ消えていった。拍手と大爆笑が湧き起こり、舞台にはもう曲芸師たちが入ってきた。彼らはまず舞台をのし歩き、どてかぼちゃのように盛り上がった筋肉を見せびらかした。そして背の順に並ぶと、次の人の肩へ順に飛び乗って、二階建て家屋ほどのピラミッドを作った。一番小柄な曲芸師がてっぺんで様々な芸当——手の上に立ったり、片足で立ったり、空中でジャンプしたり、跳躍した後、相方の頭上に着地したり——をしてみせた。

「あれが上位の人《オーバーマン》だ」とヴァイゼルがエルカに囁いたが、その声は僕たちにも十分聞こえた。「何だって?」シメクが訝《いぶか》しがった。

「上位の人《オーバーマン》よ」エルカが繰り返した。「あの一番小さい人が下位の人《ウンターマン》、真ん中にいるのが中位の人《ミッテルマン》。で、今ジャンプしたのが上位の人《オーバーマン》、一番背が高くて一番偉いのよ」

「一番背が高いわけじゃない、一番高くジャンプする人だろ」とピョートルは囁いたが、言い合いをしている暇はなかった。なぜなら、上位の人《オーバーマン》が最後に二段跳びで下位の人《ウンターマン》のそばの砂地に着地し、それに続いて中位の人《ミッテルマン》がジャンプし、最後にステージをとり囲む客席に向かって三人そろってお辞儀をしたからだ。

緑の燕尾服を着た男が再度登壇し、これから馬のパレードと曲芸が始まると予告した。舞台の袖では、小人がぴんと張ったロープの端を持って、彼を待ち構えていた――それは司会者に仕掛けられた罠だったが、司会者の代わりに小人が躓《つまず》いてひっくり返り、彼は退場する司会者の後を蛙跳びで追いかけていった。

羽根の冠と色鮮やかなソックスで飾り立てられた馬が、ルバードやらルーラードといった曲芸をして見せた後、ぴったりとした衣装に身をつつんだ曲芸師のカップルが現れた。緑の燕尾服は、これから奇術師――それはイリュージョニストと紹介された――の演目が始まると予告したが、観客は皆あの滑稽《こっけい》な小人の姿を探し、奴が今度は何をしでかすかと興味津々だった。ふいに司会者は自分の腹を押さえ、ひどいしかめっ面をした。とその時、オーケストラの楽団員がトロンボーンを取り上げ、おならの音を出した。するとそれまで誰も気にとめていなかったのだが、燕尾服のやや突き出したお尻から、もつれた毛糸玉のように身を丸く縮めた醜い小人が、太鼓の連打音とともに転がり落ちた。観客が腹をよじって笑う横で、司会者は道化師に掃除するよう言いつけたが、道化師たちは鼻をつまみ、邪魔なボールのようなものを足で蹴とばした。司会者がまるで腹を下しているようながに股で舞台を歩き回ると、観客席はますます狂ったような歓喜の笑いに包まれた。ヴァイゼルだけが、まったく関心がないといった風情で笑わなかった。

身動き一つせずに見ていたシメクは、この時懐《ふところ》から双眼鏡を取り出した。

「よく見るんだぞ」ピョートルが釘をさした。「とくに手と袖のあたりを」

奇術師は、司会者同様、燕尾服を着ていたが、色は黒で頭にはもちろんシルクハットをかぶり、鏡のように磨かれた黒いエナメル靴を履いて、すべての手品を白い手袋をはめて行った。まず助手の女性が彼に手渡したのは日傘だった。日傘は一瞬で本物の金属製糸巻きと釣り糸と先端にフックのついた長い釣り竿になった。奇術師は人差し指を唇に当て、静かにするよう観客に求めた——魚が騒々しさを嫌うのは言うまでもない。それから彼はまるで水辺にいるかのように身をかがめ、釣り針を投げ入れた。するとフックの先に、金色に輝く活きのよい魚が現れた。「何か見えたかい？　あいつがどうやったのか見えたかい？」ピョートルは我慢できなくなってシメクのわき腹をつつき、尋ねた。

「なぁ、ちょっと覗かせてくれよ」

しかし、シメクは双眼鏡を苛立たし気に調整しただけで、一言も話さなかった。

その可愛らしい魚は、助手の手で机の上に据えられた水槽の中に収まった。それは活発に泳いでいて、普通の水槽にいるただの魚と変わらないように見えた。奇術師はその手品を何度か繰り返してみせたが、何度見ても同じだった——いずれの魚も活力にあふれ、水槽の中を元気に泳ぎ回っていた。しかしそれらの魚が一体どこから現れ——どこからともなく、としか言いようがないのだが——次々とフックにかかったのかは、誰にも分からなかった。

奇術師は釣り竿を置き、シルクハットを取った。

「今だ！」とピョートルは興奮して囁いた。「よく見て！」

奇術師は、色とりどりのハンカチを結びつけた数メートルの長さの紐をシルクハットから取り出したかと思うと、それをひと振りで大きな一枚の布に変え、それでもって金魚の入った水槽をすばやく覆った。さらに二回の手の動きで釣り竿を短い魔法の杖に変え、覆われた水槽にその先端で軽く触れた。助手は太鼓とタンバリンの音色にあわせて布をとった。すると机の上には魚と水の入った灰色の容器ではなく、白いウサギが、湧き起こる拍手喝采に驚いて両耳をピンと立て、おどおどしながら座っていた。

「全然わからない」シメクは大歓声に負けじと叫んだ。「何も見えないよ!」

僕はヴァイゼルの方を見たが、彼はシメクとピョートルの興奮に反応する気がないようだった。背筋をピンと伸ばして座り、視線を舞台上のどこか一点に向けたその姿は、彼がこの公演全体に少し退屈しており、本当の興味からというよりもむしろ、礼儀正しさからそこに座っているような印象を与えた。休憩時間、エルカとピョートルはオレンジエードを取りにビュッフェへ行き、僕は何か尋ねる勇気もないまま彼の隣に座っていた。彼はサーカス業のあらゆる面を知り尽くしていたに違いないのだが。

オーケストラはずっと行進曲やワルツを景気よく演奏しており、人々はお辞儀をしたり「失礼」というありきたりの挨拶を交わしたりしながら、ベンチの間を歩き回っていた。舞台では二人の道化師が尻の蹴飛ばし合い、顔のたたき合い、水のかけ合いなど馬鹿な真似をしていた。

その時僕は、ヴァイゼルはむしろ素晴らしい衣装を着てあの舞台に立ち、観客にお辞儀をして、あの人々のように演目を上手くこなし、拍手喝采を浴びたいのではないかと考えた。彼の集中した顔と、厳《おごそ》かで、ややあからさますぎるほどの距離のとり方、「僕だったらもっと上手くやるのに」という、無名の芸術家にありがちな確信に満ちたあの距離のとり方を見ながら、僕はそんなことを考えていた。

その後も長い間僕はそう考えていたのだが、物語のこの時点に到達した今、僕の考えは当時とは異なる。とくに公演の第二部で起こった出来事に照らし合わせるなら、なおさらだ。僕が言いたいのはもちろん、ライオンの調教中に起こった事故のことであり、彼のその時の振舞いのことだ。僕は休憩時間の後、一つの演目が終わるごとに彼を観察し、顔、手の平、指に至るまでつぶさに見ていたが、それらが今の僕に語りかけることはあの頃とはかなり異なる。あの頃僕たちは——僕、シメク、ピョートルだけでなく、おそらくエルカもだが——、彼がサーカスの奇術師になりたがっていると信じていたのだから。

ヴァイゼルは平然として、喝采の声もあげず、熱中している様子もなかった。幕間に繰り広げられる緑の燕尾服と小人のドタバタに至っては、ほとんど関心がないようだった。象のパレード、火食い術師、フラフープを使う曲芸師、犬のバスケットボール、空中ブランコ、奇術師の二番目の登壇においても同じだった。今回奇術師は、コップに入った牛乳、きしむ風船、巨大な花束、鳩、ウサギなど、様々なものを空中から取り出した。シルクハットからはシャンパン一瓶とグラス二つを取り出し、開けた瓶のコルクを勢いよく飛ばしたかと思ったら、それを鳩に変えて観客の度肝を抜き、最後に助手と乾杯してみせた。全員が首を伸ばし、狂喜して飛び上がり、大声であれこれ叫ぶ間も、ヴァイゼルは微動だにしなかった。しかし公演が終わりに差しかかり、緑の燕尾服が今夜最大の見世物――野獣の調教――を予告した時のことだった。ヴァイゼルはベンチに座り直し、背すじを伸ばし、待ちきれない様子で両手の指を膝の上で組んだのだ。

格子のついたトンネルを通って、二匹の雄ライオンと、一匹の雌ライオンと、僕たちが動物園で観たのと同じ一匹の黒豹が、舞台を囲む檻の中へ入ってきた。彼らのすぐ後から、長靴と白いスタンドカラーのシャツを身につけた猛獣使いが現れた。その手には馬用よりも少し短い鞭が握られていた。彼の助手は、緑の燕尾服が言うには猛獣使いの妻でもあったが、スパンコールの縫いつけられた身体にぴったりフィットする衣装を着て、房飾りのついた白い長靴を履いていた。獣は目を細め、やるべきことを決めかねている様子で、舞台の中央部をぐるぐると歩き回っていた。

「ヘルマン！　ブルータス！」と猛獣使いは叫んだ。「位置につけ！」

雄ライオンたちはぐずぐずしながら腰かけの上に飛び乗った。

「ヘルガ！」これは雌ライオンのことだった。「位置につけ！」

雌ライオンは敏捷な動きで自分の場所に座った。今度は黒豹の番だった。

「シルヴィア！　位置につけ！」

豹は、雄ライオン同様、ひと跳びで指定された椅子の上に乗った。男は油断ない目つきで動物の群れを見た。

「ヘルマン！　ブルータス！　気をつけ！」

雄ライオンは上体を起こし、胸を張るように後脚だけで座った。

「ヘルガ！　シルヴィア！　気をつけ！」

二匹の雌猫は同時に命令どおりの体勢を取ったので、今や四匹全員が、まるでソーセージをねだる犬のように、尻を支えに二本脚で立っていた。

調教師は観客にお辞儀をし、拍手が沸き起こったが、獣たちは元の体勢に戻ってしまった。猛獣使いは彼らに近づいて軽く鞭で打ち、助手がもう一つ空いた椅子を用意すると、こう叫んだ。

「ヘルマン、ジャンプ！」

ヘルマンは、自分の腰かけからもう一つの空いた腰かけへ飛び移った。

「ブルータス、ジャンプ！」次の命令が発せられた。

するとブルータスも、先ほどの雄ライオン同様、今しがた空いた腰かけへ飛び移った。

「ヘルガ、ジャンプ！」調教師は大声で命じたが、なぜかヘルガは躊躇《ちゅうちょ》し、跳躍したがらなかった。

「ヘルガ、ジャンプ！」彼は命令を繰り返したが、三度目になって鞭で打たれてようやく、ヘルガは命令に従った。

一方、豹は命令を待たず、雌ライオンによって占められていた席が空くやいなや、課題を遂行した。調教師のお辞儀なしに拍手は自然と湧き起こり、調教師はシルヴィアのそばに行って、その鼻ずらを鞭の先端でなでた。

「いい子だ、シルヴィア」彼は大声で言った。「お行儀のよい子だな、シルヴィア」彼はそう繰り返しながら豹の長いヒゲをなでたので、豹はほんの少し頭を上げ、くぐもった低い音で咽喉《のど》を鳴らした。この繊細な愛撫が気に入った観客は再び拍手で応えた。

助手の女性が革製の大きなボールを用意した。

「ヘルマン、ジャンプ！」

ボールの上へ飛び乗ったヘルマンは四肢を動かしながらそれを数メートル転がし、元の場所に戻るとユーモラスに頭を振ってみせた。同じことをブルータスも行い、続いてヘルガも成し遂げた。ところが豹は、今度も命令を待たずにその芸当をやってのけ、舞台の反対の端にボールを置いて戻ってきた。喝采はますます大きくなった。しかしヴァイゼルを見ると、彼は拍手してはいなかった。彼は指で膝をはじいているだけだった。助手は今度、紙でこしらえたフラフープを持ってきて、マッチで火をつけた。ベンチでは興奮のあまりざわめきが起こった。

「ヘルマン、ジャンプ！」猛獣使いは叫び、鞭を鳴らした。

雄ライオンは燃えるフラフープをひと跳びで見事にくぐり、舞台の反対側、腰かけの真向かいに立った。

「ブルータス、ジャンプ！」鞭が再び鳴り、観客は猫の長い跳躍に魅了された。

「ヘルガ、ジャンプ！」これも同じだった。

「シルヴィア、ジャンプ！」猫は二匹とも雄ライオンに並んだ。

舞台の反対側でも同じ芸当が繰り返された。猛獣は燃えるフラフープをくぐり、今度は各々の腰か

け へ飛び移った。女性がフラフープの向きを変えるたびに、彼女の衣装に縫いつけられた何千ものスパンコールがきらめいた。四匹が全員再び腰かけに座ると、猛獣使いはお辞儀をし、割れんばかりの拍手が起こった。

その時思いもよらないことが起こった。助手はフラフープをひと振りして火を消し、猛獣に背を向けて、次の小道具の方へ移動していた。それは木製のシーソーで、檻の細い格子桟《こうしさん》にもたせかけられていた。女性は二、三歩進んだところで砂地のくぼみにつまずいた。豹はその瞬間を逃さず、稲妻のような素早さで彼女に飛びかかり、彼女もろとも舞台に倒れ込んだ――最初に猛獣使いの妻が、続いて彼女の頭に一撃を加える黒い雌猫が。恐ろしい音――二度の「ズシン、ズシン」という音と、咽喉から絞り出すような女性の短い悲鳴――がして、辺りは全き静寂に包まれた。観客は誰一人その場から動くことができず、息を飲み、呆然としていた。

「シルヴィア！」猛獣使いは黒豹に向かって一歩踏み出した。「シルヴィア、位置につけ！」

しかし豹は腰かけへは戻らず、まるで「近づくな、これは私のものだ！」と調教師に言わんばかりに女性の肩甲骨あたりをつかみ、ぐいと引っ張った。ライオンたちは腰かけの上で落ち着きなく身動きした。ブルータスは足ぶみをし、ヘルガは長く深いくぐもった声で鳴いた。舞台のそでから二名の救助員が消火器をもって出てきたが、ちょうどその瞬間女性が動いたので、猛獣使いは彼らを手で制した。他方、シルヴィアは怒って鼻を鳴らし、女性の腰のあたりを殴り、鉤爪《かぎづめ》で衣装を引きちぎった。砂地にスパンコールがきらきらと舞い落ち、むき出しになった臀部から血が赤い筋となって流れた。上の方のベンチから誰かのすすり泣く声が聞こえたが、それもすぐ静かになった。

ヴァイゼルは背筋を伸ばし、頭を動かさずに座っていたが、指だけは相変わらず膝をはじいていた。「神さま」と僕は考えた。「どうか彼をあそこに行かせてください、彼の能力を示させてやってください。だって、できるんですから。どうかあの動物園の時のように豹の目を見つめ、なだめ、屈服させ、反抗心を砕くよう、やらせてください、あの動物園の黒豹にしたように、この豹を内気な小犬に変えさせてください。彼にそうさせてください、手遅れになる前に！」

ヘルマンは腰かけから飛び降り、空中に何か刺激臭を嗅ぎとったかのように前脚を上げた。猛獣使いはオーケストラに合図を送った。楽団員は半分の音量で退場曲を演奏した。ライオンたちは落ち着きなく身体を動かした。

「ヘルマン！　ブルータス！　ヘルガ！　こっちへ！　こっちへ！」調教師は繰り返した。「こっちへ！　こっちへ！」ライオンたちはしぶしぶトンネルの方へ歩き出した。

「さあ、さあ！」すると彼らは物憂げにのろのろと入り口をくぐり、救助員が彼らの後ろでゲートを下げた。

今や舞台に残っているのは猛獣使いと豹だけだった。豹は前脚を女性の動かない身体にかけ、尾を落ち着きなく左右に動かした。「シルヴィア」と彼はやや声を落として話しかけた。「いい子だ、シルヴィア、位置につけ、シルヴィア！」

しかし豹は自分が優勢だと悟っており、威嚇するように唸っただけだった。彼女の眼は男の一挙一動を追った。

「シルヴィア」男は一歩前に踏み出した。「位置につけ！」

ところがシルヴィアに獲物をあきらめる気は毛頭なかった。彼女は咽喉の奥から低いうなり声を発すると、一撃を加えんと前脚を高く振り上げた。

ヴァイゼルの指は依然膝をはじき続けており、僕は初めて彼に激しい怒りを覚えた。もしこれほど危険な状況でなければ、僕は彼を怒鳴りつけ、拳骨で殴っていたかもしれない。砂上の血溜まりがみるみる大きくなっていく今、彼はなぜ動かないのか。なぜ下へ走っていかないのか。なぜ自分の能力を示そうとしないのか。裸馬にまたがって行われる曲芸や、道化師の茶番劇を眺めるように、なぜ平然と座っていられるのか。「神さま」僕は考えた。「彼が動くよう、何かしてください。彼を促してくださるだけで結構です。あとは彼が勝手にやりますから。彼にはそれを完璧にやりこなす能力があるんです。ただ彼にそれをやらせてください」しかしヴァイゼルの頭、顔、足は、彫像のように動かなかった。不自然なほど細長い指だけが、四分の三拍子をとり続けていた。

猛獣使いは途方に暮れていた。彼は前にも後ろにも動けず、催眠術をかけられたように立ちすくみ、ますます声を落としながらシルヴィアに同じ言葉を投げかけた。

「位置につけ！　いい子だ、シルヴィア、位置につけ！」それは豹が彼に向かって飛びかかるよりもずっと恐ろしかった。

救助員の一人は豹の注意を引かないよう気をつけながら、消火器を小脇に抱えて檻の外をゆっくりと歩き回り、もう一人はいつでも発射できるように空気銃を構えて、舞台裏から出てきた。二人とも少しずつ豹に近づきながら攻撃の機会をうかがっていた。その時僕は、消火器の中に麻酔薬が入っていることも、空気銃に催眠薬入りカプセルが仕込まれていることも知らなかった。彼らは、木製の剣《つるぎ》とパチンコゴムを手にアフリカの水牛に挑む小さな少年のように、滑稽で稚拙にみえた。

豹は女性を前脚で小突いたが、いまだ腹を決めかねている様子だった。消火器をもった男性が片膝をつき、構えの姿勢を取ると、獣の鼻先めがけて勢いよく麻酔薬を噴射した。豹は飛び上がった。水圧で豹の頭はのけぞったが、前脚、その大きな前脚は、一瞬まだ同じ位置にあったので、豹は獲物を手放す前、砂上を一メートルか二メートル引きずった。そして見えざる敵に向かって唸りながら前脚を振り上げたが、やがて檻のわきで身を縮めた。空気銃から発射されたカプセルの矢が命中すると、豹はほんの一瞬てんかん性の発作を起こしたように痙攣し、やがて舞台の上に崩れ落ちた。猛獣使いは妻に駆け寄り、彼女を両手で抱えて舞台裏へ運んでいった。三名の救助者が豹を防水用の大きな幌の中へ投げ入れ、裏口へ引きずっていった。

これが公演の終わりだった。

僕はしゃくりあげた。美しい女性とスパンコールつきの素敵な衣装が無残で可哀そうだったというのもあるが、それよりもむしろ、ヴァイゼルのことが残念でならなかった。僕には一つのことが分かっていた。つまり彼は万能ではないか、あるいは救助したがらなかったかのどちらかだということが。とはいえ、救助したがらなかったという可能性の方が高く、それは身の毛がよだつ話だった。彼になかったのはエメラルドの片眼鏡*1だけだった。彼は救助のために駆け下りてゆかず、狭い入り口に無理やり身体を滑り込ませようともせず、黒豹と面と向かって対峙しようともしなかった。もし少年が猛獣の手の届く距離に近づき、この世のすべての矢と麻酔薬をもってしても到底及ばないほどの眼力でそれを手なずけたとしたら、観客は驚愕し、恐怖による錯乱状態から狂喜による錯乱状態に陥っただろう。いや、そんなことは何一つ起こらなかった。なぜならヴァイゼルは、スパンコールが輝くぴったりとした衣装に身を包んだ猛獣使いの妻のために何かする必要は一切ない、と考えていたのだから。じゃあ、誰のためになら彼はそれをやったのだろうか？　僕は考えた――ひょっとしてエルカのため？　それとも僕たちのうちの誰かのため？　もしもあの時彼がやるべきことをやっていたら、あの助手の女性を救っただけでなく、見返りとなるものを十分に得ただろう。名声、評判、あるいはひょっとしたら、サーカスへの即入団も。そして旅をし、僕たちの住む町やこの国を超えて、さらに大きな名声を得ただろう。鞭をひと振りもしない十一歳の猛獣調教師の足元に、ウィーン、パリ、ベルリン、モスクワ、あらゆる都市がひれ伏しただろう。新聞には大きな見出しが出て、観客席は超満員になっただろう。それなのに、彼はそのすべてを捨てて、ただ膝を指ではじいていたのだ。一、

＊1　暴君で知られる古代ローマの皇帝ネロは、エメラルドの片眼鏡をかけ、健闘士たちの闘いを観戦したという。

二、三、一、二、三、一、二、三、と。
　この考えがまったくの筋違いだったことを、今日の僕は知っている。ヴァイゼルはサーカスの奇術師になることを一度たりとも望んでいなかった。空中浮揚したり、第三帝国の宰相を銃で撃ったりする者はサーカスに入団できない。だめだ。この文章は論理的ではない。しかし、僕がこの文章を削除しないとすれば、この物語においてはすべてが非論理的であるように思われるからだ。だから残しておくことにしよう。

　翌日、もちろん僕たちは猛獣使いの妻が生きているかどうかを確かめるために、サーカスのテントへ行った。豹があれからどうなったかにも大いに興味があった。しかし僕たちが聞いたのはただ、あの女性《ひと》が今入院していて、野獣を調教する演目は今後黒豹ぬきで行われるということだけだった。切符売り場の女性は、豹をどうするかはまだ分からない、数日後には出演するかもしれないが、動物園へ売られてしまうかもしれないと言った。

　その後僕たちは旧市街を二時間ぶらついたが、楽しいこともなくお金もなかったので、帰宅するしかなかった。僕たちの住む通りの広告塔のそばを通り過ぎた時、僕は、麻袋を小脇にかかえたヴァイゼルが、僕たちと同じ方向へ歩いていくのを見た。彼は、捕獲したヨーロッパヤマカガシを墓地近辺や石切場へ持っていくため、森へ行ったに違いなかった。エルカはそばにいなかった。

「今日は何をしようか」とシメクが彼に尋ねた。「何か良い考えでも？」

「今日は忙しい」ヴァイゼルは驚いたように見えた。「明日、射撃場裏の谷へ来い。爆発をやるから」

僕たちは帰宅する代わりにまっすぐプロイセン兵舎へ向かったが、原っぱでは二十人の「兵士」たちが砂埃をもうもうと上げながらサッカーをやっており、興味を引かれるものは何もなかった。午後になり、僕たちはブナの丘《ブコヴァ・グルカ》を通って墓地へ向かった。しかし地下聖堂をのぞいた後、戦争ごっこをやろうという提案に乗り気の者はいなかった。ピョートルが言うには、僕が足を化膿して家にいた間、ヴァイゼルは彼らに使い古した拳銃の貸し出しを二度断り、シュマイザーに至っては聞く耳を持たなかった。一度でも本物の武器を手にしてしまうと、細い棒を持って走り回ったり「タタタタ」と叫んだりは、もう以前と同じようにはできない。しかし彼と議論することなど不可能だった。彼が断わればそれは絶対なのだ。

シメクは道端に沢山転がっている松かさを蹴り、僕は先端に綿毛がついた長い草を噛んでいた。高台を後にし、なだらかなカーブを下ると、その向こうに墓地のはずれが見えた。そこではすべての墓石が壊れ、十字架は雑草やイラクサに覆われ錆びついていて、沈没した軍艦の突き出たマストのように見えた。墓地沿いに坂を下り、ホルスト・メラーの墓石のそばを通り過ぎた時、鐘の音が激しく鳴り響いた。

「黄色の翼の男だ！」僕たちは同時に叫び、一番冷静だったシメクが、まるで命令を下すように言い放った。

「地下聖堂へ！　あいつ、また追われるぞ！」

それはあまり良い考えではなかった。なぜなら地下聖堂の上に立ったところで、鐘楼で何が起きているかを見ることはできなかったからだ。しかし僕たちは走った。まるで、追われてその付近に身を隠しているのが精神病院から逃げてきた患者ではなく、僕たち自身であるかのように。鐘の音は三分ほど森の木々に跳ね返りこだましていたが、やがて静かになった。

「他にも誰か来てる」ピョートルが囁いた。「あいつ、絶対に追われてるぞ！」

実際それからすぐに、茎の折れる音と枝の擦れる音がしたかと思うと、黄色の翼の男が僕たちの方へ走ってくるのが見えた。地下聖堂のことを覚えていた彼は、あと数歩という所まで来て、そこに自分をじっと見つめる三つの顔があるのに気づくと、築堤の方へ逃げ出した。しかし、そこで墓地は終わり、谷の園芸庭園の一列目が始まっていた。ひょっとしたら、彼は逃げることに夢中で僕たちのことが分からなかったのかもしれないし、ぎょっとしたのかもしれないが、いずれにしても彼は、警官隊や看護人の手が届かないであろう地下聖堂の奥へ逃げる代わりに、足の不自由な教会の下男と、司祭ではない——僕たちがそれまで一度も見たことのない——男に追いかけられながら、さらに遠くへ逃げていった。黄色の翼の男の足元で砂が噴水のように飛び散った。草は彼の前で茎を折り、低木は自ら二つに割れて、彼の逃亡に手を貸した。

問題は、もうその場所は、草や野アザミやエニシダが膝の高さまで生え、天気の良い日にはヨーロッパヤマカガシがそっと通り過ぎ、ヤマウズラが翼のはえたミサイルのように足元から音を立てて飛び立つ、あの谷ではないということを彼が予測していなかったか、知らなかったか、あるいは単に忘れてしまったということだった。彼は鉄条網の所で転び、立ち上がると、手でそれを引きちぎり、さらに逃げた。しかし幾度も振り返りながら逃げるその姿は、鍬、熊手、スコップをもった輩や、板材、刷毛《はけ》をもった輩に見られていた。彼らは逃亡者の行く手を阻み、網で捕らえようと動き出した。自分たちの心と情熱が奏でる陽気な音楽を犬のような嗅覚で感じとり、おぞましい満足感で目を輝かせながら。

僕たちはその後起こる出来事を見るため、教会の下男と男たちの後を追った。黄色の翼の男は近づいてくる人影を見ると一瞬立ち止まり、それから向きを変えて、もと来た道を教会の下男の方へまっすぐ駆け戻った。下男についてきた男が、絶妙なタイミングで――それは見事と認めざるを得ない――足を前に出したので、黄色の翼の男はその足元にばったり倒れた。もし彼がその時すぐさま起き上がり、僕たちの方へ走ってきたら助かったかもしれないが、事はそうは運ばなかった。彼はゆっくりと起き上がった。その間に男は彼の首筋に飛びかかり、二人はしばらく半狂乱の犬のようにもみ合った。黄色の翼の男は、そこから何とか身をふりほどいた。そしてさらに走ったが、方向をまたもや誤った――園芸庭園の人々が大きな半月状に並んで、真綿で首を絞めるように彼を追い詰めていった。

その時、僕たちは黄色の翼の男の全く新しい姿を目にした。彼はもう逃げず、彼を囲む大きな輪の中心に立って、レスリングの選手のように頭を少し前方へ突き出し、身動きせずにそれらの人々を待ち構えた。人々はどうするべきか分からず、立ち止まった。

「誰か、司祭館へ電話をかけに行ってください！」下男が叫んだ。「警察か病院へ電話しないと！」

僕とヴァイゼルがヨーロッパヤマカガシを運んだ時に絡んできたあの太っちょが、鍬をわきに置き、墓地の方へ向かっていった。その瞬間、園芸庭園の庭師のうちの勇敢な二人が、黄色の翼の男に近づいた。

「落ち着け」と一人が話しかけた。「悪いようにはしない」

「そうだ、そうだ」二人目が言った。「悪いようにはしない。言うことを聞いてくれればいいんだ！」

しかし、黄色の翼の男の考えは全く違った。彼は稲妻のような速さで彼らに飛びかかり、一人の持っていた杖をたたき落とし、もう一人のわき腹に肘鉄を食らわせた。二人は即座に後退し、黄色の翼の男は杖を両手で高々と掲げ、彼を囲む敵の真ん中に侍《さむらい》のごとくすっくと立った。その姿は崇高で堂々たるものに見えた。

「あいつは危険だ」誰かが言った。「警官が来るまで待とう」

「たかが一人の狂人に」他の奴がぶつぶついった。「上を下への大騒ぎだな」

その時僕たちは最高の見世物を目撃した。まさにすべては一種のスペクタクルだった。鋤や熊手をもった僕たちの父親ぐらいの年齢の大人たちの真ん中に、黄色の翼の男が、伝説か小説の英雄のように立っていた。男たちが近づいてくると、黄色の翼の男は足を広げ、仁王立ちになった。

「あいつはフェンシングをやったことがあるに違いない」シメクが前のめりになって断言した。「ほら、見ろよ」

そう、黄色の翼の男は、大地とその住人を炎で焼き滅ぼすといって脅すことができるだけではなかった。杖を使った闘いにおいて、彼は敵よりもはるかに上手だった。彼は跳び上がり、四方八方へ向きを変え、攻撃を稲妻のような速さでかわし、自分自身も常に狙いを定めた突きを繰り出した。道具の柄が折れる音と攻撃する人々の叫び声が入り混じった。一瞬、彼は捕らえられ園芸道具で押さえ込まれたかのようにみえたが、それは錯覚に過ぎなかった。追っ手は目に青あざをこしらえ、散々打ちすえられ、傷を負って退却し、黄色の翼の男は中央に立って、勝利の雄叫びをあげた。園芸庭園の人々は円陣を組み、しばらく協議した。が再び動き出した。今度はよりきびきびと動いたが、結果は先と同様だった。彼らは男を捕らえることができず、小競り合いの末、傷を負い、打ち身を作って退散した。

突然、勝者めがけて小石が飛んだ。もう一つ。三つ目。黄色の翼の男は敏捷に身をかわし、いくつかを杖で叩き落としたが、ますます沢山の石があらゆる方向から次々に飛んできた。一つが彼の首筋にあたった。二つ目の命中弾は相当な痛さだったに違いない――それは手の節にあたり、彼はしばらくの間、杖を片手だけで持たなければならなかった。それから頭に、続いて、またもや首に、そして、また頭にあたった。その後はもう見えなかった。石が雨あられのごとく降り注ぎ、人々はみるみる接近して、ついに彼を捕まえた。彼はまだ抵抗を試みていたが、僕たちの目にはもう、振り上げられては打ち下ろされる杖と、歯を剝き出した歪んだ顔しか入らなかった。

レンビェホヴォ幹線道路からサイレンの音が聞こえてくるまでに、それからどれだけの時間が経っただろう？　僕が覚えているのはただ、その永遠に思われるほど長い間、杖や柄やスコップが振り上げられたり打ち下ろされたりしていたことと、小さな扉に赤十字の印がついた救急車が、廃線となった線路のある築堤の砂にはまって動けなくなり、白衣を着た看護師が飛び降りた時、自分がシメクとピョートルの叫び声をふりきり、墓地へ向かって走ったことだけだ。僕は木造の鐘楼へ向かって走り跳んだりしながら、下男が黒い鐘の後ろに押し込んだロープをほどき、あらん限りの力を手足にこめて地面を蹴ったり跳んだりしながら、気が狂ったようにそれを引いたのだ。僕はまさにその瞬間、生まれて初めて気が狂ったような感覚を覚えながらロープを引き、声を上げて泣き、泣いてはロープを引き、再び泣いた。が、ついにシメクとピョートルが駆け寄ってきて、僕をロープから力ずくで引き離し――ロープはもうほとんど僕の一部と化していた――、僕をブナの丘《ブコヴァ・グルカ》の森の方へ引きずっていった。僕は覚えている、自分が彼らに一言も言わず、イェリトコヴォの砂浜まで一人で行ったことを。そして、湾の臭い汚水のほとりに日が暮れるまで座っていたことを。沖に出られない漁師が一人また一人と砂浜へやってきて、長い竿で浜辺の魚のスープの様子を調べていた。ブジェズノの灯台の光が回転し、停泊地の船舶が灯りをともした。遠くソポトでは、誰かが浜辺で火を焚いていた。たとえヴァイゼルが近づいてきて僕に何か頼み事をしたとしても、僕は沈黙したままだっただろう。

シメクが校長室から出てきた。彼はウィンクした。それは「大丈夫だ。取り決めどおりに話した」という意味だった。僕は自分の名前が呼ばれるのを聞いた。軍服の男はボタンをすべてとめ、校長のネクタイは締め直され、今やジャコバン派の胸襞飾りでも、ぼろきれでも、咽喉に巻いた湿布でもなく、ヴジェシチ中心部の百貨店で買った何の変哲もないネクタイにみえた。

「で、どうだ?」とMスキは尋ねた。「何か思い出したか? それとも、留置場で検事殿と話す方がいいか?」彼は大声でそう締めくくった。

「いいえ」

「よし、話せ」軍服の男が諦めたような手のジェスチャーをして見せた。「お前が知っていることを」

「すべてを最初から話すのでしょうか」

「いや」と校長が割って入った。「ヴィシニェフスカのワンピースのことを話せばよい」

「でも、あれはワンピースではなく、ただの切れ端でした」

「いいだろう。切れ端、だな。では、爆発の後お前たちはそれをどこで見つけた?」

「古いブナの木があるんです。あそこで見つけました」

軍服の男は地図を広げた。

「どこだ?」

「あ、ここです。ここにそのブナがあって。ここに」と僕は指差した。「その切れ端が落ちていました」

「誰が見つけた?」Mスキがすばやく尋ねた。

僕は、まるで詳細を思い出さなければならないという風に一息ついてみせた。

「シメクです」

「よろしい」Mスキの顔には何も現れなかったが、彼はとても満足しているに違いないということが僕には分かっていた。「で、その切れ端をお前たちはどこで燃やした？」

「石切場です」

この最後の説明は軍服の男を苛立たせた。

「何を馬鹿な。この付近には石切場なんて一つもないぞ」

「結構」校長は僕にこの説明を続けさせなかった。「それは、漂流した大きな岩がある空き地のことですよ」彼は軍服の男に向かって言った。「この辺りでは皆そう呼んでいるのです」

「それはいつのことだ？」Mスキが質問を続けた。

「同じ日の夜です」

「お前がそのワンピースの断片を運んだんだな？」

「はい。でも、どうして知っているんです？」

Mスキは勝ち誇ったような笑みを浮かべた。

「これで分かっただろう。我々に隠し事をするなど不可能なのだ。それは何時だった？」

「はっきりとは覚えていませんが、七時過ぎ、八時にはなっていなかったと思います」

「そうだ。その後お前たちはどうした？」

「別に何も。家へ帰りました」

「お前たちはなぜそのことを両親に言わなかった？」

「彼らが爆発で吹き飛ばされたということが恐ろしかったんです。あまりにも怖くて、懺悔の時でさえ口にしていいのかどうか分かりませんでした」僕は一気に言った。

Mスキは再び笑みを浮かべた。

「だがお前は言った。しかも司祭にではなく、我々だけに！」

「お前たちはこの土地の者か？」突然、思いがけず軍服の男が尋ねた。

「質問の意味が分かりません」僕は答えた。なぜなら僕には本当に、彼の言わんとすることが理解できなかったのだ。

「お前の両親はここの生まれかどうかと聞いている」

「そうです。ここの生まれです。父さんはグダンスク生まれ。母さんもです」

「よろしい」Mスキは取り調べを終えた。「で、ヴァイゼルの持ち物だが、それに関しては何も見つけなかったんだな？」

「何も。爆発はあまりに大きくて、そもそも僕らは何かを探していたわけじゃありません。あのワンピースの切れ端にしても、見つけたのは全くの偶然だったんです」

「もう行ってよろしい。次の級友を呼びなさい！」校長が中断した。「どうした、何を待っている？」

取り調べが始まって以来、初めて僕は胸をなで下ろした。

「ピョートル、君の番だ」僕は扉を開いて彼を呼び、すれ違う時シメクがやったように目で合図を送って、すべては今のところ取り決めどおり進んでいる、あの三人が聞きたがっていたとおりだと告げた。そして折りたたみ式の椅子に座り、シメクに頷《うなず》いて見せた。シメクはすぐに了解した。用務員が黒い汚れた歯列をむき出して大あくびをし、僕はあれから起こったことを思い出した。

翌朝、僕はツィルソンの雑貨店で近所の女性たちがこんな風に話しているのを聞いた。

「奥さん、聞いた？　ブレントヴォを走り回って皆を怖がらせていた狂人が捕まったそうよ」

「何を言ってるのよ！　あれは狂人ではなく変質者よ、あなた」

「まあ！　変質者ですって？」

「そう、変質者。普通、狂人が墓地を走り回ったり鐘を鳴らしたりしないでしょう？　頭にヘルメットをかぶって通りを匍匐《ほふく》前進しないでしょう？　普通、狂人はナポレオンやミツキェヴィチ*1のふりをするものよ」

「どうして分かるの？」と別の声が会話に加わった。「私の義理の姉があそこに住んでいてね。彼女が言うには、あれは狂人なんかでは全然なくて、神の啓示を受けた聖人だったそうよ。一度なんぞ屋根の上に立って聖書の言葉を引用しながら話したとか」

「聖書の言葉ってどういうこと？」

「いえ、一字一句正確にというわけではなかったようなんですけどね、ずっと神や罪に対する罰についての話で、まるで聖書からの引用のようだったんですって！」

「まあ、何を言っているの！　いいえ、あれは狂人ですよ。神について話す方なら司祭がおられるでしょう。屋根の上に立って、ですって？」

「警察が来た時でさえ屋根の上にいたそうよ。でもその時は逃げたのよ」

買い物の列に並んでいた僕は自分の番が来たので、それ以上近所の女性たちのおしゃべりに耳を貸さなかった。店を出るとシメクに会った。

「もう大丈夫かい？」と彼は怒りもせず聞いた。

「うん」

「じゃ、これを読んでみろ」彼はちょうど家に持ち帰ろうとしていた新聞を僕の鼻先に差し出した。

「ここ」そう言って彼は見出しを指さした。そこには「市民にふさわしい態度」という活字が躍っていた。

「何が書いてあるの？」

「聞くんじゃなく、ただ見ればいいんだよ」彼は苛立ちを露わにしながら言った。

記事は、ローザ・ルクセンブルク国立園芸庭園の幸せな所有者たちの助けを借りて、危険な狂人が

＊1　アダム・ミツキェヴィチ（一七九八－一八五五）。ポーランド・ロマン主義を代表する国民的詩人。

どう捕獲されたかを伝えていた。ｋｚという頭文字が署名されたその記事は、僕に特別な印象を与えなかった。

「で、何？」と僕は尋ねた。「これがどうかした？」

「何てことないけどさ。書かれているのは彼のことで、僕らのことは書かれていないだろ」

「僕らのことも書いて欲しかったのかい？」

「今回に関しては、僕らが彼を助けるところを誰にも見られなかったのは、むしろ良かった」

「そうだね」と僕は答えた。「見られなくて良かった」

僕たちは舗装された石畳を通って道の反対側へ渡った。ツィルソン雑貨店の裏にある屠殺場からは、臓物の甘ったるい不快なにおいが立ち上《のぼ》っていた。門の所で僕たちは、今しがた家から出てきたばかりのヴァイゼルとエルカに会った。

「あんたたち、ちょっと先に行っててちょうだい。今日はピクニックをするから」とエルカが朗らかに言った。

「いつもの場所で？」

「いつもの場所で」そう言うと、彼女はもうヴァイゼルの後を追いかけようと駆け出した。

「ちょっと待てよ」シメクは彼女を呼び止めた。「ピクニックをするなら、何か食べ物がいるだろ？」

「大丈夫」エルカは大声で言いながら右手に持っているバスケットを差した。「私が全部持っているから、あんたたちは何も持ってこなくていいわ」

僕たちは丘の上の森の方へ向かった。

「爆発性ピクニックか！」シメクは自分の思いつきに笑った。「悪くないな」

しかし、ピクニックは全然爆発性ではなかった。僕たちが谷へ下りると、エルカとヴァイゼルがブナの木の根元に広げたテーブルクロスの上に座っていた。

「これをどこから持ってきたんだ？」ピョートルが尋ねた。「ドゥダク司祭の所から？」

「しみをつけないでよ！」エルカは僕たちをにらんだ。「白くて汚れやすいんだから」

用意は万全だった。エルカはこういうことに長《た》けていると認めざるを得ない——薄くスライスしたトマトの横にはきゅうりがあり、その間に塩入れがあり、小さな磁器製容器に入ったバターと、これまた薄くスライスした黄色いチーズが並んでいた。僕たちは胡坐《あぐら》をかいて、車座になった。シメクは網袋からオレンジエードの瓶を五本取り出した。それは、僕たちが手ぶらで行くわけにはいかないと、共同で購入したものだった。

「あら、なかなかやるじゃないの」エルカがトマトに塩を振りながら言った。「あんたたちも差し入れを持ってきてくれたのね」

すべての準備が整うと、エルカはバスケットからパンの塊とナイフを取り出した。彼女はそれをヴァイゼルの方へ押しやり、ヴァイゼルは分厚く切ったパンを時計回りに一人ずつ配った。

「このピクニックってやつは本当になかなか悪くない」ピョートルは、トマトを挟んだパンを頰張りながら言った。「家じゃなくて森でのメシ。どうして、これまで僕らの誰も思いつかなかったんだろうな」

僕は、何を記念してのピクニックなのか、とエルカに尋ねた。そんな計画があるなんて言わなかったじゃないか。

「ああ、あんたたちって抜けているわよね！」彼女はリスのような前歯を見せて笑った。「夏休みが終わるからよ！」

全員がしんみりとした気分になった。そのとおりだった。明後日になれば、僕たちは白いシャツと黒っぽい半ズボンを身につけてギムナジウムの講堂に立ち、校長の話を聞いている。彼はこう言うだろう。夏はまもなく終わるが、君たちがたっぷり休養をとり、日に焼けて、この尊び敬うべき塀の内へ帰ってきたことを心から嬉しく思うと。どの夏もそうだが、あらゆるものの中に近づいてくる終わりが見える——湾の上空を流れゆく天使の羽のような渦巻き状の雲の中に。八月下旬の厳しい空気の中に。暴風雨の前ぶれのように、冷たくはないが塩辛く、涼しい一吹きの風の中に。夏場の観光客がイェリトコヴォを去り、ビーチチェアに人影がなくなると、死にゆく夏の気配がしたものだ。しかし白いテーブルクロスの周りに沈黙が訪れていたその時は、何もかもが違った。夏の暑く震える空気にははち切れんばかりの生気がみなぎっており、三ヶ月分の埃が灰色の層となって樹木や羊歯の葉を覆っていた。地面と雲一つない空の間の淀んだ静寂を乱す風は、ほんの一吹きもなかった。機体の見えない飛行機の、ぶうんという音がどこからともなく聞こえ、いつものようにコオロギだけが単調なメロディを奏でていた。足元には、毎年この時期になると出てくる、小さい薄い膜のような羽をつけた風変わりな蟻が這っていたが、それらは二週間もすれば姿を消し、来年の今頃になると再び現れるのだった。

「ああ、神さま、夏休みをもうあと一ヶ月手にするには、どうしたらよいでしょうか？」シメクが沈黙を破った。

しかし誰もおしゃべりする気分ではなかった。ヴァイゼルはオレンジエードの最初の瓶を開け、エルカが差し出したガラスコップに泡立つ液体を注いだ。容器が手から手へ渡され、僕は、いつもなら瓶に口をつけて飲むのに、何のためにこんな面倒なことをやっているんだろうと不思議に思った。「赤いやつだ」ピョートルが満足げに言った。「なぜ赤い方が黄色いのよりうまいのか、僕には分からないけど」

しかし今度も誰一人口を開こうとはしなかった。もちろんツィルソン雑貨店で買い物をする者なら誰でも、赤いオレンジエードにはより多くの炭酸が入っていて、黄色いのよりも香りがよいということを知っていたのだが。

飲み食いが終わると、エルカは食器類を集めバスケットに入れた。その間にヴァイゼルは灌木の中から発電機を引っ張り出し、いつものように電線をつないだ。僕たちはブナの木の下から谷の反対側へ移動した。

すでに書いたように、最後の爆発は——とは言っても、その時の僕たちはそれが最後になることを知らなかったのだが——最後の爆発は、それ以前に行われたものとは異なっていた。また、これもすでに述べたことだが、塵《ちり》、土くれ、草の切れ端から成る雲は巨大な竜巻のようで、ほとんど黒といってもいいほど暗い色をしており、下部は細く、上部へいくほど広がっていた。そして、これもすでに書いたが、僕がこうした連想をしたのは何年も経ってからのことだ。ひょっとしたら、こんな譬《たと》えは仰々しく馬鹿げているかもしれないが、その竜巻は――これは今まで書かなかったことだが――、まるで見えない手で回された独楽《こま》のように谷のほぼ全域を動き回り、回転するるつぼの中に、細い棒や昨年から今年にかけて落ちた葉っぱや松かさだけでなく、小石さえも飲み込んだ。また、これも今まで書かなかったことだが、竜巻は、ブナの木の根元にあったバスケットをその袖にくるみ、高々と持ち上げて十数メートル先へ放り投げたが、バスケットが上下逆さになったので、中に入っていたものがすべて、オレンジエードの瓶も、ガチャガチャという騒音とともに地面へ落ちた。白いテーブルクロスも、左右へかすかに揺れながらゆっくりと落ちてきた。

ヴァイゼルとエルカは僕たちに別れを告げ――それは特別なものではなく、いつもどおりの「じゃあ、また」に過ぎなかった――、二人で丘へ行ってしまった。その時彼らが手をつないでいたかどうかは僕にはもう分からないが、翌日起こったことに比べれば、それはたいして重要ではない。シメクならこう言っただろう。「あいつら、お医者さんごっこをしていたんだ」しかし僕には確信がない。その夜彼らはあのレンガ工場の地下室で過ごしたのかもしれない。彼女がパンフルートを演奏し、彼が踊って地面に倒れ、訳の分からない言葉を話して空中浮揚したあの地下室だ。あるいは、一晩中森をほっつき歩いていたのかもしれないし、夜が明けるまでどこかの丘に座り、朝日が昇るのを待っていたのかもしれない。すべてありうることだ。いずれにせよ、翌朝僕が階段部分で出くわした最初の人物は、ヴァイゼルの祖父だった。

「ダヴィドはどこだ？」彼に詰問され、僕は震え上がった。なぜならヴァイゼルさんはほとんど外出せず、姿を現す時はいつも恐ろしいほど不気味だったからだ。

「知りません」と僕は答えたが、彼は首にかけている巻き尺が僕の鼻につくかと思われるほど低く身をかがめた。

「お前は知っているに違いない」彼はゆっくりと、きわめてはっきりとそう言った。「だってお前じゃなければ、他に誰が知っている？」

もしもその時コロテクの奥さんが買い物から帰ってこなかったら、それからどんなことになっていたか僕には分からない。彼女は耳がよく、すぐさま会話に入ってきた。

「まあ、ヴァイゼルさん、知らないんですか？　エルカと一緒にプシチュウキへ行きましたよ。村にね」

「どこへ行ったとおっしゃいましたかな？　誰と？」ヴァイゼルさんは鼻眼鏡越しに彼女を見た。

「プシチュウキですよ、ヴァイゼルさん。トチェフ方面にある地名です。列車で三十分かしらね」

「何ですって？」

「列車で三十分、って言ったんですよ」

「何ですって？」

「列車で三十分、って言ったんですよ。エルカはそこにいるお婆さんのところに一日いて、泊まってきたんですよ」

「で、ダヴィドは？」

「あなたが知りたいのはダヴィドのことなのね。あの子は毎日毎日、彼女の後を追いかけているじゃありませんか」

　コロテクの奥さんはこう言って、残っているすべての歯をむき出して微笑んだ。「彼女以外、目に入らないのよ。知らないんですか？」

　しかしヴァイゼルさんはこの説明に満足しなかった。彼は鼻眼鏡を直し、巻き尺を首からとった。

「ダヴィドはいつもすべてを話すのに、なぜ何も言わなかった？」

「本人が帰ってきたら聞いてご覧なさいな」そしてコロテクの奥さんは上の階へ行ってしまった。ほどなくして僕は、ヴァイゼルさんがエルカの家のドアを叩いてあれこれ質問し、ヴィシニェフスキの奥さん〔エルカの母〕が、そんなところだと答えているのを聞いた。奥さんによれば、遠出に級友を連れていってもいいかとエルカが尋ねたので、自分は承諾し――反対する理由はないでしょう、村はここよりも不案内な場所が多いのだから――、小腹がすいた時のために食べ物まで持たせてやった、なぜなら停車駅からそこまでは徒歩で三キロ以上あるから、ということだった。

　僕がもう階段を下まで降り中庭を横切っていた時、シメクとピョートルはすべてを知っていた。彼らも庭に通じる裏口の所でその会話をすべて聞いていたからだ。とりあえず僕たちには、ヴァイゼルらがプシチュウキへ行ったわけではないということだけが分かっていた。しかしレンガ工場にはいなかったし、射撃場へ行く時に通る壁は内側から塞がれていた。彼らは谷にも墓地にも石切場にもいなかった――どこにも。ついに僕たちは、列車の築堤を通ってレンビェホヴォ幹線道路まで行ってみた。そこでは、倒壊した橋桁《はしげた》に腰かけ、足の間から十メートル下を見下ろしながら時々行き交う車を眺めることができた。だが僕たちは、腰かける代わりにコンクリートの横材の上に立ち、まるで断崖絶壁に立つように、車が通り過ぎるたびに下へ向かって唾《つば》を吐いた。

幹線道路の反対側には爆破された橋と同じような橋頭堡《きょうとうほ》があり、その背後で鉄道用築堤はさらに延び、五百メートルにわたって緩やかなカーブを描きながら、ちょうどその地点で始まる小高い丘の横《よこ》穴壕《あなごう》の中へ続いていた。丘の左斜面は精神病院の囲い地と隣接していたが、そのやや手前の築堤の裾《すそ》をストシジャ川が流れていた。つまり小川へ行くには、築堤の上の線路のまくら木を跨《また》いでいくのではなく、あのMスキが主婦と密会していた築堤の裾の細道を通っていかなければならなかった。その道は水に阻まれ、通行不能になっている。南の方角、つまり川の上流へ行くには、僕たちが教師の後をつけた時のように、茂みをかき分けて進まなければならない。小川の水は築堤の左手でたまって小さな池となり、コンクリートで内張《うちばり》された取水口の中へ消え、その後地下の用水路を通って町の方へ流れていく。僕はそのすべてを正確に思い浮かべることができる。まるで記憶を頼りに描いた地図を広げているかのように、直ちに「ここ！」と叫んで、南から流れてきた小川が築堤に近づく地点を正確に指差すことができる。僕たちはすぐに橋の橋頭堡から幹線道路へ向けて駆けていく。細道に沿って、踵《きびす》を接するように一列になって走るのだ。なぜなら僕は今しがた、ストシジャ川が鉄道用築堤の裾の狭いトンネルへ入っていく地点で、エルカとヴァイゼルが、いやむしろヴァイゼルとエルカが、水辺に座り、何もせずただ座って水に足を浸しているのを見たのだから。僕たちは彼らと会うために何度でも走る。僕がそのことを考える限り、何度でも走る。そして僕たちはいつも、まるで琥珀の間《ま》かインカ帝国最後の王の財宝を見つけたかのように歓声をあげ、溌剌《はつらつ》としている。

これが終わりだっただろうか？　いや、僕が問うているのは、その日あるいはこの物語の結末ではない。この物語に結末はないのだから。取り調べの終わり、つまり夜中十二時三分前、ピョートルに対する尋問が終了し、Mスキが僕たち全員を校長室へ呼んだ時どんなだったかということだ。僕たちは校長の事務机を前に、用務員を背に立っていた。煙草《たばこ》で灰色に煙った空気は汗の匂いがして、九月の雨が音をたてて窓ガラスをはじいていた。僕たちは軍服の男の黄色い鉛筆で、供述書と調査記録の下書きに一人ずつサインをした。カーボン紙を挟んで二度署名したので、各自が、出来事の経緯についての供述を認める四つの署名を残したことになる。

僕たちは射撃場裏の谷で最後の爆発を見た。ヴァイゼルとエルカは肉片と化した。その日の夜、僕たちが恐怖心から石切場で燃やしたエルカの赤いワンピースの小片以外、残っているものは残念ながら何もなかった。爆薬の保管庫については、それが閉鎖されたレンガ工場の地下室にあったこと以外、僕たちは何も知らない。ヴァイゼルは錆びた古いドイツ製自動小銃を持っており、それに触《さわ》らせてくれたことがあったが、僕たちが知っているのはそれで全てである。それが事件の概略だった。最初にゆがんだ文字で署名したのはシモン[*1]だった。左利きの彼はいつもやや傾《かし》いだ字を書いた。その次はピョートルで、二ズウォティ硬貨のように大きな文字で署名した。最後は僕だった。僕が最後の文字を書くのと同時に、壁時計が十二時を打った。

「さて」とMスキが言った。「お前たちはもう家に帰ってよろしい。軍曹がお前たちを家まで送り届ける」

校長が立ち上がり、背広のボタンをかけ、用務員が灰皿にたまった煙草の吸殻をゴミ箱に振り落とした。そう、この瞬間Mスキはその場で、何かの格言か美しい名言、記念式典に似合いそうな、たとえば「真実を恐れぬ者に怖いものはなし」といった言葉を口にせずにはいられなかったに違いなく、彼は確かにそんな感じのことを言おうとしていたのだが、学校の玄関扉をたたくドンドンという音がして、誰かが雨音に負けないぐらいの大声で「開けろ！　すぐ開けろ！　すぐ開けろ！」と叫ぶのが

＊1　シモン・ペテロ。イエスの変容を目撃した三人の弟子の一人で、いくつかの奇跡が行われた際に立ち会った人物。ペトロはイエスを裏切ることはないと主張したが、三度の否認をし、その場面は多くの絵画のモチーフになった。本書ではこの箇所でのみ、シメクではなく「シモン」と書かれている。

聞こえた。そして再びノブがガチャガチャと鳴り、扉が拳で叩かれた。

用務員がつけた電灯の光の中で僕が目にしたのは、滝のような雨にうたれて立つ僕の父と、その背後にいるコロテクさん、ピョートルの父、そして、シメクと僕の母の姿だった。

僕の父は部屋に飛び込んできて、誰かが口を開く前にMスキの襟首《えりくび》をつかみ、こう叫んだ。「あの子が見つかった、あの子が見つかった！」

父がMスキを離すと、皆がまるでパーティか市場にでもいるように口々に話し出したので、最初のうちしばらくは会話が全く成り立たなかった。

そう、エルカは池のほとりで発見された。ちょうどトンネルの裏の、群生する葦《あし》の間へ川の水が流れ込む辺りで。彼女は生きているが意識は回復していない。彼女は病院へ搬送された。彼女がどうしてあの場所へ行ったのかは分からない。その付近の捜索は以前にもくまなく行われたが、軍隊の射撃場までだった。ヴァイゼルがどうなったのかも分からない。警察は今、彼女が発見された側を中心に捜索している。

Mスキは僕たちをじっと見た。僕たちはその目の中に、黒板の前で一つも間違いなく解答した者や筆記試験で秀をとった者に対するような、かすかな称賛の色があるのを認めた。

「そういうことなら」と彼は言った。「取り調べはまだ終わらない。この案件は検事局へ委ねましょう！」

「どうぞ、そうしてください！」僕の父は一層大きな声で言った。「だが、今日はもう勘弁してくれ！」こう言った時の彼はあまりにも恐ろしかったので、たとえMスキか軍服の男か校長が僕たちを引きとめようとしたとしても、それがたとえほんの一瞬だったとしても、父はその人を殴り、酒場「リリプット」の時よりもひどい騒動になっていただろう。なぜならコロテクさんとピョートルの父も僕たちのすぐそばに立ち、同じぐらい恐ろしい顔をしていたから。

しかし取り調べは月曜日になっても、その後も再開されなかった。エルカが意識を取り戻し、あれこれ質問されたものの、自分の名前も住所も何一つ覚えていなかったからだ。それはショックのせいだと説明され、快復を待つしかなかった。三週間後、彼女は住所を思い出したが、自分は少年で、ヴァイゼルという名前であると言い張った。いくつかの物の名前を言うことができず、看護婦に向かって「時計をとって」と言ったが、それはスープの入った皿のことだった。彼女は混乱していた。十月初旬になり、ようやく彼女は心のバランスを取り戻したが、例の事については一言も発さず、墓石のように沈黙したままだった。たとえば、ヴァイゼルと最後に遊んだのは八月半ばだがそのことはあまり覚えていない、と主張した。

この頃ヴァイゼルさんはもう亡くなっており、長い空白期間をはさんで僕たちにもう一度取り調べを行った検事以外、ダヴィドについて尋ねる者はいなかった。僕たちは、ワンピースの埋葬なんてもちろんなかったと検事に言った。谷での爆発の後、彼らは丘へ登っていき、それが僕たちが彼らを見た最後だったと。ついに捜査は打ち切りとなった。

最終的な説明はこうだった。爆発の後、爆風の波がエルカを羊歯の茂みへ吹き飛ばし、僕たちは恐怖のあまり逃げた。ずたずたに引き裂かれたヴァイゼルを直視することも、意識不明で藪に横たわるエルカを見ることもできなかった。あとは恐怖と想像力の仕業《しわざ》だった。僕たちには彼らが丘を登っていったように思われた。しかしそれはただの幻想、罪なき少年たちの幻想だった。少年たちは不発弾で遊び、その後怖くなってそんな物語をこしらえたのだ。しばらくしてエルカは、部分的であるにせよ意識を回復し、自力で家に帰ろうとしたが、ストシジャ川のほとりまで行って道に迷い、池の周囲をぐるぐると回っているうちに、葦の茂みのところで倒れたか、あるいは築堤から池に落ち、流れに運ばれて、溺れる前に岸へたどり着いた。

僕たちがついたすべての嘘は忘却された。最終的には、ヴァイゼルが危険な遊びの首謀者で、罪の大半は彼にあるということになった。Mスキだけが卒業時まで、生物の授業中僕たちを疑《うたぐ》り深い目つきで見ていたが、それはもしかすると、僕たちが彼の秘められた情熱についてわずかながら知っていたからかもしれない。

これですべてだろうか？　ストシジャ川のほとりで彼らを見かけたあの日を除けば、そうだ。あの日僕たちが走って沢へたどり着くと、エルカは僕たちの方を振り返って、こう呼びかけたのだ。

「ねえ、あんたたち、私たちの魚を脅かす気？」

それは冗談だった。ストシジャ川に魚はいなかったし、彼らは釣り竿もたも網も持っていなかった。

「ここで何しているんだい？」シメクが息を切らしながら尋ねた。「皆が君たちを探しているよ」

「皆が探している?」エルカは驚いた。「誰が私たちを探しているの?」

「うーん……」彼にははっきりと分からなかった。「君のお爺さんとか」彼は今度ヴァイゼルに向かって言った。「とても心配しているよ」

「お爺ちゃんには、エルカとプシチュウキへ行くと言ったよ」

「嘘つくなよ!」シメクが初めて彼に向かって大声を上げた。「嘘つくなよ! 君のお爺さんが君についてあれこれ尋ねているのを聞いたよ。あの人は何も知らなかった。君たちはそもそもプシチュウキになんて行ってないじゃないか!」彼の声からは、驚嘆とはち切れそうな好奇心が感じ取れた。

「あんたたちには関係ないわ」とエルカが答えた。「あたしたちを探りに来たの?」

「まあ、いいさ」ピョートルがなだめるように割って入った。「違うというなら違うんだろ。だけど、ここで何をやっているんだい? ここにはブリーク〔コイ科淡水魚〕だっていやしないぜ!」

エルカはヴァイゼルを見つめた。彼はふくらはぎの半ばまで沢に浸かり、セメントの角材に滴り落ちる水をじっと見ていた。

「何もしていないよ」彼はエルカに代わって答えたが、やや躊躇した後こう付け加えた。「本当に何もしていない。ただ準備をしているだけだ」

彼は僕たちの好奇心を試していた。僕たちはこういう瞬間何も尋ねてはならないということを知っていた。なぜならすぐに彼が残りを言うつもりだから。

「特別な爆発の準備だ」と彼は説明した。「だが、まずはすべてを計算し、数えなければいけない」

ハシバミやハンノキの間をやや蛇行しながら流れていく小川を見上げた僕は、その瞬間、すぐに彼の言わんとすることを理解した。それは本当に稀有《けう》な思いつきだった。築堤の下のトンネルの中に炸薬を仕掛けたら、鉄道用築堤から削り取られた土くれでその狭い入り口は塞がれるに違いない。そしてその排水渠《はいすいきょ》の場所には、七メートルから八メートルの深さのダムができることだろう。僕たちが水の中で今立っている場所も、もっと上の小川の上流も、最初の木々が生えている辺りまで、ただの湖となるだろう。

「天才的だ！」とシメクが囁《ささや》いた。「すごい！」小川の流れを遮断するという思いつきは彼も気に入った。「ここで泳げるようになるぞ」彼は手を伸ばし、レンビェホヴォ幹線道路の方から広がる原っぱを差した。「すべてが水の下だ！」

「そうだ」とヴァイゼルは言った。「すべてが水の下だ。でも、土の量と爆発の力を計算しないと」

ピョートルだけがヴァイゼルの思いつきに不満だった。彼は、土手のこちら側には池があるのだから、とりあえずそこで試しに泳いでみたらどうかと言った。しかし、僕たちは彼にそれ以上の発言を許さなかった。胸が悪くなるほど水草で覆われ泥が堆積したその池は、そこに身体を沈めると考えただけでおぞましかった。

「トンネルへ入らなければならない」とヴァイゼルが言った。「距離を正確に測るんだ。志願者はいるか？」

僕は真っ先に跳び上がった。

「よし」彼は僕に言った。「歩幅できちんと測ってくれればいい。頭がぶつからないように気をつけろ」

トンネルはあまり高くなく、セメントでできた入り口は、丸天井の最も高い地点でも僕の目の高さだった。僕はしゃがんで暗い穴の中を覗き込んだ。

「おーい！」叫び声がこだまになって返ってきた。「地下室にいるみたいだ、……みたいだ、……みたいだ」

僕は湿ってつるつるした壁に手を添え、身を少しかがめて前進した。「十一、十二、十三」恐る恐る足を踏み出すと、足裏に腐った植物と長年かけて堆積した泥やレンガのかけらの感触があった。「二十一、二十二、二十三」黴《かび》と沼地と朽ちた樹木の匂いのする湿気が僕をとらえ、その冷ややかな、浸みるような刺激臭が鼻孔をくすぐった。「三十一、三十二、三十三」その匂いは、ブレントヴォの墓地の地下聖堂や閉鎖されたレンガ工場の地下室の匂いとやや似ていたが、何立方メートルもの土が頭上にあっても怖くなかったのと同じく、僕は少しも恐怖を感じなかった。なぜならトンネルという僕を取り囲むこの暗闇の終わりに——四十二、四十三、四十四——その暗い筒袖《つつそで》の終わりに出口の光が見え、それがだんだん大きくなるにつれて目の前が明るくなり、寒さが収まったからだ………五十九、六十、六十一——暑い太陽の光に包まれた僕は、まぶしくて目を細めながら身を起こした。

僕はもうトンネルを抜けていた。

「四分」ピョートルの声が聞こえた。「ちょうど四分。もっと速くは行けないか？」彼はトンネルの出口の脇に立ち太陽の真下にいたので、僕は彼の顔を直視することができなかった。

「もちろん」と僕は答えた。「もっと速く行けるよ。でも数え間違えたくなかったんだ！」

僕たちが築堤の切り立った斜面を上ると、ピョートルが遠くのこんもりとした木々の向こうに見える精神病院を指差した。

「あそこにあいつがいると思うかい？」と彼は尋ねた。

「ああ」僕は答えた。「あの人はきっとあそこにいる。だってあの時殺されなかったもの」

僕たちが築堤の反対側の斜面沿いの廃道をつたって下りた時、僕は地面から突き出た何かにつまずいた。それは草で覆われた列車のまくら木だった。下では彼らが水に足を浸し、ヴァイゼルだけが岸に立っていた。彼は手に小枝を握りしめており、僕は地面の草がまばらな場所に彼が描いたものを見た。

「これは何？」僕は尋ねたが、エルカがすばやく、彼の邪魔をするなと言った。

ヴァイゼルは、各マス目に何かが書き込まれた碁盤の目状の正方形を描き、消したり書いたりした挙句、僕に何歩だったかと尋ねた。

「六十一」僕がそう言うと、彼はまるでそれが九九の表かそろばんであるかのように、もう一度何かを書いて消した。

「こっちに来て！」エルカが僕を呼んだ。「彼が忙しいのが分からないの？」

僕は彼らの方へ行ったが、なんとか正方形のマス目を数えることができた。それは三十六個あった。つまり一辺に六つのマス目があったということだ。ピョートルが、もし爆発がうまくいけば草原は水浸しになり、排水口がないからしばらくしたら水は道にも迫ってくる、と言った。

「そうしたらどうなる？」僕は尋ねたが、それについてエルカは全く心配していなかった。

「消防士、それから軍隊がやって来て、排水口か新しいトンネルを掘るだろうけど、その前に私たちは泳ぐことができるわ」彼女は説明したが、その口調はまるでイェリトコヴォへの遠足について話しているかのようだった。「その時には私たち、もうここにはいないでしょうよ」

「でも、他の人たちと一緒にここへ見に来よう」とシメクが提案した。「誰の仕業か誰も知らないんだぜ」

「もし列車が山を通り抜けることになったら」ピョートルが付け加えた。「大騒ぎだぜ！」

ヴァイゼルは正方形を足で擦り消した。

「よし」と彼は言った。「全部分かったぞ」

「いつ始める？」僕はじりじりしながら尋ねた。

「どこに炸薬を置くのが一番いいか、調べないといけない。そこにガラスの破片は落ちてないかい？」

こう言って彼が僕の方を向いたので、僕には、彼がトンネルの中へ入ろうとしていることが分かった。

「落ちてないよ」僕は答えた。「一緒に行ってもいい？」

「いや、ここにいろ」

エルカが彼に歩み寄った。

「私も見たいわ」彼らはもうトンネル入り口の丸天井の所にいて、先程の僕のように、身をかがめながら暗い通路の中へ消えていき、ピョートルは反対側で彼らを待つために山の斜面を駆け上がった。僕はコンクリートの丸天井に手を添えて立ち、ヴァイゼルの後ろを歩くエルカの背中を丸めたシルエットを見、小さくなる彼らの声と遠ざかる彼らの足音、そしてそれらが流水音と混ざり合うのを聞いていたが、ついに明るい光の斑点が見える場所で人影の輪郭は不明瞭となり、その外形は光に飲み込まれ、完全に消えた。

どのぐらいの時間が経っただろうか？　彼らが反対側へ行くまでにかかった時間のことではない。僕が問うているのは、ピョートルが頭上で叫ぶ声を僕が聞くまでにかかった時間のことだ。

「どうしたんだ？　あいつらどこに隠れてる？」

シメクによれば、八分から九分の時間が経ったが、その時も、これを書いている今日も、僕にはそれがどれだけの長さだったかを言うことはできない。ピョートルは反対側で彼らを待ったり数えたりを繰り返していたが、ついに飽きて、トンネルの口を覗き込んだ。しかし彼らの姿は見えなかった。炸薬を設置する良い場所が見つかったので二人は引き返したのだろう、と彼は考えた。そこでもう一度築堤を通って僕たちのいる側へ走ってきたが、入り口の所に立っている僕と、水遊びをしているシメク以外、誰の姿もなかった。彼がこう言った時、僕は彼が冗談を言っているのだと思った。

「あいつら、あそこから出てこなかったぜ」彼の方は、僕が彼をかついで怖がらせようとしていると思ったのだが、それから程なくして、僕たちはそれが彼の冗談でも僕の冗談でもなく、ヴァイゼルの冗談であることを知った。

「そんなこと、あり得ない！」僕は言った。「あの中には、あいつらが隠れることができるような壁《へき》龕《がん》も凹《へこ》みもない」

しかし、築堤のこちら側にもあちら側にも彼らはいなかった。一時間にわたり、僕とシメクはトンネルの中を行ったり来たりして、石を、割れ目を、レンガを、セメントのブロックを一つずつ叩いた。「ヴァイゼル！」僕は叫んだ。「ヴァイゼル、ふざけるなよ！　君たち、どこにいるんだ？」しかしサラサラという水音とこだまの鈍い響き以外、答えはなかった。僕たちは夜になるまでトンネルの両側で、ストシジャ川のほとりに座り、ピョートルは築堤の頂上で見張りに立ったが、すべては無駄だった。

僕たちはうなだれて帰宅した。何か悪いことが起こったわけではない、遅くとも明朝には学校の厳かな始業式に彼らは現れる、と僕たちは頑《かたく》なに信じていたが、それにしてもこの失踪には異常なところがあった。まるでヴァイゼルが僕たちをからかうために僕たちと待ち合わせをした、とでもいうような。それは僕たちと知り合って以来、彼が一度もしたことのないことだった。

ブレントヴォの墓地を抜けた後、築堤を歩いていた僕たちは、ブナの丘《ブコヴァ・グルカ》の頂上から自分たちの住んでいる地区の屋根と、その向こうに広がる空港滑走路の路面プレートと、湾を眺めた。その時たしかに海のある北の方角から、その年初めての、一吹きの爽やかな風が吹き抜けた。森が終わり集落にさしかかる辺りで、僕はぶどうの粒ほどの大きくて重い雨の粒が降ってくるのを感じた。それらは地面に落ちるとすぐに浸み込んだが、続けて次の粒が速度を増しながらどんどん落ちてきて、通り、町、いや全世界が、あっという間に滝のような灰色の雨に沈んだ。

そう、まさにここで物語は終わる。ヴァイゼルをめぐるあらゆる考えは僕をあまりに不安にするので、僕はそれらを自分の記憶や心にとどめはするが、もう解きほぐそうとは思わない。しかしピョートルがいた。僕は原稿を灰色の紙に包んで、墓碑プレートの割れ目に差し込んだ。

「君かい？」彼が尋ねた。

「ああ、僕だ」僕は答えた。

「今日は何しに来たんだ？　今日は万霊節*1じゃないだろう」

「うん。でもピョートル、君に持ってきたものがあるんだ。読んでくれよ。明日か二日後に来るからまた話そう」

彼は答えなかった。それは彼が了解したことを意味していた。

それがどんな風にして起こるのかは自分でも分からない。僕はバスに乗る代わりに徒歩で待ち合わせ場所へ向かう。まずブナの丘《ブコヴァ・グルカ》まで行くが、その標示された小さな通りは当時の面影を残していない。左手にはたしかにブレントヴォの墓地があったはずだ。そう、ここだ。広い敷地にゴシック文字の彫られた墓石はない。樹木は切り倒されている。レンガ造りの教会の真横で、ブルドーザーが大量の石塊と墓碑プレートの破片を集め、山積みにしている。ずっと大きな新しい教会の基礎を作るために地面を掘っているのだ。穴の深さは何メートルもあり、大きさは中くらいの運動場ほどある。僕はさらに歩いていく。空っぽの地下聖堂があった場所には、階段の吹きぬけが三つある五階建ての建物が立っている。最初の間借り人がもうカーテンを吊るし、ペンキ塗装を終え、寒さにもかかわらず窓ふきをしている。僕は今、鉄道用築堤の上に立っている。かつて森の壁の向こうには射撃場を囲むように丘が見えたが、今は漆喰《しっくい》をまだ塗られていない高層ビルが見える。一つ、二つ、三つ、そして、その向こうにまた一つ。築堤の路面はあの頃よりずっとひどい――園芸庭園所有者のトラックや車によって、すっかり荒らされている。僕は築堤を通ってレンビェホヴォの幹線道路まで歩くが、それはもう舗装道路には見えない。それは歩道と街灯のある普通の通りで、多くの車が走っている。僕は疲れ、まるで老人になったような気がする。バスで来なかったことを後悔する。ひょっとすると――と僕はつらつら考える――一目見にきたのは良かったのかもと。だって、ピョートルはいつも話の初めに、町で起きている出来事を聞きたがるから。彼はすべてを詳しく正確に話すよう僕に命じる。だから僕はもう一度辺りを見回し、それから彼の墓へ向かう。僕はもうそれ以上考えない。通りを下り、

＊1　毎年十一月二日に行われる、死者の霊を慰めるカトリックの記念日。

右へ曲がり、坂を上ると、僕はもうそこにいる。墓地の門から右へ行くと、精神病院へ至る道がある。もしそれを通って古い公園の中にある閂《かんぬき》のかかった病棟の前を通り過ぎれば、ヴァイゼルを最後に見た場所にたどり着くだろう。しかしそのためにこの道のりを歩いてきたのではない。僕はピョートルと話さなければならない。僕は冷たい墓碑プレートに腰かけ、マフラーを直す。

「読んだかい？」彼がおしゃべりする気分かどうか分からないまま、僕はそう尋ねる。

「ああ」と彼は答える。

僕たちはしばらく黙っている。原稿を割れ目から引っ張り出し、鞄にしまう。しかしピョートルは、「調子はどうだ？」というものいつもの出だしで会話を始めようとしない。今日の僕たちのおしゃべりは、普段とやや異なるものになりそうだ。僕がそう感じたのは最初のフレーズからだ。

「君はエルカがどんなワンピースを着ていたか書いていないね」

「いつ？」

「ストシジャ川のほとりで」

「もちろん赤いワンピースだろ」

「それは書かないといけない」

「空港で彼女が着ていたのと同じだよ」

「まあ、いい。ヴァイゼルが保管していた武器はどうなった？　取り調べで話題になったのは、爆薬が見つかったということだけだ。武器については一言も触れられていない！」

「トリニトロトルエンと起爆剤以外、何も見つからなかったからだ。僕らが地下室でそれを探す前にヴァイゼルはそれを隠したにちがいない。覚えているだろう？　彼の隠れ家に通じる壁は塞がれていた」

「覚えているよ」

「ほらね。彼はすべてを前もって予測し、周到に計画した。そう思わないか？」

「他の細かい点について話そう。Ｍスキは実際ああいうやつだ。だけど彼は生物に関して間違いを犯したことは一度もない。植物、昆虫、蝶の名前や、それらの分類については決して。でも君は……」

「あれはアルニカ・モンタナじゃなかったかい？」

「もちろん、あれはアルニカ・モンタナ、高山ウサギギク属の花だ。西洋ウサギギクとも呼ばれている。でも君は、Ｍスキがあれを舌状花に分類したと書いている。Ｍスキは体系化に関する間違いを絶対に犯さない。舌状花に分類されるのは、たとえばスコルツォネラ・ヒスパニカ〔キバナバラモンジン〕とか、タラクサクム・オフィキナレ〔西洋タンポポ〕とかで……」

「おいおい！　それがどうした？」

「スコルツォネラ・ヒスパニカかい？　ブラック・サルシファイさ。タラクサクム・オフィキナレは、ずばり薬用タンポポ。つまり両者ともに舌状花の下位区分に属する。アルニカ・モンタナは絶対に違う！」

「頭がおかしくなりそうだ！　そんな名前、一体どこで覚えたんだ？　Ｍスキはそんなこと教えなかっただろう?」

「ちなみにアルニカ・モンタナは筒状花、ラテン語で言うと、トゥブリフロラエに属するんだ。まあ、アキレア・ミレフォリウム〔西洋ノコギリソウ〕と同じだよ。これは止血という意味だけどね」

「それってそんなに重要かい?」

「君がもしMスキについて書くなら、とても重要なことだ。それからもう一つある。ホルスト・メラーのことだが……彼が何者か調べたかい?」

「勘弁しろよ。ホルスト・メラーが何者かなんてことに今更誰が関心をもつんだ?」

「そりゃそうだ。ただ僕が言いたいのは、君は時々あまり重要でないことについて事細かに書き、本筋を宙づりにしているということだ。蟻のことはおおげさだ。蟻に興味がある者なんていない。あるいは、ツィルソン雑貨店の裏の屠殺場からどんな匂いが立ち上っていたか、とか。おおげさすぎやしないか?」

「そうは思わない。もしアルニカ・モンタナの下位区分の話を持ち出すなら、蟻だって屠殺場だって、同じぐらい重要だ」

「もうすぐ僕らは、すべてが重要だっていう結論に至りそうだな」

「もちろん、そのとおりだ。妥協は許されない」

「君はなぜ、僕がいつも暗いところを怖がっていたことを書かなかった? 通路や灯りのついていない地下室のことを? ストシジャ川のほとりでも、あの忌々しいトンネルに僕は入らなかった。僕は彼らが出てくるのを待ち、数えたけれど、中を覗きはしなかった。なぜそのことを書かなかった？」

「だって僕はトンネルの反対側にいたんだよ。そんなことがどうして分かる？」

「僕のシルエットを見なかったのか？」

「見なかった。僕が見たのは、あちら側へ歩いていくエルカの背中だけだ」

「あと、もう一つ。校長という称号はどこから来たんだ？　当時、小学校では校主だっただろう？」

「そうだ。ちょうど君がいなくなった頃、校長に改称されたんだった」

「ということは、つまり？」

「もし君がそれを重要だと思うなら、改めて校主に変えるよ。彼はとっくに退官しているから腹を立てることはないだろう」

「その他はすべて書かれているとおりだ」

「他に言うことはないのかい？」

「僕に何を期待したんだい？　僕は読んで気づいたことを言うだけだ」

「で、ヴァイゼルは？」

「ヴァイゼルがどうした？」

「あいつについて何か言うことはないかい？　だって、あいつはサーカスの奇術師になろうとは思っていなかったんだぜ。僕らをかついだんだ。今頃どこにいるんだろう？」

「君はこれだけ書いてきて知らないのかい？」

「今の僕は当時よりも多くのことを知っている。でも全部じゃない。だから君の所へ来るんだ。僕は真実を知らなければ」

「僕は約束を守らなくちゃいけない。君は君でするべきことをやれよ」

「彼に何があった？」

「長く話しすぎたな」

「彼に何があった？　なぜ何も話してくれないんだ？　なぜ話すのをやめてしまうんだ、ピョートル？」


そうだ。君はまた同じ小道を通っていくだろう。墓地からまず下り、それから上《のぼ》って、そして、また下るだろう。君は沢の水辺の、水がちょうどそこで丸天井の壁龕へ流れ落ちる場所に立つだろう。君は冷たい水の中へ入り、湿ったコンクリートに手をついて身を支えながら、トンネルの入り口に立つだろう。肺いっぱいに息を吸い込み、まるで山の中にいるみたいに「ヴァイゼル！」と叫ぶだろう。こだまがしだいに弱まりながら君の元へ返ってくるだろうが、それ以外何も聞こえないだろう。数年前と同じ水が、セメントのブロックの上を音を立てて流れていくだろう。もし空に雲がなければ、君はあの時のようだと思うだろう。「ヴァイゼル！」君は叫ぶだろう。「ヴァイゼル、そこにいるのは分かっている！」君は暗い入り口に向って石を投げるだろう。答えるのは水の跳ねる音だけだろう。「ヴァイゼル！」君は再び叫ぶだろう「君がそこにいるのは分かっている、出てこいよ！」水のサラサラゴボゴボという音以外、何も返ってこないだろう。「ヴァイゼル、この天邪鬼《あまのじゃく》、出てこいよ！」君は声を張り上げ、叫ぶだろう。「僕の声が聞こえるかい？」君は暗い入り口に頭を突っ込み、水の中へますます深く足を入れ、泥と滑る浮草と石の上を、反対側の明るい光点に向かって移動するだろう。「ヴァイゼル！」君は叫ぶだろう。「僕をからかうなよ、この野郎。君がそこにいるのは分かっている！」まるで築堤の上で汽車が轟音を立てるように、鈍いこだまが君の頭上でとどろくだろうが、君の呼びかけに答える者はいないだろう。ついに君はトンネルの外へ出るだろう。水を滴らせ泥まみれになって沢のほとりに座り、寒さで震えながら君はあの歌の歌詞を思い出すだろう。「ヴァイゼル・ダヴィデクは宗教の授業にこない」君は空を見上げ、鉛色の雲の向こうのどこかで、飛行機のエンジンがたてるぶうんという音を聞くだろう。何か言葉を発するでも罵《のの》るでも悪態をつくでもなく、君は思うだろう。君がその目で見てその手で触れるものすべては、もうとっくに塵となって飛散してしまったのだと。ぼんやりとした動かぬ視線で前を見つめる君の耳には、もう水の音も、君の貼りついた髪を乱す風の音も聞こえないだろう。

訳者あとがき

本書は、パヴェウ・ヒュレによる長編『ヴァイゼル・ダヴィデク』の全訳である。主人公・語り手の名前ヘレル Hellerが、作者本人の名前 Huelle の綴りをわずかに変えただけのアナグラムであることや、グダンスク郊外のヴジェシチ地区を中心とする一帯がトポグラフィックに再現されているところからは、自伝的要素の濃い作品であることが窺える。しかし、それにもかかわらず、本作には、ノスタルジーがみだりに侵入してくるのを押しとどめようとする側面がある。ノスタルジーが陥りがちな過去の理想化や故郷の神話化に距離をとり、物語の脱線、迂回、断絶を通して「物語るとは何か」それ自体を問うメタ文学的な側面だ。

ノスタルジーが、「今」という日常の中で忘れられていた記憶を呼び起こすという点で、いわば主観をベースとしたリアリティの追究であるとすれば、本小説は、個人が呼び覚ますことのできる記憶の限界を見定めつつ、自身の記憶の海から湧き上がる豊かなイメージを、個人の感覚や認識の向こうへ解き放ち、いまだ語られていない無数の物語の存在を予感させる。自伝小説、大人に近づいていく子供たちの成長物語、謎や神秘を解明しようとするミステリーといった、伝統的な小説の枠組みを用いながら、こうした複雑な語りが紡がれているのは何故なのか。

パヴェウ・ヒュレは一九五七年グダンスクに生まれた。グダンスク大学ポーランド学科卒業後、大学講師、独立自主管理労働組合「連帯」の広報宣伝事務局スタッフ、グダンスク・テレビ支局長、日刊の全国紙における文芸批評家などとして活動するかたわらで詩を書き、文壇デビューした。散文作家としては、『ヴァイゼル・ダヴィデク』(一九八七)を皮切りに、短篇集『引っ越しの時代の物語』(一九九一)、『初恋とその他の物語』(一九九六)、『メルセデス・ベンツ――フラバルへの手紙から』(二〇〇一)、『僕は孤独で幸せだった』(二〇〇三)、『カストルプ』(二〇〇四)、『最後の晩餐』(二〇〇七)、『冷たい海の物語』(二〇〇八)、『歌え、庭の歌を』(二〇〇九)、『精霊通りとその他の物語』(二〇一六)を発表し、国内外の数々の文学賞に輝いた。日本では本書が単行本の翻訳としては初の刊行となるが、短編「蝸牛、水溜まり、雨……」が『群像』で、「初恋」が『新潮』で、ともに一九九六年に翻訳紹介されている。後者は特集企画「ポーランド文学最前線」の一環で、「グダンスクの地霊」と題したヒュレのインタビューも併載された(1)。

『ヴァイゼル・ダヴィデク』は、ヒュレが現代ポーランド文学を代表する作家として国際的に知られるきっかけとなった小説で、現在では十数ケ国語に翻訳されている。二〇〇〇年にはヴォイチェフ・マルチェフスキ監督により映画化された(デンマーク/ドイツ/ポーランド/スイス合作)。

本作の物語が繰り返し戻っていくのは、グダンスクで暮らすポーランド人の子供たちが、ヴァイゼルというユダヤ人の少年と共に過ごした一九六七年の夏である。戦争の影は遠く、大人たちは旱魃、魚の大量死、未払いの給料、物価高といった日々の暮らしに関わることで頭がいっぱいだ。子供たちは墓地に集まっては、錆びたヘルメットとシュマイザーを手に、ナチス・ドイツとパルチザンに分かれて戦争ごっこに興じている。

夏の終わり、ヴァイゼルは忽然と姿を消してしまう。語り手「僕」は、「ヴァイゼルとは何者だったのか」「自分たちはあのひと夏を、彼の失踪を、どう説明したらいいのか」という問いにこだわり、もがき続ける。肝心なのは、これらの問いが二つの時点――ひとつは、ヴァイゼルの失踪直後に行われた尋問、もうひとつは、二十年以上の時を経て――から回想され、いずれにおいても「納得のいく、たったひとつの説明」は存在しないということだ。暴力的な大人たちに強いられ、子供たちがねつ造した物語は、辻褄は合っているが、まことしやかな嘘で塗り固められていたし、二十年以上の時を経て紡がれる物語には空白が多い。語り手は、同じ場面に立ち戻っては語り直すという行為を繰り返しながら、「物語る」という行為やそのプロセスそのものを顕在化させていく。

(1)「蝸牛、水溜まり、雨……」工藤幸雄訳、『群像』51(5)、一九九六年、二五八–二七九頁。「初恋」沼野充義訳、『新潮』93(2)、一九九六年、二八九–三〇五頁。「インタビュー:グダンスクの地霊」坂倉千鶴/沼野充義訳、『新潮』同号、二八二–二八八頁、一九九五年九月二五日収録(グランスク・ポーランドTVグダンスク支局長室にて)。

本小説が書かれた時代――一九八〇年代のポーランド

一九八〇年代のポーランド文化は、民主化運動が弾圧され、社会全体が敗北感に打ちのめされていた前半と、ポーランドの政治・経済が再び混乱と絶望に陥る一方、文学や芸術が起死回生を遂げた後半とで、様相を大きく異にしている。前半においては、検閲による文化統制のみならず、文学や芸術のテーマそのものが、「われら／かれら」「善／悪」「真実／嘘」といった、硬直化した二項対立的な価値観や慣習に支配されがちだった。一九八一年から八二年にかけて連帯運動へ参加した作家の中には、その体験を直接的に反映させた、いわゆる「政治参加の文学」を書く者もいた。また、反体制文学のための非合法的な流通ラインが作られ、それが順調に機能したせいで、文学活動はおのずと、ナチス・ドイツ占領下の抵抗運動に通ずるロマン主義的な性格を帯びた。政治が社会や文化における文学・芸術の役割、機能、実践を規定し、それが作品のテーマ、題材、手法に制限を加えるという事態が発生していたのである。

もっともこの事態を憂慮した作家も少なくなかった。とくに一九五〇年代末から六〇年代に生まれた世代、すなわち自主管理労働組合「連帯」による民主化運動に参加し、その挫折を二〇代前半に経験した若者たちは、一九八〇年代半ば以降、西側の文化の影響を受けつつ、前世代とは異なるやり方で物語を紡ぐ方法を模索した。ヒュレもその一人である。

本作の読者は、連帯運動が脱神話化されていることに気づくだろう。登場人物のひとりである幼なじみピョートルは、持ち前の好奇心が災いして、民主化デモの最中何が起こっているのかを見に通りに出て、流れ弾に当たって命を落とす。連帯運動の活動家でもなかったのに、という点がポイントだ。党の第一書記ゴムウカの演説も皮肉られている。

カトリック教会もまたしかりである。ドゥダク司祭の説教は人々の不安や恐怖をあおるばかりで、旱魃と魚の大量死にはまったく効果がない。「神のご意思」という、たった一つの真実をよりどころにした司祭の説教や、「大人を納得させる」という唯一の目的のためにねつ造された子供たちの作り話は、特定の政治意識や世界観に基づく政治家の演説同様、魅力に乏しいものとして描かれている。他方、精神病院から脱走してきた「黄色の翼の男」による、旧約聖書からの無作為な引用から成る詠唱や、子供たちが口々に語る、満月の夜ヴァイゼルと骸骨を乗せて走る機関車についての物語は、偶発的で、多義的で、流動的だ。

また、本作においては、武器、弾薬、塹壕、ポーランド郵便局の建物といった、戦争の残骸が、重要な役割を果たしている。それらは住民たちの生活空間に溶け込んでおり、ありふれたモノである一方で、集合的記憶の中で歴史的に価値づけられ、意味づけられてもいる。子供たちのごっこ遊びや、ヴァイゼルの導きは、それらを硬直化した価値や意味から解き放ち、新たな関係を築くきっかけを与える。

ヴァイゼルの爆発が、キリスト教的価値観や政治的イデオロギーに支配された大人の世界を破壊するというパフォーマンスだったとすれば、その後残された語り手は「起こった出来事、去った人、失われた記憶について物語る」ことを自らに課した。しかし、問題はいかに物語るかである。それは、戦後生まれのヒュレの世代が引き受けた課題でもあった。

故郷の表象――ノスタルジーやリアリズムを超えて

ポーランド語文学には、過去を物語るタイプの小説の長く豊かな伝統がある。そのひとつが、社会主義時代に創出され、国内外の作家によって育まれた「小さな祖国」と呼ばれるジャンルだ。これは、第二次世界大戦前までポーランド領だった東部辺境地域（現在のリトアニア南東部、ベラルーシ西部、ウクライナ西部）を、幼年時代の記憶とともに想起する文学で、当該地域からの追放体験をもつ旧世代の作家によって開花したが、一九八〇年代、その伝統は次世代へ受け継がれた。

東部辺境地域を指すポーランド語「クレスィ」は「棒線・辺境」を意味し、しばしば頭文字が大文字で表記される、特別な概念である。ポーランド王国とリトアニア大公国の連邦国家領内の辺境地として、一六世紀から一七世紀にポーランド語・ポーランド文化を受け入れて以来、この地は数々の著名な政治家・文人を輩出し、ポーランドの政治文化に多大な影響を及ぼしてきた。この地で育まれたポーランド文化の伝統は、一八世紀以降、領土分割、侵略、亡命などの苦難がポーランド民族を襲うたび、民族意識のよりどころとなった。

第二次世界大戦後ポーランド国境が確定された一九四五年、各地で住民の強制移住が起こった。「クレスィ」のポーランド系、ユダヤ系住民は、戦後ポーランド領へ編入されたポーランド北部・西部国境地帯（旧ドイツ領）へ移住させられ、ウクライナ系は、ウクライナ・ソヴィエト社会主義共和国との間で一足早く締結された住民交換条約により、ソヴィエト・ウクライナ共和国へ送還された。ポーランドに残留していたドイツ系住民もドイツ本土へ移送された。こうして、戦前の多民族・多文化社会は完全に消滅した。

単一民族国家としてスタートした社会主義ポーランドは、ドイツ領から割譲された北部・西部国境地帯を（中世ピャスト朝の版図の回復という意味で）「回復領」と呼び、戦後ソヴィエト・ウクライナ共和国に割譲された東部辺境地域について公的に語ることを許さなかった。東部辺境地域で幼年時代を送った旧世代は、列強諸国の政治的駆け引きの中で、自分たちの故郷が犠牲になった、と感じていた。彼らにとって故郷とは、戦後居住するよう指定された北部・西部国境地帯ではなく、複数の異なる民族・文化が共存する、かつての小さなコミュニティであった。彼らは、社会主義ポーランドを「大きな祖国」として拒絶し、喪失された故郷を「小さな祖国」と呼んで、政治権力によってはく奪された「小さな祖国」の再生を、文学を通して試みたのである。

「小さな祖国」という文学ジャンルの顔ぶれは、戦後のポーランド語文学の中心的担い手を、国内作家から亡命作家まで幅広く網羅していただけでなく、親世代の記憶を継承しようとする次世代の作家も含んでいた。家族史や個人史を通して、失われたものを再現するリアリズム的性格の強い作品もあれば、幼年時代を過ごした「クレスィ」と戦後の定住先と亡命地という、異次元の時空間を重ね合わせる作品もあった。故郷喪失感や記憶の経年変化といった、ノスタルジーを「培養土」としたモチーフが顕著ではあるが、多様な実験的手法が試みられたジャンルでもある。

一九八〇年代末になると、次世代の中から新たな動きが生まれた。追放体験をもたない彼らが題材としたのは、自分たちの故郷に残された異民族の生の痕跡、つまり、異民族が残した事物だった。それらは、彼らが生まれる前に存在した多民族的多文化的世界の残響だった。彼らは事物や風景の描写に、自身の記憶や、複数の世代にまたがる人々の記憶を織り交ぜて書くことで、「失われたものの再現」としてのリアリズムにも、幼年時代や故郷の神話化・理想化にも意識的に距離をとった。オルガ・トカルチュク〔二〇一八年ノーベル文学賞受賞〕のように、自分たちのアイデンティティは、必ずしも土地への帰属に依拠しない流動的なものだ、と表明する作家も現れた。過去を複数の視点から多層的かつ多声的に想起するそれらの作品において、故郷はしばしば、以前に書かれた文字が透けて見える「羊皮紙《パランプセスト》」に譬《たと》えられた。

一九八九年冷戦が終結すると、欧米文化が流入し、均質的で中央集権的なポーランド文学・文化を脱構築する動きが一気に高まった。グダンスク（ドイツ名：ダンツィヒ）、ワルシャワ、クラクフ、ザモシチ、ヴロツワフ（ドイツ名：ブレスラウ）、オルシュティン（ドイツ名：アレンシュタイン）、シュチェチン（ドイツ名：シュテッティン）といった都市を舞台に小説が書かれ、それらはかつての「小さな祖国の文学」にちなんで、「プライベートな祖国の文学」と呼ばれた。その相当数が、戦前まで旧ドイツ領に属したポーランド北部や西部国境地帯だったことは偶然ではない。

地域アイデンティティの再興

一九九〇年代のポーランド辺境地域では、右記のような文学の動向と連動して、「記憶の場所」を今日的視座から書き起こす運動が起こった。これは、第二次世界大戦以前に存在した多民族的多文化的社会の生成・発展の過程を地域の歴史として記録し、地域アイデンティティを再生することを目的としていた。ポーランドの欧州連合加盟とともに、社会主義時代タブーとされた記憶の蓋がこじ開けられ、多元的価値観の推進が、国の課題として優先されたことも追い風となった。

ヒュレの故郷グダンスク（ドイツ名：ダンツィヒ）は、地域アイデンティティ再興のシンボルとなった。中世以来ハンザ都市として栄えたこの町は、第二次世界大戦前まではドイツ語、ポーランド語、イディッシュ語、カシューブ語などが飛び交う、多民族的多文化的都市だったし、戦時中激戦が繰り広げられ、戦争末期から戦後にかけては追放・強制移住の傷跡が深く残ることでも知られていたからだ。しかし、こうした歴史や文化的背景だけではなく、一九九九年ノーベル文学賞を受賞した作家ギュンター・グラスの生まれ故郷でもあることが大きい。

一九二七年ダンツィヒに生まれたグラスは、戦後も故郷をたびたび訪れ、人々と個人的なつながりを保った。一九七〇年には西独の首相ブラントに随行してワルシャワを訪れ、国交正常化条約の締結に尽力した。彼の「ダンツィヒ三部作」のポーランド語訳は、社会主義体制のもとでは入手困難だったが、その評価はきわめて高く、一九八一年にはグダンスク大学に招聘されて講演している。連帯運動が弾圧された一九八〇年代においては、非合法化されたポーランドの民主化運動を西側からバックアップした。「戦時中、武装親衛隊に所属していた」という衝撃的な告白さえも、ポーランド知識人の間でのグラスの名声を貶めることはなかった。(2) グラス、ヒュレ、ステファン・フフィン

(2) 井上暁子「ギュンター・グラス　ポーランドにおける受容」、『ポーランドの歴史を知るための五十五章』明石書店、二〇二〇年、pp.372-377. このテーマに関する文献はドイツ語圏・ポーランド語圏に多数あるが、とくに以下の論文を参考に書かれている。Szulc, Konrad, “Grass' Bild in der polnischen Publizistik”, in : Kucner, Monika (Hg), *Günter Grass als Botschafter der Multikulturalität*, Litblockin, Fernwald 2010, 21-32.

といった作家たちによるダンツィヒ／グダンスクの文学は、地域アイデンティティの再興に大きく貢献している。

国境地帯の表象――不在の人々、語られなかった物語をとおして

一九九〇年代に一大ブームとなった「プライベートな祖国の文学」には大衆的な作品も多かったが、『ヴァイゼル・ダヴィデク』には、ノスタルジーの侵入を押しとどめる要素が随所に見られる。たとえば、本小説の物語はグダンスクの市内ではなく、郊外のヴジェシチ地区を中心に展開する。ヴジェシチは町の中心部から市電で約二十分離れたところにあり、ギュンター・グラスの生家がある以外、目立った観光名所もない。記念碑が建立され整備された市内ではなく、自然と隣接し、歴史の残存物の社会文化的機能が定まっていない未分化な郊外を舞台にすることは、象徴化や意味の固定化と意識的に距離をとる姿勢のあらわれである。

さらに本作には、西ドイツへの移住者が描かれている。一九八一年から八八年は、旧ドイツ東部領にあたるポーランド北部・西部国境地帯から西ドイツへの移住が一気に増加した時期で、女性や高学歴取得者が多数を占めたことで知られる。統計によれば、一九八〇年代グダンスクは、四万六千人という規模の移民を送り出した。これは、同時期のポーランドからのドイツ移住者の六％にあたる。

もっとも本作に描かれる移民の姿は「経済苦と差別に耐えながら掃除婦として働き、妻と死別したドイツ人男性と結婚し、現在はつつがない暮らしを送る」とか「ポーランドを捨て、ドイツ人に

なる」といった、移民のネガティヴなステレオタイプそのものではある。しかしそれらは、西ドイツへ永住目的で移住する人々に向けられたポーランド在住者の冷ややかなまなざしや、西欧が社会主義諸国に注ぐ蔑視、社会主義ポーランドが西欧に抱く劣等感や憧れなど、様々な感情を露出させてもいる。一地方都市を中心に展開する物語で、鉄のカーテンに仕切られた世界の片側からの描き方ではあるが、東欧革命前夜の、もはや押しとどめられない人の流出と、それが引き起こす東／西のまなざしの隙間から、国境地帯の生が見える。

ちなみに、同小説が書かれた一九八〇年代末において、西ドイツ移住を描くポーランド語文学作品はまだ珍しかった。同世代の作家ヤヌシュ・ルドニツキ（一九五八〜）は、連帯運動に関わったかどで投獄され、一九八四年西ドイツへ移住し、ドイツ社会の底辺で暮らす経済移民を描いた短篇「人生なんてこんなもの」（一九八四）でデビューしたが、ポーランド語圏の読者にとっては「われわれ」とは異なる種類の人々についての特殊な物語」でしかなかった。一方、『ヴァイゼル・ダヴィデク』においては、ポーランド人の語り手の幼なじみや小学校の教師が西ドイツへ移住していく。移民とは、政治亡命者であれ経済移民であれ、国境地帯に生まれた者のひとりなのだ。複雑な歴史を持つこの国境地帯を他者化するのは西ヨーロッパであっても、「われわれ」ではない。

しかし、本作の語り手は、「国境地帯の住人」になりきるわけではない。ミュンヘンの伯父と話す時、ドイツにいるエルカを訪ねた時、Mスキの顔をテレビで見た時の語り手は、それぞれ異なる「僕」である。グダンスク／ダンツィヒの記憶を描く際だけでなく、国境地帯を内外から描く際にも、一人称体の語りは複層化しており、国境地帯における生が、国や民族や文化で仕分けできない混沌としたものであることを感じさせる。

ヒュレの創作における間テクスト性

本小説に顕著なもうひとつの特徴は、間テクスト性だ。『ヴァイゼル・ダヴィデク』には刊行当初から、ギュンター・グラスの作品との類似が指摘されていた。それを受け、ヒュレは「私はギュンター・グラスを真似したのではなく、続けたのだ」と述べている。

この点については多くの文学研究者が詳細な分析を行っている。たとえば、『ブリキの太鼓』ではナチズムが、『ヴァイゼル・ダヴィデク』ではスターリニズムが物語の背景としてある。第二次世界大戦時のポーランド郵便局における攻防戦は、両作品の重要なモティーフだが、ポーランド人の愛国心の象徴として神話化されてきたこの出来事を、グラスは秀逸な皮肉をもって描き、ヒュレも「戦争を知らない子供たちが、ユダヤ人の少年に導かれ、たまたま立ち寄った場所」として、距離をとった描き方をしている。太鼓を叩きながら金切り声を上げてガラスを割るオスカルと、色とりどりの爆発を起こすヴァイゼルの間には、「芸術活動による破壊的な逸脱行為」という共通点が見られる。

より明らかな類似性は、グラスの『猫と鼠』（一九六一）との間に認められる。ヴァイゼルとマールケは、いずれも超人的な能力と指揮官としての並外れた手腕と神秘的なオーラで少年たちを魅了し（「大きな黒い目」「巨大な咽喉ぼとけ」といった身体の特徴が言及される点も似ている）、最後には姿を消してしまう。彼らはトンネルあるいは潜水艦の中で死んだとされるが、語り手へレルやピレンツはそれを信じず、失踪後十数年経った今もその真相を追っている。少年たちの主な活動場所は潜水艦あるいはレンガ工場だが、学校や教会も重要な役割を果たしている。

間テクスト性は、前述した「黄色の翼の男」の詠唱が旧約聖書からの引用で構成されている点も含めれば、本作品の随所にある。しかし、それは本作に限ったことではない。『カストルプ』『歌え、庭の歌を』は、ドイツ語作家トーマス・マン、ライナー・マリア・リルケから、『メルセデス・ベンツ――フラバルへの手紙から』は、チェコ語作家ボフミル・フラバルから、モティーフや語りの手法を借用している。既存の文学テクストや個人の記憶に、実在する場所の風景やモノについての記述を絡ませながら物語を編んでいく手法は、ヒュレの創作全体の主調となっている。

タイトルに込められた意味、あるいは何をいかに想起するか

『ヴァイゼル・ダヴィデク』が、人・モノ・出来事を、硬直化した意味づけや象徴性から解き放ち、思いがけない結びつきの中に置き直し、新たな物語の可能性を模索していく小説だとすれば、それは本作のタイトルにも現れている。

言うまでもなく、このタイトルは物語の中心人物であるユダヤ人の少年の名前だが、「ヴァイゼル」が姓で、ユダヤ的な響きをもつ「ダヴィド（「ダヴィデク」はその愛称）」が名前ならば、なぜ「ダヴィデク・ヴァイゼル」と訳さないのか。また、「ヴァイゼル」はドイツ語で「賢者」を意味するのに、なぜ「賢者ダヴィデク」でないのか（実際、間テクスト性という観点から言えば、『猫と鼠』の中心人物「偉大なマールケ」を模して、「賢者ダヴィデク」と訳す選択肢もないわけではない）。

ポーランド人の子供たちが彼に向けて放ったはじめての言葉は、「ダヴィッド、ダヴィデク、ヴァイゼルはユダヤ人！」だった。くすぶっていた憎悪と敵意を剝き出しにする、暴力的な言葉。しかし彼は動じない。そんな彼のことを、いつしか子供たちは「ヴァイゼル」と呼ぶようになる。それはただの姓ではなく、ポーランド人とユダヤ人の間の埋まることのない距離感を表す名称でもない。彼らにとってヴァイゼルは、ある瞬間から「賢者」「魔術師」「イリュージョニスト」「救世主」「英雄」「総司令官」「モーセのような導き手」になる。「ヴァイゼル」はそれらの総称なのだ。さらに言えば、彼の失踪後、この名前は「永遠の謎」や「記憶の空白」といった、別の象徴性を帯びるようになる。ヴァイゼルはヴァイゼルであって、ほかの何にも置き換えられない。本タイトルは、本作のテーマを象徴している。

実在する人やモノ、起こった出来事と、それらに込められた意味や象徴性との関係を説明する、納得のいく唯一の方法など存在しない。しかし、それらの複雑な絡み合いを提示しようとすればするほど、個人の感覚や解釈では埋めることが不可能な記憶の空白部分が増えていく。語り手は、過去と現在と未来がつながる場所——トンネルや、口数の少ない死者ピョートルの眠る墓のそば——に足を運び、問いかける。それは、まだ語られていない物語、まだ発せられていない言葉への希求であり、光を求めるまなざしのように彷徨いながら、時空を飛び越えて私たちの許へ届く。ヒュレの敬愛するリルケの詩になぞらえて言えば、「歌え、わが心よ、お前の知らないグダンスクの歌を」(3)となるだろうか。

最後に、まだ大学院生だった私に本小説の翻訳を薦めてくださった沼野充義先生にお礼申し上げます。編集者の木村さんにも長らく大変お世話になりました。どうもありがとうございました。作中に出てくる動植物のラテン語カタカナ表記は、国越道貴先生と堀尾耕一先生にご教示いただきました。旧約聖書からの抜粋箇所は『バイブル・プラス　聖書新共同訳　旧約聖書続編つき』（日本聖書協会）を参考にしました。

（3）二〇〇九年に発表されたヒュレの小説『歌え、庭の歌を』は、リルケの詩「歌え、わが心よ、お前の知らない庭の歌を」をプレテクストとしている。

【訳者紹介】

井上　暁子（いのうえ・さとこ）

東京大学大学院総合文化研究科博士課程単位取得満期退学。博士（文学）。

現在、熊本大学文学部准教授。専門は、ポーランド語圏を中心とした中・東欧文学。

主な著書に、『東欧文学の多言語的トポス』（編著、水声社、2020年）、『東欧地域研究の現在』（共著、山川出版社、2012年）、『反響する文学』（共著、風媒社、2011年）などがある。

〈東欧の想像力〉19

ヴァイゼル・ダヴィデク

2021年3月12日　初版発行　　定価はカバーに表示しています

著　者　パヴェウ・ヒュレ
訳　者　井上　暁子
発行者　相坂　一

発行所　松籟社（しょうらいしゃ）
〒612-0801　京都市伏見区深草正覚町1-34
電話　075-531-2878　振替　01040-3-13030
url　http://shoraisha.com/

印刷・製本　亜細亜印刷株式会社
装丁　仁木　順平

Printed in Japan

ISBN 978-4-87984-398-2　C0397